Toboggan

DU MÊME AUTEUR

AUTOBIOGRAPHIE

Les Chantiers de la gloire, Fayard, 2006. Premier tome de ses Mémoires, depuis son enfance jusqu'à une partie de sa carrière cinématographique. Ce livre témoigne de la production et du tournage de ses trois premiers longs-métrages : *Diva, La Lune dans le caniveau, 37°2 le matin.*

BANDES DESSINÉES

L'Affaire du siècle, dessinée par Bruno de Dieuleveult (adaptation du roman de Marc Behm *La Vierge de glace*).

Tome 1 : *Château de vampire à vendre*, Au diable vauvert / Cargo Films, 2005.

Tome 2 : *Vampire à louer*, Au diable vauvert / Cargo Films, 2006.

MISE EN SCÈNE DE THÉÂTRE

Kiki de Montparnasse, Lucernaire, 2015-2016. Biographie musicale de Kiki de Montparnasse.

JEAN-JACQUES BEINEIX

Toboggan

ROMAN

J'AI LU

À Agnès, ma compagne.

Nuit minérale. Une étendue de neige, pas une trace, la pente montait doucement vers la lisière sombre au flanc de la montagne. Les sapins s'étageaient jusqu'au ciel et bien qu'ils fussent poudrés de blanc eux aussi, leur masse délimitait par une ligne brisée la luminescence laiteuse de la voûte céleste qui n'en paraissait que plus infinie, couleur d'encre, criblée d'étoiles, de milliards de points tremblants.

Paysage de carte postale auquel ne manquait qu'une menue ballerine en tutu rouge qui ferait des pointes en tourbillonnant au-dessus de la neige glacée sur une valse de boîte à musique. On retournerait le paysage et la neige tomberait. Mais tout n'était que silence figé. Paysage de solitude absolue.

Une chouette hulula, on entendit un battement qui fit écho sur la pente froide, une forme blanche traversa l'étendue immaculée aux ombres bleutées, s'élevant de ses grandes ailes en direction des arbres. Le silence revint.

À bien écouter, pourtant, une vibration profonde gagnait peu à peu l'espace sonore. Elle n'était pas régulière, plutôt modulée, avec des accents plus graves, sourds et rageurs, comme à la peine. Le bruit enflait.

Il s'agissait d'un puissant moteur. Au cœur de la nuit, cette intrusion paraissait incongrue. Soudain, le faisceau de phares au xénon transperça la lisière du bois, faisant scintiller la neige. L'avant d'un gros 4×4 émergea. Le véhicule s'immobilisa, le moteur s'arrêta. Les phares demeurèrent allumés, comme deux yeux inexpressifs.

Le véhicule restait inerte. Après une éternité, la lumière du plafonnier s'alluma et l'ombre du conducteur se silhouetta. Il restait immobile. Peu après, on perçut le bruit d'une vitre qui se baissait. Une musique s'éleva. Une oreille avertie aurait reconnu Debussy, *Clair de lune*, le morceau tournait en boucle.

La portière avant s'ouvrit. Un homme sortit et sauta dans la neige, il s'enfonça jusqu'aux mollets. Il était vêtu d'une longue parka noire, un petit sac sur l'épaule droite. Il regarda longuement le ciel, la tête en arrière, son haleine montait comme un panache.

Il gagna l'arrière du véhicule. On entendit le hayon s'ouvrir, une lumière blafarde éclaira la futaie. La lumière s'éteignit, le hayon claqua.

L'homme réapparut, chaussé de raquettes, il s'engagea dans la pente enneigée en direction de l'amont, vers les sapins, laissant la voiture phares allumés, *Clair de lune* en fond sonore. L'homme avait adopté une marche régulière, presque celle d'un montagnard, cadencée, économe. Il s'éloignait ; dans le faisceau des phares, son ombre noire s'amenuisait, semant derrière elle un chemin de traces. Un instant, il s'arrêta, se retourna, resta immobile. Puis il reprit sa marche.

On avait annoncé d'importantes chutes de neige pour la nuit, mais le ciel restait limpide. Quelle heure pouvait-il être ? Dans l'esprit du marcheur cela n'avait plus aucune importance.

1

Il referma son carnet noir avec douceur, le couvrant de sa main comme si c'était un objet précieux, presque avec tendresse. Il rangea son porte-mine. Il avait écrit avec toutes sortes d'objets. Des stylos, des plumes calligraphiques, des billes, des marqueurs, des feutres, jusqu'à des porte-plumes en verre, écriture fine, écriture large, encres de couleur. Il s'était lassé. La mine de papier, voilà tout. Un crayon, muni d'un embout élégant en argent, qui servait à la fois de taille-crayon et de capuchon.

L'homme était assis sur un siège dans un jardin public, juste auprès de l'aire de jeux pour les petits. De beaux hôtels particuliers jouxtaient l'endroit et de grands arbres d'essences multiples et parfaitement entretenus agrémentaient ce parc aux allures ordonnées et bourgeoises. C'était un quartier chic.

Non loin, sur la gauche, il y avait une statue de marbre blanc. Chopin au piano, une femme se pâmait, une main posée sur le front, le visage tourné vers le maître dans une expression d'extase. Délicieusement kitsch.

L'homme restait absorbé dans ses pensées, le carnet toujours sur les genoux, les yeux dans le vague, peut-être aurait-on pu y discerner une sourde douleur. Peut-être. C'est si difficile de lire sur un visage inconnu…

Devant lui, sur l'aire de jeux, des petits gosses de riches s'ébattaient en vociférant, tandis que des nounous, de couleur le plus souvent, tentaient de les modérer, sans grand succès, afin qu'ils n'aillent pas se casser le cou dans les arbres dont les troncs et les branches basses étaient usés et polis par les générations, ou s'estropier en faisant tourner les manèges comme des fous ou encore se suspendre à des filets de couleur, la tête en bas, tels d'affreux petits singes hurleurs, au-dessus de tas de sable infestés de bactéries ultrarésistantes à tous les antibiotiques.

Bien qu'il semblât ne rien fixer, l'homme regardait le toboggan de métal, son expression triste s'effaçait peu à peu. Un jeune garçon s'y activait de manière compulsive, il montait la petite échelle, se jetait dans la pente en métal, glissait en bas avec jubilation, pour remonter aussitôt afin d'accomplir le même rituel. Il prenait un plaisir hypnotique et la nounou, une jeune Sri-Lankaise en surpoids, tentait de le faire arrêter.

— Geoffrey ! On rentre.

Geoffrey n'entendait pas rentrer, il voulait faire du toboggan, et bien qu'elle tentât de lui prendre le bras à chaque descente, il se dégageait et repartait de plus belle.

— Je te préviens, je vais le dire à ta mère… T'as vu l'heure ?

— M'en fous, tu m'embêtes... Je veux pas rentrer.

La nounou était au bord de la crise de nerfs.

L'homme rangea son carnet dans un petit sac de cuir qu'il portait à l'épaule. Sur son visage, désormais, un vague sourire affleurait. Il se leva.

Parvenu au pied du toboggan, il considéra le gamin blond.

— Dis donc, Geoffrey, pourquoi t'emmerdes ta nounou ?

Interloqué, le blondinet s'était arrêté net en haut du toboggan et le fixait d'un air surpris.

— T'es qui, toi ?

— Le directeur des toboggans... n'est-ce pas, madame ? dit-il à la nounou.

Un peu éberluée, dans le doute, elle acquiesça mollement.

— Si tu dépasses le nombre de tours autorisés, à un moment, à la descente, la terre s'ouvre et tu tombes dans un puits sans fond.

— Ça se peut pas !

— Continue, tu verras bien, tu es prévenu, Geoffrey.

Il tourna les talons et s'éloigna.

Il adorait faire peur aux gosses. Surtout les petits imbéciles qui faisaient chier le monde. Ce jardin en était rempli ; quand ils seraient grands, ils continueraient sans relâche et avec obstination jusqu'à ce que la terre s'entrouvre pour de vrai et les engloutisse. Il alla à la buvette près du manège et se commanda une gaufre. C'était un plaisir triste, et il était infiniment triste. Un plaisir d'enfance.

Il faisait soleil, et c'était un beau jour de printemps. Il entra dans le petit restaurant *L'Éternel Retour*. Il la vit instantanément, elle était assise, dos à l'entrée, au fond de la salle. Une table qu'ils affectionnaient. C'était un de leurs repaires. Elle se découpait devant l'encadrement de la fenêtre. Il salua à peine le patron, et arriva à sa hauteur sans qu'elle se retourne. En se plaçant ainsi, elle avait voulu retarder le moment d'affronter son regard, il en était certain. C'était mauvais signe. Quand il fut près d'elle, elle ne put faire autrement que de lever le visage vers lui. Il ressentit un choc à la vue de cette figure tant aimée : trois longs mois d'absence, une sorte de disparition préméditée.

Elle était partie au début de l'année et on était au printemps, un printemps qui avait déjà vu les lilas se faner. Ils partageaient un goût commun pour les lilas, mais lui, les lilas le rendaient triste ; comme les sapins de Noël ; à peine là, ils se fanaient déjà. Pendant plus de trois mois il avait douté de son retour, fait semblant d'ignorer ses silences, de les oublier, lui laissant le choix de vivre son aventure. Et puis d'un seul coup, un mail avait annoncé qu'elle rentrait, sans plus de précisions.

Ils communiquaient par mail, depuis le début. Il s'était aussitôt proposé de venir la chercher, non, avait-elle répondu, pas la peine, sa tante viendrait la prendre à l'aéroport, et non, elle n'irait pas tout de suite à la maison, chez eux, elle avait des choses à voir, poser les valises, tout ça.

Il prenait comme un coup de poing le gracieux ovale de son visage, cette beauté singulière, au cou de Léda, toute cette femme à l'allure de patricienne avec cette touche d'arrogante distinction, insupportable et si attachante qu'elle l'avait rendu esclave de sa beauté, de cette bouche immense, de ses lèvres sensuelles, ornées de rose tirant sur le rouge. Il se pencha sur cette bouche, un peu comme on se penche au-dessus de l'abîme. Ils s'embrassèrent, elle garda les lèvres fermées. Ne rien dire, ne rien montrer. « Pourquoi caches-tu tes yeux ? » se dit-il. Elle portait des lunettes sombres. « Qui suis-je sans tes yeux ? » pensa-t-il.

Il s'assit. Ils se faisaient face. On était au-delà du malaise, moment de vérité dépassé. Il détaillait ses traits : ses cheveux étaient plus longs, leur blondeur éclatait au soleil, son décolleté s'ornait d'un pendentif en forme de cobra, il ne le lui connaissait pas ; de légères marbrures roses marquaient son cou, elle était émue et stressée. Il devinait la naissance de ses seins, il se retenait de plonger sa main pour lui en prendre un, le presser, le tordre à lui faire mal, ça faisait si longtemps. Elle était nerveuse, tendue, très, hésitante avant le plongeon. Ils devaient ressembler à deux mauvais joueurs de poker au moment d'une ultime relance. Il n'était plus vraiment lui-même, submergé par la peur de l'instant qui venait.

— Tu veux qu'on aille ailleurs ? demanda-t-elle.

N'avait-elle rien d'autre à dire, voulait-elle encore gagner du temps ?

— Non, c'est très bien ici.

« Ici ou ailleurs », pensa-t-il. Chaque seconde comptait, il fallait tout vivre, il n'en lâcherait pas une seule.

Elle avait une robe bleue qui tirait sur le vert, sorte de bleu-vert pâle, cette robe ne lui rappelait rien. Ça portait malheur cette couleur. Des boucles d'oreilles imitation jade. Il cherchait ce qui avait changé en elle, à l'affût de nouvelles ridules, elle semblait fatiguée, décalage horaire ? Elle paraissait s'être imperceptiblement marquée. Et ça la rendait encore plus belle.

— On devrait commander, dit-il.

Le vernaculaire avant le spectaculaire.

La carte n'avait plus de secrets pour eux. Ils prirent chacun une salade mixte, les salades composées étaient d'enfer. Ils meublèrent. Ta tante va bien ? Et le chien ? Il allait de plus en plus mal, le pauvre. Du bout de sa fourchette, elle chipotait sur le contenu de sa salade, demandant ci et ça, enquêtant sur de possibles traces de gluten. Ils commandèrent un verre de vin chacun. Fallait bien se donner du courage.

Damned, Cunégonde, tu la joues, ta carte ? Elle ne s'appelait pas Cunégonde, seulement pour lui, seulement pour fustiger la petite gosse de riche, la chieuse, la capricieuse. Son nom était Solène, Solène de Beauregard. Une petite-bourgeoise mal aimée en quête d'elle-même. Et lui, il l'aimait. Elle était apparue sept années plus tôt et avait changé sa vie.

— À ton retour, dit-il en levant son verre.

Ils trempèrent à peine leurs lèvres. Comme célébration, on pouvait faire mieux.

Elle retira ses lunettes, les posa sur la table. Elle était bien élevée. Il comprit que le moment était arrivé.

Ses yeux exprimaient une certaine lassitude, mais ils avaient toujours cette lumineuse couleur, ce complexe camaïeu de bleu et de vert, si changeant. Son cœur cogna.

— Pourquoi tu n'as pas voulu que je vienne te chercher ?

Il négligeait son verre, il n'avait même pas envie de boire. C'était étrange, la scène resterait gravée dans sa mémoire, des dialogues il ne garderait que l'essentiel, n'avait-il pas été autrefois un homme d'images ?

— On va se quitter, dit-elle.

Il ne broncha pas. Il ne montrerait rien. Il ressentait une douleur proche de la panique. Une lourde porte se refermait. Sa vie basculait. La terre s'entrouvrait. Il tombait. Non qu'il n'eût pas anticipé cette chute depuis longtemps, mais l'attente du pire n'atténue jamais la douleur quand elle survient. C'était inéluctable. Seul un imbécile ou un fat n'aurait rien vu venir. Se jeter sur elle, la couvrir de baisers, la serrer, lui balafrer sa gueule de salope d'un coup de couteau de restaurant. Supplier, menacer, plaider sa cause. Rien.

— Je t'ai attendue pendant tous ces mois. Pourquoi tu ne m'as presque pas écrit ?

— C'était dur.

Elle ne pensait qu'à elle.

— Tu crois que je ne le savais pas ? Je t'avais prévenue. Je me faisais du souci. Je suis allé à New York avant toi. Qu'est-ce que tu croyais ?

Il se retenait pour ne pas hurler.

Elle prit une bouchée de salade, lui, il se forçait, par conformisme, par politesse pour le cuisinier, ou pour ne pas perdre la face.

— Tu as rencontré quelqu'un ?

— Non, c'est pas ça.

Il l'aurait juré.

— C'est pas ça, mais c'est quand même ça ; donc tu as rencontré quelqu'un, c'est ça ? martela-t-il.

La dénégation, de l'alcoolisme à l'adultère, ça commence toujours comme ça. Avec l'âge, on anticipe mieux, mais les coups font plus mal. On reste toujours aussi con, ou démuni, face à une femme qui vous jette. Ça ne lui était pas arrivé si souvent, cela aurait plutôt été le contraire, il payait pour toutes ses saloperies et il perdait tout. Dans un flash, il pensa à Yuka.

Mais qu'avait-il espéré d'une femme dans la trentaine quand il avait plus du double ? Il ne cherchait rien d'autre qu'à tenir le plus longtemps possible. Et puis, elle lui avait appris, sans le vouloir, sans le savoir, à aimer. Et il l'aimait comme jamais il n'avait aimé aucune autre femme.

S'il avait le sentiment d'avoir été un amant plutôt débrouillard, enfin, il avait la faiblesse de le croire et il ne reniait pas quelques pannes, il n'avait jamais su aimer, jamais, c'était un handicapé de l'amour.

— Alors tu as rencontré quelqu'un ?

— Oui, mais c'est pas ça, j'ai besoin d'aller de l'avant, c'est tout.

C'était terrible à entendre. « Je suis le passé », pensa-t-il, elle ne se rendait même pas compte de ce qu'elle disait, à quel point cela était humiliant, dévastateur. Comme le reste, il encaissa.

— Tu vas y retourner ?

— Je ne sais pas encore.

« Tu parles, quand on délibère, le choix est fait. »

— Il fait quoi, il est du métier ?

— Non, il vend des voitures, il en loue, pour le cinéma ; il fait plein de trucs. Il fait des photos...

— Un homme-orchestre ?

— C'est malin, laissa-t-elle tomber.

— Excuse-moi, ça m'a échappé.

« Je me fais larguer pour un mec qui fait des trucs et qui vend des voitures », se dit-il. Oui, il avait dû lui faire des trucs et ça lui avait plu. Voilà tout.

Il prit son iPhone sur la table et la photographia, elle se laissa faire. Ultime concession. Ou alors, elle se sentait trop coupable pour oser dire quelque chose.

Il prit une deuxième photo. Puis une autre encore et encore une autre. Il lui semblait qu'elle avait pleuré, ou était-ce la nuit dans l'avion ?

Il saisit les lunettes noires qu'elle avait abandonnées sur la table et les chaussa. Il se photographia, selfie de la dernière heure. Elle restait muette. Il retira les lunettes.

Il pariait, en photographe averti, qu'il y avait une bonne chance pour qu'elle soit en reflet dans les verres ; avec la gueule qu'il tirait, ça ferait un sacré souvenir. Pour le coup, on pouvait parler d'une belle mise en abyme.

— Barre-toi de ce pays, ne reviens jamais, ici il n'y a plus rien à faire, c'est mort. On est tous morts ici. Reste là-bas. Vraiment, je le pense. Ne sois pas aussi con que moi.

Il avait dit cela très vite. C'était un peu une manière de sortir de la passivité, d'accompagner le coup. Il pensait ce qu'il disait, si elle rêvait d'avenir, il ne fallait pas rester en France. « J'aurais dû partir moi aussi », se répétait-il. Ça ne s'était pas fait quand il en avait eu l'opportunité. La chance, il fallait la saisir par les cheveux, comme il le faisait parfois quand ils s'adonnaient à l'amour chienne.

S'il s'était installé en Amérique, il ne l'aurait pas rencontrée...

— Tu vas venir prendre tes affaires, rapidement.

— Oui. Je viendrai demain.

— Je ne veux plus rien voir.

À quoi bon discuter ? K-O debout. Malheureux comme une pierre, avec juste un reste d'énergie pour paraître stoïque.

Il lâcha sa carte dorée sur la table.

— Ça a été ? demanda la serveuse.

Ben oui, ma poule, ça se voit pas, tout baigne. La machine crépita, il reprit son reçu et sa Visa. Il se souvint qu'il avait écrit une chanson là-dessus, alors qu'ils étaient tous les deux au bord du Pacifique. Elle avait perdu sa CB. Une sacrée chanson, il se dit qu'il fallait qu'il la retravaille.

Et il ajouta avant de se lever :

— Je t'avais pris un billet pour la Crète. Je pensais qu'on partirait ensemble au yoga.

Elle émit un faible sourire.

— Tu iras avec Ingrid.

Ils sortirent dans la rue.

Il avait l'impression d'une marche vers l'échafaud. Des instants intenses qu'on vit sur un mode somnambule. Il s'était interdit, au dernier moment, de craquer, de supplier. Ils firent le tour du pâté de maisons. Gagner encore quelques secondes. Et puis, au bord du trottoir, il s'arrêta et lui fit face.

Ils se regardèrent, sans rien dire. Au bout d'une éternité, il leva la main vers sa joue gauche, lentement, et l'effleura avec le dos de l'index et du majeur, tout doucement.

Sa main retomba. Dernière caresse.

— Prends soin de toi, murmura-t-il.

— Toi aussi, répondit l'écho.

Chacun tourna les talons et, dos à dos, ils s'éloignèrent l'un de l'autre comme deux rames de métro venant de se croiser à une station. Cunégonde, Solène de Beauregard et lui venaient de se séparer à l'orée de la trop fameuse septième année. Elle allait redevenir Solène, mais Cunégonde allait le hanter pour toujours.

Il se dit juste : « Tiens, nous nous sommes dit au revoir devant le magasin qui vend du thé et dont la propriétaire est si peu aimable. » Une fois, il avait acheté une jolie théière pour deux tasses et haï cette vendeuse tant elle n'aimait pas ce qu'elle faisait. Il y a tellement de gens comme ça dans les magasins à Paris.

Il ne savait plus très bien ce qu'il fabriquait. On imagine un jour de rupture gris et pluvieux. Les romantiques sont des abrutis, il faisait beau, le ciel était bleu et personne, absolument personne ne savait qu'il éprouvait un chagrin immense, qu'il était dévasté, à la dérive.

Il fit le tour de l'église, de la place attenante, près du square, des lieux d'enfance pour ce gamin du quartier. Il ne marchait pas, juste un pas devant l'autre. Il voyait des gens, ils vaquaient comme si de rien n'était. Les magasins étalaient leurs vitrines, et les automobilistes engueulaient des vélos qui roulaient en sens opposé, parfaitement dans leur droit sur l'étroit couloir cycliste. Il poussa un peu plus loin, près du pont où, tout jeune, il courait vers la ligne de chemin de fer pour arriver à temps afin de voir passer sous lui les locomotives grondantes et se laisser envelopper par des volutes blanches de vapeur avec un plaisir indéfinissable. Ce plaisir avait fait place à une nostalgie coupante comme une lame de rasoir.

Il revint sur ses pas, sortit son iPhone et regarda une photo de Cunégonde. Belle, elle n'était plus qu'une photo parmi des milliers qu'il avait prises d'elle. C'était la dernière.

En levant les yeux, il considéra un jeune type à l'air racaille, assis sur une barre de garage à vélos, la vraie sale gueule, il fumait. Il colla son iPhone contre sa poitrine, selon son habitude, déplaça l'angle de son buste, appuya sur le déclencheur de côté, faisant mine de regarder ailleurs. Il cadrait avec son corps, comme on tire à la hanche, il faisait cela très bien, il doubla. Il ressentit la montée d'adrénaline.

Une jeune femme venait vers lui, traversant le trottoir en biais, dans la lumière, patibulaire autant que vulgaire. L'œil dans le vague, il la mitrailla. Il faut croire que le cœur n'y était pas, elle le fixa soudain, fronçant les sourcils à la manière d'un pitbull qui va mordre.

— Qu'est-ce que t'as à me regarder, tu veux ma photo ?

Il pensa « Je l'ai déjà ta photo, pouffiasse ». Elle le regardait toujours.

— Qu'est-ce qui se passe ? Ce type t'emmerde ?

C'était le mec qu'il venait de photographier.

— Il me regarde bizarrement.

— Excusez-moi, je viens de perdre ma mère... Vous lui ressemblez, jeune. Je reviens de l'église.

Le temps que les deux neurones en face de lui statuent, il continua sa route. Il ne manquerait plus qu'il se fasse péter la gueule. Avait-il cherché inconsciemment la punition ? Il se sentait pris en faute, coupable, presque humilié de s'être fait prendre. Vu leurs tronches, il valait mieux éviter l'embrouille, c'était pas le jour.

Il réfléchit à sa manière de photographier les gens, le professionnel reprenait le dessus. Avant de faire des films, il avait été photographe. Bien qu'il dissimulât parfaitement son geste, il y avait un moment d'objectivation du sujet, il visait, et devait le fixer un instant. Son état psychique avait rallongé son temps d'exécution. Elle l'avait vu, mais n'avait pas vu l'appareil, elle avait cru qu'il la matait. Il y en a qui ne doutent de rien. Fragilisé, il éprouvait une sorte de sentiment de honte à l'idée d'avoir été pris pour un voyeur. Il avait assez morflé comme ça.

Il repassa sur le lieu de leurs adieux, elle avait emporté l'avenir, lui laissant le passé. Déjà la morsure du manque lui vrillait les entrailles. Il imagina Cunégonde rentrée chez elle : « Ça y est, je l'ai largué. » Il se doutait que cela n'avait pas été facile pour elle, mais elle avait exécuté son plan. Le pire de cette histoire, il le pressentait, résidait dans le fait qu'il était certain que le mec, elle ne le connaissait pas depuis longtemps. Il se sentait fatigué, fatigué, il se traîna jusque chez lui.

La vacuité de l'appartement lui serra le cœur, il en fit le tour, avec un long arrêt dans la chambre, scruta son côté du lit à elle, intact depuis trois grands mois ; il dormait de l'autre – cette fois-ci, c'était définitif. Et dire qu'il avait pensé qu'ils feraient l'amour le soir de son retour. Il était pathétique. Dans la cuisine, il hésita sur les bouteilles d'alcool, il n'avait pas envie de confectionner quelque chose, il voulait de l'efficace, il se servit un 102 plein de glaçons et, muni de son verre et de petits biscuits au fromage, il s'affala dans le canapé et mit une chaîne d'info…

Un trader finissait sa longue marche, amaigri et bronzé, suivi d'une cohorte de supporters et de caméras, il allait se constituer prisonnier en passant la frontière italo-française ; une autre marche, pour la culture cette fois, réclamait des crédits pour le secteur, bref, tout le monde marchait. Il y avait une journée portes ouvertes à la SPA. Il pensa qu'il devrait s'y rendre, peut-être que quelqu'un adopterait un vieux. Il reprit un second 102. La lumière du couchant teintait le

Sacré-Cœur. Il tomba comme une masse. Au milieu de la nuit, il alla se coucher avec un bon mal de crâne, sur son côté du lit, il passa sa main sur sa place, de l'autre côté, le drap était lisse et froid, il pleurait.

2

Ses doigts crépitaient sur son clavier d'ordinateur. Il la regardait, en silence. La lumière lui sculptait joliment les traits. Discrètement, il fit mine de consulter son iPhone et la photographia, cette fois sans encombre. C'était gonflé de photographier comme ça les gens sous les trous de nez. Un de ses vices, il en avait d'autres.

Elle se pencha vers son écran, se redressa. Une belle brune au chignon serré, plutôt sexy, mais dans l'embonpoint, dommage.

— C'est toujours pas satisfaisant votre lignée rouge.

— Ah ? Qu'est-ce qui ne va pas ?

— Vous continuez à avoir un taux d'hémoglobine trop bas... Vous aviez combien l'autre fois ?

— C'était bas, il me semble.

Elle cliqua sur sa souris.

— Voilà... 10,5.

— Et là ?

— 10, vos triglycérides sont pas terribles non plus. Vous avez fait des excès, récemment ?

— Bof ! Je suis stressé... des soucis, je devais partir en Crète faire du yoga la semaine prochaine. Je ne sais pas encore si je vais y aller. Je me sens pas trop en forme.

Elle le considéra un instant.

— Venez !

Elle passa dans le cabinet d'auscultation. Elle désigna la couche sur laquelle elle avait tiré une couverture de papier.

Il s'assit, Cunégonde hantait ses pensées. Elle revenait à chaque instant, à une fréquence accélérée, comme une douleur, lancinante, avec des élancements de rage de dents. Il tendit son bras au médecin. Elle serra le brassard du tensiomètre.

— Treize six. Parfait. Vous avez une tension de jeune homme.

Le Velcro claqua comme un ordre. Un jeune homme ! Une vieille voiture maquillée, oui. On ne lui donnait pas sa soixantaine bien tassée. Il avait toujours fait jeune. Une malédiction de plus dans sa vie. Sans doute son refus de grandir. Aujourd'hui, c'était un atout, mais il n'avait plus de partenaire de jeu.

— Soulevez votre tee-shirt.

Elle plaqua son stéthoscope.

Elle alla se rasseoir à son ordinateur. L'imprimante cracha une ordonnance.

— Bon, j'ai contrôlé tout ce qui était de mon ressort, je n'explique pas cette anémie, il faut investiguer, j'aimerais que vous alliez consulter un hématologue.

Une sonnerie intérieure retentit. Si ses études médicales remontaient à sa lointaine jeunesse, il savait pourtant ce que cette consultation pouvait signifier : myélogramme.

*
* *

Cunégonde devait reprendre ses affaires à leur appartement. Ils étaient convenus qu'elle passerait en son absence ; sa fille, Albertine, lui ouvrirait. Il ne se sentait pas d'assumer ça. Sa vieille Russe de professeur de piano, lorsqu'il lui avait annoncé la nouvelle de leur séparation, lui avait dit : « Solène vous quitte ! Qu'elle est bête de quitter un homme comme vous, vous allez vous battre, j'espère. » Tout cela avec un accent délicieux plein de *r* roulés. Elle avait allumé une énième cigarette, s'était glissée à la fenêtre, mettant sa main fumeuse au dehors. Femme charmante s'il en fut, Russe blanche, Oustina se partageait l'éducation pianistique des deux amoureux. Cunégonde la lui avait fait rencontrer. Et cela avait transformé sa vie de pianiste tardif. Non qu'il fût devenu un interprète brillant, il avait seulement accédé à un autre stade de compréhension de la musique, et plus encore du piano.

— Vous savez, ça ne servira à rien de se battre, vous la connaissez, quand elle a décidé une chose… Je suis trop vieux pour elle, Oustina. C'était écrit.

— Ne dites pas de bêtises, allez reprenons…

— J'aimerais travailler *Clair de lune* de Debussy.

Elle reprit place sur la petite chaise à côté de lui.

— C'est trop dur encore pour vous.

— Je joue bien *Rêverie*.

— C'est moins difficile, vous allez perdre du temps et vous ne serez pas content après, il faut être patient.

— S'il vous plaît, Oustina !

Elle lui prit affectueusement la main.

— Alors arrêtez de faire ce visage triste de Chopin.

Elle avait déjà mis la partition sur le piano.

Cunégonde jouait *Clair de lune*, et joliment. À l'approche de ce qui devait être leur dernier Noël, à l'audition de fin d'année, chez Oustina, elle avait exécuté le morceau et, contrairement à son habitude, commis plusieurs fautes. En dépit des applaudissements, elle avait quitté le clavier comme une enfant dépitée, avec une expression meurtrie. Réfugiée au fond de l'appartement, dans la cuisine, elle pleurait tandis que l'on s'affairait autour d'elle à la préparation du buffet qui suivait toutes les auditions. Les efforts qu'il déploya pour la réconforter restèrent vains. Son orgueil était touché, et question orgueil, Cunégonde en avait à revendre. Bien qu'il se fût penché sur elle et lui eût prodigué encouragements, mots tendres, eût tenté de la rassurer sur son jeu, elle était restée murée dans son chagrin. Dépité et agacé, il était reparti vers le salon pour se servir un verre de champagne. Il ne supportait ni qu'elle ne maîtrise pas ses émotions, ni de la voir pleurer pour des raisons futiles, surtout en public. Elle ne venait tout de même pas de rater le concours Frédéric Chopin de Varsovie. Elle était à cran. Et, en cette fin d'année, ce type d'incidents se multipliait. Il n'en comprenait pas vraiment la cause, à moins qu'il ne voulût pas la connaître.

Leur couple battait de l'aile. Leur différence d'âge ne prenait-elle pas finalement son tribut ? Le soir, ils se muraient chacun de son côté du lit. Elle avait de moins en moins envie de faire l'amour. Certains soirs, il la désirait sans rien dire. Elle lui tournait le dos, il regardait sa nuque et le creux qui se formait juste avant son épaule, c'était un si joli petit coin de beauté. Son désir le tenaillait, il s'enhardissait à avancer une main vers cette épaule, il esquissait doucement une caresse, elle ne réagissait pas. La main rebroussait chemin. Et il restait avec son désir, son sexe durci à attendre que ça passe. Les étreintes d'avant étaient si fortes que souvent, il s'étonnait même qu'on puisse aller si loin dans l'expérience du plaisir. Comment tout cela avait-il pu dériver à ce point ?

En cette veille d'été, il vivait son plus grand chagrin d'amour. Rien ni personne ne lui interdirait de penser que c'était le dernier. Elle l'avait abandonné sur le bord du chemin, comme un vieux chien dont on ne veut plus et qu'on attache à une glissière d'autoroute. Elle ne lui avait donné aucune explication, sinon cette phrase sans appel : « J'ai besoin d'aller de l'avant... »

Elle avait rencontré quelqu'un, mais ce n'était pas ça, avait-elle précisé.

Son ressenti à lui, sa peine, Cunégonde s'en foutait. Elle ne pensait qu'à elle. Elle était demeurée la petite gosse de riche égoïste qu'elle avait toujours été. Congédié sans solde. Et sans préavis. Juste trois mois à se morfondre à l'attendre.

Son psychanalyste, Belphégor, chez lequel il venait chaque semaine chercher une vaine explication à des douleurs existentielles endémiques, lorsqu'il lui avait parlé du chagrin causé par leur rupture, lui avait fait cette remarque :

— Vous pensiez qu'elle était partie, vous disiez que son départ avait été une façon de rompre. Ce sont vos propres mots. Vous donniez l'impression d'avoir acté votre rupture.

De son fauteuil en vis-à-vis, il s'était récrié :

— C'est plus compliqué que ça. Oui, je le pensais, cela ne veut pas dire que je n'espérais pas qu'elle revienne. On se ment à soi-même, c'est moins inconfortable. Drôle de phénomène, l'absence. J'avais mis la passion en veilleuse, c'était une question de commodité... pour tenir l'épreuve de l'attente. L'annonce de son arrivée a tout remis en question, tout s'est réveillé. Son retour a tout bouleversé ; quand je l'ai revue au restaurant, qu'elle m'a annoncé sa décision de me quitter, j'ai juste pris un grand coup. Je n'arrête plus de penser à elle. Je ne m'en remets pas.

— C'est votre orgueil, non ?

— Pas seulement. Oui, bien sûr. C'est très dur de se faire larguer comme ça. Surtout à mon âge.

Il resta silencieux un long moment, les yeux en l'air, il scrutait le tableau avec un arbre mort dans un coin du cabinet. Ce chat qui essayait d'attraper un corbeau, beau piège à fantasmes. Très graphique.

— J'ai appris à aimer avec elle. Vraiment. Je suis allé plus loin qu'avec toute autre femme. Vous vous rendez compte, je lui ai demandé de m'épouser, deux fois... deux fois, je lui ai demandé. Dans ma vie, il n'y a eu qu'elle et la naissance d'Albertine pour m'apprendre à aimer. Avant, je n'avais fait qu'entrevoir l'amour de manière plus ou moins trompeuse.

Le signe de la main sur l'accoudoir et le hochement de tête, détestables conventions de psy, lui signalèrent la fin de l'entretien.

Il s'en allait frustré. Depuis la désertion de Cunégonde, il repartait dans la rue piétonne et ne s'arrêtait plus chez le Grec pour acheter son dîner. Il n'avait pas faim.

Il se souvint du sentiment qui l'accompagnait dans la même rue, quelques semaines plus tôt. Elle était absente, mais il éprouvait du plaisir à la savoir toujours dans sa vie. Elle était loin, elle ne donnait presque pas de nouvelles, mais il l'attendait, ils étaient toujours ensemble. Dans l'ambiguïté, le doute, elle était toujours sienne, présente dans un coin de son cœur. Le manque d'elle finissait par devenir familier, cette privation, c'était encore elle, une façon de tenir à elle. Pourquoi n'avait-il pas répondu ça à l'autre qui dans son fauteuil le regardait se noyer sans lui envoyer une bouée, pourquoi ? C'était de la non-assistance à personne en danger. Il se disait que, en proie à l'émotion, on réfléchissait mal.

*
* *

Après la scène de *L'Éternel Retour,* il revit une dernière fois son grand amour. Furtivement. Cunégonde devait venir chercher ses quelques affaires abandonnées. Il lui avait écrit qu'il voulait que ça aille vite. En la forçant à ce calendrier, peut-être espérait-il qu'elle reviendrait sur sa décision, qu'elle douterait. Le croyait-il vraiment ? Il tentait de feindre le détachement ou de reprendre l'initiative. Son orgueil blessé avait prévalu sur tout effort de négociation. Il aurait pu rester à la maison, se battre comme disait Oustina, l'accueillir, lui proposer de s'asseoir, se risquer à une dernière explication, un dernier verre, la faire changer d'avis, jouer son va-tout.

Non, il se drapait dans sa dignité blessée et feignait le détachement. L'orgueil, en amour, est la pire des solutions.

Albertine serait donc à la maison, elle lui ouvrirait. Était-ce un rôle à faire endosser à sa fille ? Pourquoi la mêlait-il à ça ? Agissait-il comme ses propres parents qui prenaient leurs enfants en otage lors des disputes conjugales ? Encore un truc à raconter à son psy.

À l'anticipation de ce dernier acte, il se remémorait la scène de leur première vraie fausse séparation, la veille du départ de Cunégonde pour l'Amérique, trois mois plus tôt.

Elle était dans l'entrée, sa valise à ses pieds.

— Tu ne veux vraiment pas que je t'accompagne à l'aéroport ?

— Maguie m'emmène.

L'incontournable tante.

Elle agita le trousseau de clés, ses clés à elle, celles de l'appartement.

— Qu'est-ce qu'on fait ?

— Tu vas en avoir besoin à New York ?

— Non, pas vraiment. Reprends-les, dit-elle brusquement, en bataillant avec le gros anneau qui emprisonnait les clés.

Elle les lui tendit avec un vague air de défi.

— T'es sûr ?

Il fut pris au dépourvu, une seconde. « Est-ce qu'elle me laisse le choix ? » pensa-t-il.

— Je ne te les reprends pas, je te les garde, tu les trouveras à ton retour.

Ils s'embrassèrent, sans effusion, tristement. Elle franchit la porte, ils se regardèrent.

— Prends soin de toi.

— Toi aussi.

Elle roula sa valise sur le palier et appela l'ascenseur. Il referma sa porte, resta de l'autre côté dans la pénombre à écouter celle de l'ascenseur qui se refermait à son tour. Reviendrait-elle ?

Elle prenait l'avion le lendemain.

Aujourd'hui, trois mois plus tard, l'ultime visite serait assurée par Albertine, sa fille de quatorze ans, si mature. Les deux êtres qu'il aimait le plus au monde.

Le matin, juste avant de partir, il envoya un SMS à Cunégonde pour l'avertir qu'il quittait l'appartement et qu'Albertine l'attendait.

Il enfourcha sa moto japonaise, une Honda Pan American.

Elle descendait la rue dans sa direction, sur le trottoir de gauche. Elle allait le voir. Elle marchait, sa grande silhouette toute droite, lui à la vitesse de sa machine ; en une fraction de seconde, ils se croisèrent. Il n'avait pas tourné la tête, seulement les yeux, elle aussi. Il accéléra... Il avait volé une dernière image, c'était fini.

Plus tard dans la journée, il interrogea Albertine.

— Tu l'as vue ?

— Oui.

— Raconte. Vous vous êtes parlé ?

— Non, pas grand-chose, elle m'a dit de bien travailler, qu'elle penserait à moi, qu'elle ne m'abandonnerait pas, et puis qu'elle avait un cadeau de New York et qu'elle me le donnerait plus tard. Qu'elle m'écrirait des nouvelles. Elle pleurait.

— Elle pleurait ?

— Oui, elle a fait un grand tour de l'appartement, pris plein de photos avec son téléphone, et des photos de la terrasse. Papa ? Faut pas pleurer. Papa, ne pleure pas, s'il te plaît.

— Tu ne peux pas comprendre, chérie.

Il prit sa fille dans ses bras, la serra. Mais il ne voulait pas la mêler à sa tristesse. Il n'avait pas le droit. Son esprit cédait au chagrin.

Cunégonde lui ravissait sa dernière part de jeunesse. Le laissant seul face aux années noires, livré à des souvenirs, des remords, des regrets. L'heure des bilans avait sonné. Il était vieux. Il redoutait ce moment depuis longtemps.

Le miroir de la salle de bains lui renvoyait l'image impitoyable d'un soixantenaire avec des poches sous les yeux, des cheveux argentés, des rides fines d'expression et d'usure, paupières affaissées, traits marqués par l'amertume. Chaque jour, en essuyant son corps, il découvrait de nouveaux plis toujours plus difficiles à sécher, ses couilles pendaient, ce qui n'était pas nouveau, mais jamais il n'en avait eu conscience et il avait pris du ventre.

Il le rentrait, bandait ses pectoraux, se mettait sur un pied, repliant son autre jambe contre sa cuisse. Il élevait les mains jointes au-dessus de sa tête. Il tenait l'équilibre, il restait comme ça, regagnant une once d'estime de soi.

Il devait perdre du poids, refaire du sport, pratiquer plus régulièrement le yoga. Pour plaire à qui ?

L'idée même de plaire lui semblait dérisoire.

Cunégonde l'avait remis au yoga. Jusqu'à leur ultime rendez-vous, il conservait l'espoir qu'en rentrant de New York, elle partirait avec lui pour un stage de yoga en Crète.

Le soir, il buvait. C'était la seule chose qui éloignait le vertige. Un mélange de rhum blanc, de sucre de canne et de jus de citron.

Le rhum lui montait direct au cerveau, le chagrin battait en retraite, ça lui secouait les neurones, ses souvenirs se pulvérisaient en un brouillard de fractales colorées. Il ne savait plus très bien s'il pleurait ou riait, il disait des conneries, personne ne les entendait.

Dans son ordinateur, il possédait des milliers de Cunégonde, dociles, exhibées comme des putes indécentes. Le rhum aidant, il se perdait dans le dédale des photos qui jalonnaient leur histoire, il parcourait les mails ou les SMS, sa vue se troublait. Il finissait par s'affaler sur le canapé devant un programme de télé débile, les pantins de la politique ne lui en semblaient que plus pathétiques. La connerie l'anesthésiait.

L'alcool l'apaisait mais un casque à boulons lui enserrait le crâne. Venait le moment des régurgitations rancunières.

Si encore elle n'avait pas croisé cet Américain. Les quelques mots qu'elle en avait dits suffisaient à le lui rendre antipathique. Et elle l'avait rencontré si tardivement, quelques jours à peine avant son retour. À la vérité, elle était terrorisée à l'idée de rentrer bredouille, vivant un échec consommé de son séjour. Il n'avait eu qu'à la cueillir comme une dinde, toute ficelée.

Un mois avant de rentrer, alors qu'il avait arrêté de compter les heures à l'attendre, tel un soldat sur les remparts d'une citadelle perdue, Cunégonde lui avait écrit un mail. Jusqu'alors, elle s'était montrée avare de nouvelles. Il respectait son silence, rongeait son frein, se rassurant en pensant qu'il devait la laisser vivre son initiation. Mais il la sentait seule, plus que cela, il la savait seule. Et soudain, ce message trahissait ses mésaventures. Tous les warnings étaient allumés. Cunégonde était à la ramasse.

Il lui avait alors donné l'adresse d'une relation new-yorkaise, Dora Branson.

« Elle connaît beaucoup de monde. Appelle-la, lui avait-il écrit. Tente le coup. »

Dora pourrait aider Cunégonde. Il était passé outre à l'incongruité de la démarche, il n'avait pensé qu'à la sortir de son exil. Dora était une ancienne maîtresse.

Le conseil avait marché au-delà de toute attente.

Cunégonde s'était embarquée pour New York autant par foucade que par calcul, cherchant une échappatoire à leur relation qu'elle n'arrivait pas à rompre.

Elle avait paré son voyage des vertus de l'apprentissage : un stage à New York. Il arrive que l'on tutoie l'absurde pour se sortir d'une impasse, quitte à se mettre dans une autre, pire encore. Y a-t-il quelque chose de plus gratifiant qu'un stage chez un disciple de Grotowski à New York ?

*

* *

Le réveillon chez la tante Maguie avait été dramatique. Jamais ils ne s'étaient fait autant de mal l'un à l'autre. Séparés, au milieu de convives que leur spleen rendait sans intérêt, ils n'avaient qu'à grand-peine réussi à donner le change. Ni champagne ni bonne chère n'avaient apaisé la tristesse des deux amants qui s'observaient à la dérobée à chaque bout de la table. Il ne manquait que la colère et le dépit conjugués pour que le drame pût éclater. C'était un cap terrible.

Pourquoi s'étaient-ils retrouvés assis là, à cette table vide d'après réveillon, couverte d'une nappe blanche et tachée, suaire d'une défunte soirée, côte à côte, silencieux comme des pénitents ? Elle pleurait, le regard fixe. Ses pleurs l'insupportaient. Ils lui faisaient mal, ils éveillaient un sombre écho dans sa mémoire.

Ça lui rappelait ces moments de sa jeunesse lorsque sa mère, aux matins tristes, dans la cuisine froide, laissait s'épancher son épuisement, sa solitude, son désespoir. Elle aussi vivait la fin d'un amour, le drame de la faillite d'un couple aux quatre enfants dont il était l'aîné. Les pleurs de sa mère l'avaient marqué pour toujours, lui laissant une blessure au cœur, comme l'empreinte des serres d'un aigle. Pourquoi ne se souvenait-on que des larmes alors que tant de sourires s'oubliaient ?

Cunégonde pleurait. Ils avaient atteint les confins de leur voyage. C'était terrible de devoir en convenir.

Sa voix s'éleva dans le silence. Il avait l'impression que quelqu'un d'autre parlait, maladroitement, butant sur les mots.

— Tu sais... si on en est là... je crois... c'est qu'on ne se fait plus de bien. J'ai l'impression qu'on ne se combine plus que pour se faire descendre. On ne se fait maintenant que du mal.

Il entendait ses reniflements, ses soupirs qui s'amplifiaient, c'était affreux. De la main, il dispersait quelques miettes égarées sur le lin blanc. Elle tortillait un muselet de bouchon de champagne, le balancier de la comtoise marquait le silence de son rythme. Il finit par se laisser emporter par le va-et-vient sonore et prit son élan, comme on se jette au-dessus du vide vers un point hors d'atteinte.

— Si je te fais autant de mal, si on ne doit plus connaître que des moments comme ça, vaut peut-être mieux qu'on se sépare.

Le mot était lâché. Mais il avait l'impression d'un va-tout, joué trop vite. Déjà, dans sa tête, il voulait lui entendre dire que non, ils ne pouvaient pas se séparer. Il crevait de peur qu'elle acquiesce.

Ils s'aimaient encore, mais d'un amour déglingué et qui cherchait vainement à retrouver son souffle.

Agrippé à son bout de nappe, chacun tentait de calmer son propre tumulte intérieur. Il osa un regard, elle avait le bout du nez rouge. Elle lui faisait une peine infinie. Il posa son iPhone sur la nappe. C'était un geste inexplicable, une forme de distanciation désespérée. Il prit une photo, en contre-plongée, de manière à les cadrer tous les deux. Deux noyés contemplant leur reflet dans le néant. C'était un cliché pathétique.

Cunégonde se leva, se réfugia dans un coin, droite comme un cierge, près de la fenêtre qui donnait sur la nuit. Il la rejoignit, la prit dans ses bras, la serra fort. Les larmes inondèrent sa joue quand il se colla encore davantage à elle. Elle était chaude et froide à la fois.

Ils commencèrent l'année nouvelle dans cette ambiguïté. Elle esquivait de plus en plus ses étreintes, il avait toujours envie d'elle. Et la frustration le tenait.

Cunégonde s'affairait autour des préparatifs de son voyage.

Il regardait ailleurs.

L'approche du départ dessinait maintenant la perspective d'un statu quo, il n'arrivait pas à le concevoir autrement que comme une sorte de lâche compromis. Cependant, il laissait à Cunégonde l'avantage tactique. Elle partait, lui restait.

Combien de fois avait-il été dans la position inverse, celui qui montait dans le train des au revoir quand la fille restait sur le quai, immobile, avec ses larmes ? Il se remémorait toutes ces séparations. Combien de flirts, de petites amies, de maîtresses, d'amantes larguées dans une vie, presque toujours dans la douleur, jamais dans la facilité, jamais ! On a tort de penser que l'on se remet, chaque épisode creuse une ride, laisse une cicatrice, dépose une mini-bombe à retardement.

Mais là il ne s'agissait pas d'une énième rupture de plus. La situation ne pouvait pas s'analyser de cette façon. Il aurait fallu être d'une sacrée insouciance et ça n'était pas son genre.

*
* *

« Tu peux pas voir les choses comme ça », se disait-il en remontant le pont métallique au-dessus du cimetière, les yeux dans le vague, le pas lent, bousculé par des joggeurs impatients aux chaussures criardes.

« Ça n'est pas une rupture de plus, putain, c'est bien pire, bien plus dramatique, tu le sais, tu savais que ça arriverait. Une fille qui a plus de vingt ans de moins que toi ! »

Bien sûr qu'il le savait et même qu'il l'avait accepté, intégré, ça faisait partie de la beauté de leur relation, de sa singularité. Chacun d'entre eux y trouvait son compte. Après l'ambroisie, l'amertume.

Il y avait un côté magnifique dans cette relation, pensait-il. Une richesse, regarde Lauren Bacall et Humphrey Bogart. Elle lui offrait sa jeunesse, il lui apprenait à voler. À ce jeu, elle ne pouvait que prendre un jour son envol.

« Dis donc Bogey, tu te souviens du vendeur au marché qui t'a demandé : "Elle aime les fraises votre fille ?" "Non, c'est mon grand-père" », elle avait répondu en lui faisant la bise. Tous les deux s'étaient marrés comme des sorbonnards qui viennent de faire un coup.

Tout en marchant, il dialoguait intérieurement avec lui-même. « T'es passé de l'autre côté, mon minet. Ça y est, tes six vies, tu les as usées. Te reste plus que la dernière, pas la meilleure, entre nous. L'heure, tu l'as pas vue filer. Tu t'es endormi sur la plage, la tête au soleil, tout au bonheur de te sentir vivre. Le ressac te berçait, le soleil réchauffait ta peau, tu étais pleinement heureux, elle était allongée à tes côtés, te tenait par la main. Ton bonheur t'étonnait. Tu souriais, tu t'es endormi. Tu t'es mis à rêver. Tu l'avais tellement attendu, l'Amour, le vrai, le grand. Tu n'en revenais pas d'avoir enfin appris à aimer. »

Au réveil, plus de soleil, la mer pareil. Plus personne. Il faisait froid. Sur la grève, des lettres dessinées dans le sable : « Je pars, je vais de l'avant. Adieu ! P-S : il y a des tranches de jambon dans le frigo. »

Tout à coup, une image surgit dans sa mémoire, celle de ce couple dont leur parlait monsieur l'abbé, au catéchisme, en sixième. Monsieur l'abbé, très grand et si élégant dans sa soutane noire, avec sa haute ceinture qui lui faisait la taille mince, quand il maniait la métaphore pour leur faire comprendre la notion d'éternité.

— Vous avez peut-être déjà vu ces couples dans le métro, leur disait-il, comme ils se regardent, les yeux dans les yeux. Ils paraissent totalement abstraits de la réalité, juste dans leurs regards d'amour, les stations passent et ils ne les voient pas. C'est cela l'amour de Dieu, un aperçu de l'éternité, du paradis, le temps n'existe plus.

Lui, le jeune garçon indiscipliné, le cancre, ça l'avait plaqué au mur cette image.

Il les avait déjà remarqués, ces deux-là. Quand il était plus petit. Ça avait éveillé en lui une lumière, une joie... et personne ne lui avait jamais rien dit, rien expliqué.

L'image était restée gravée, c'est ce qu'il avait ressenti avec Cunégonde. Exactement ce genre de regard.

Malheureusement, un affreux contrôleur était apparu, demandant les tickets. Le sien était périmé, depuis longtemps. Il avait été chassé du wagon.

Cunégonde, en partant, avait brisé le philtre d'amour. Tel Dorian Gray, il voyait apparaître la hideuse vérité. Elle lui avait volé sa jeunesse, ne lui abandonnant que sa part de laideurs.

Une question l'avait harcelé tout au long de leur relation. Il l'avait tournée et retournée, n'en faisant qu'incidemment état, d'une façon désinvolte.

Tôt ou tard, Cunégonde voudrait avoir un enfant. L'horloge biologique tournait. Au fil des années, elle glissait chaque jour insensiblement vers la quarantaine. Ils en avaient parlé, plusieurs fois, mais toujours, invariablement, elle répondait :

— Oui, bien sûr que j'aimerais, oui, je voudrais avoir des enfants, mais plus tard, je ne me sens pas encore prête.

Elle disait des enfants, pas *un* enfant.

Il se répétait qu'elle avait encore besoin de mûrir, et encore trop de choses à vivre pour faire le sacrifice de sa liberté. Cunégonde était en quête d'elle-même, prisonnière de traumatismes qui lui faisaient répéter des souffrances dont elle mélangeait les causes. Dans ces cas-là, inquiète, devenant irritable, en proie à des angoisses, elle ne communiquait plus et le laissait souvent à l'extérieur. Il avait tenté d'en savoir plus, mais sans grand succès. Elle se fermait.

Quelques jours à peine après leur première nuit, ils roulaient en voiture, conversant avec la confiance et l'abandon des jeunes amants.

— Tu m'as pas parlé de ta famille ?

— Ma mère est morte, lui avait-elle confié.

— Et ton père ?

— Lui, c'est un salaud. Je le déteste, je le hais, c'est une merde !

Elle avait désigné la route.

— Tu vois, s'il traverse, là, je l'écrase.

Il n'en était pas revenu. Le ton était d'une telle violence ! Il avait cherché à en savoir plus.

— J'ai pas envie d'en parler.

— Peut-être que ça te ferait du bien ?

— Non, ça peut pas.

— Et ta mère ?

— Suicidée. Elle s'est balancée par la fenêtre d'un palace à Monte-Carlo. À cause de ce salopard.

Elle s'était penchée sur lui et lui avait planté sa langue dans la bouche histoire de mettre un terme à la discussion.

— OK, d'accord. Tu préfères un chinois, ou quoi, un restaurant de viande ?

— Viande.

La question de la maternité se posait à beaucoup de femmes qui voyaient s'approcher la quarantaine. En tant qu'homme, la procréation l'avait bien longtemps hanté. Son père, le voyant changer si fréquemment de petite amie, lui demandait régulièrement, avec une maligne insistance, quand il comptait faire un enfant. Agacé, il éludait, s'abritant derrière de fumeuses excuses, la surpopulation, la guerre ou la vanité de se reproduire. Mais l'injonction infusait comme un poison.

En fait, plus il avançait en âge, plus le mal le rongeait. Lorsqu'il était tardivement devenu le père d'Albertine, son propre vieux père, voyant trottiner la jolie petite fille qu'il lui avait présentée quelques minutes auparavant, s'était exclamé :

— Qui est cette mignonne enfant ?

Réprimant ses larmes, il avait répondu : « C'est ta petite-fille, papa. » Son père était atteint d'Alzheimer, et il n'avait jamais vraiment compris que son fils avait exaucé son vœu. Il en avait ressenti une profonde tristesse.

L'amour qu'il éprouvait pour Cunégonde était tel qu'il s'interrogeait sincèrement sur une nouvelle paternité. « À mon âge ? » se disait-il. Non pour lui-même, mais pour l'enfant. C'était déraisonnable, finissait-il par conclure. Aurait-il été un Picasso, un Charlie Chaplin, productif, en pleine gloire, la chose eût été différente. Il faut avoir une âme de vainqueur ou la monstruosité d'un démiurge égoïste pour procréer à son âge.

Sa gloire cinématographique se conjuguait à l'imparfait et si sa créativité lui semblait intacte, il renâclait de plus en plus à affronter un milieu détestable, qui l'ennuyait. L'illusion d'un come-back s'éloignait inexorablement. Et il était las de répondre sans cesse à ceux qui s'inquiétaient de son absence et s'enquéraient de son prochain film. Ces questions n'étaient que palinodies sociales, conventions. Les gens ne connaissaient rien aux mécanismes sournois de la création, et s'il s'était aventuré à en faire état, ils se seraient enfuis.

Il avait fini par se murer dans un silence médiatique et social.

Il n'éprouvait plus aucune envie d'apparaître, tant cela lui semblait vain, et finalement obscène. Seul le « faire » le préoccupait.

Depuis qu'elle l'avait largué sur son bord de trottoir, au fil des jours, il sentait son chagrin se creuser comme une mer de tempête. Une mer grise, rageuse, avec des rafales qui forcissaient. Une pensée cognait dans sa tête avec la régularité des déferlantes sur la coque d'un bateau en perdition.

C'était exactement l'image qui s'imposait. L'évidence le submergeait. Il n'était plus que le jouet d'éléments déchaînés.

« Quel con j'ai été, mais quel con ! L'envoyer à Dora, faut-il vraiment ne rien avoir dans le ciboulot ! Non, tu as pensé à elle, c'était altruiste, tu voyais bien qu'elle était au bout du rouleau. Un beau crétin, oui. T'aurais dû la laisser se noyer et la cueillir au retour, en sauveur. »

Il était incapable de tels calculs. Même s'il convenait qu'en amour, il fallait parfois se résoudre à quelques perfidies.

Il avait été l'outil de son propre destin, son propre bourreau. Il connaissait tellement bien New York qu'il n'avait qu'à fermer les yeux pour imaginer ce night-clubbeur quand Dora lui avait présenté la petite Française de Paris : le loup de Tex Avery, Glurps ! Gasp ! Les yeux lui étaient sortis de la tête. Il avait dû rafler deux spritz au bar et l'avait entreprise dans la minute. Tsouin ! Tsouin ! *Rock'n'roll baby*.

Cunégonde était le gibier parfait : française, paumée, en situation d'échec, en rupture de couple. Elle était belle, singulière, et son anglais était parfait. Il était le messager du destin, la sauvant in extremis d'un retour minable en France, qui lui aurait fait perdre la face. BINGO !

Elle avait dû succomber au troisième spritz.

Il cherchait à deviner ce qu'il devait bien avoir. Nécessairement, quelque chose. Mais comment l'admettre ?

C'était le genre de pensées qui le harcelaient du soir au matin.

Il retournait au parc et marchait sans but dans les allées, dans le sillage des joggeuses, humant leurs parfums qui se mêlaient aux odeurs de gaufres. Quand il avait parcouru assez de terrain, il s'asseyait, non loin du toboggan et de Chopin, et reprenait le carnet là où il l'avait laissé. Sur les traces de l'homme qui se perdait dans la neige…

Il écrivait, s'interrompait, reprenait, relevait encore la tête, laissant ses yeux s'absorber dans le flot ininterrompu des coureurs. Ce mouvement cinétique agissait tel un puissant hypnotique ; le regard dans le vague, il demeurait là, sans rien voir, et Cunégonde envahissait son esprit.

Elle devait jogger à Central Park maintenant. Joggait-elle d'ailleurs ? L'idée lui brisait le cœur, il aurait tant aimé être avec elle, complice et heureux de lui faire découvrir cette ville tout en verticalité. Il avait couru si souvent, seul, dans ce parc étrange, recouvert de neige, prisonnier de ces hautes murailles d'immeubles pleines de fenêtres, tandis qu'il travaillait à un avenir qui s'annonçait brillant.

*
* *

Cunégonde venait tout juste de mettre une photo d'elle sur un réseau social. La salope portait la casquette qu'elle lui avait piquée. Elle lui prenait toutes ses casquettes, elle avait une tête à chapeaux. Tous lui allaient, il les lui mettait sur le crâne rien que pour lui prouver combien elle était belle. Elle se faisait prier.

— Chérie, tu as une tête à chapeaux.

— Mais non.

— Mais si. C'est comme ça. C'est un don, tu n'en es pas responsable. Accepte.

Il restait songeur à l'idée que les petits bonheurs deviennent si dérisoires une fois qu'on s'était quittés.

Autrefois, New York avait représenté un véritable espoir, la chance de sa vie, une telle échappée vers une existence nouvelle qu'il était jaloux de cette ville. Il aurait aimé la partager avec elle, retrouver le dynamisme de ces temps-là. L'imaginer bouffant Big Apple sans lui le mettait au supplice, surtout si une autre bouche se mêlait à la sienne et qu'ils mélangeaient leurs salives. Parfaitement dégoûtant.

C'était son amie Ingrid qui avait repéré la photo et s'était fait un malin plaisir de la lui envoyer.

Elle avait ce petit côté pervers. Il y a toujours un ami qui vous montre la mauvaise photo ou la mauvaise critique. Le monde entier pouvait la voir allongée sur un transat, avec des buildings en toile de fond. Bien qu'elle fût en maillot de bain, elle montrait son cul à tous les passants. Ce ne serait pas la dernière fois, son nouvel amant l'exposait comme un trophée, il appréciait les belles carrosseries, normal il était vendeur de bagnoles. Drôles de manières. Aimait-elle ça ?

Il abusa plus que de raison du rhum ce soir-là et déprima. Il s'écroula dans son lit.

Durant la nuit, il eut atrocement soif. À poil, d'un pas mal assuré, il entra dans la cuisine, n'alluma pas, craignant pour ses yeux. Bon Dieu, quelle soif ! Les bulles claquèrent dans sa gorge tandis qu'il regardait par la fenêtre le cimetière en bas. Tout était sombre, on distinguait vaguement la forme des tombes. Le visage faiblement éclairé par la lumière au sodium des lampadaires, il pensa à sa mère, elle était là, enterrée à une bonne centaine de mètres. Elle était si près… Si sa tombe n'avait pas été cachée par un bout d'immeuble, il aurait pu la voir de là où il se trouvait. Elle était toute proche, pauvre maman ! Son cœur se serra un peu plus. Pourquoi n'allait-il jamais la voir ?

Il regarda l'horloge de la cuisinière, trois heures trente du matin. Sa gorge soudain se spasma, les larmes lui vinrent. Il sanglotait.

C'était durant une nuit comme celle-là, à la même heure, qu'avait retenti la sonnerie.

Il avait décroché, il savait.

— Allô ?

— Vous êtes bien monsieur… ?

— Oui.

— Madame… votre maman, est décédée à trois heures, je vous présente toutes nos condoléances.

— Je vous remercie.

Il avait raccroché, sans rien ajouter. Dans la pénombre, nu, seul, assis à son bureau, silencieux, d'abord stupide et pétrifié, peu à peu, il sentait poindre en lui un sentiment inouï, d'une netteté et d'une beauté confondantes. Un soulagement infini l'emportait vers une totale plénitude d'esprit. Elle était partie, délivrée, elle ne souffrait plus, enfin. Elle avait regagné le Grand Tout… Il se sentait empli par une révélation supérieure. Jamais, jamais une seule fois, une seule seconde, de toute sa vie, la certitude d'une absolue cosmogonie ne l'avait frappé de la sorte. Il vivait une fulgurante révélation. Il n'aurait plus jamais peur de la mort…

Un an après le décès de sa mère, à la même époque, le chagrin le percutait de plein fouet, comme un train lancé à pleine vitesse. Il sombra dans une dépression grave.

Avec le départ de Cunégonde, il lui semblait revivre un deuil, il en reconnaissait la nature, le cycle des pensées morbides, les larmes, les sanglots, le vertige, l'envahissement d'images récurrentes, l'impuissance à les chasser, l'angoisse, le manque qui tordait les entrailles, le sentiment d'un vide abyssal. Il ne pensait à rien d'autre qu'à elle, elle, toujours elle. Il était bombardé d'images de leurs étreintes, assailli de désir, terrassé par la frustration. Son esprit se refusait à cette vérité. Le souvenir de son corps était si fort, si cru qu'il l'entendait gémir, mais une vitre glacée les séparait. Il ne pourrait pas vivre sans elle.

Derrière lui, il perçut un léger bruit, il fut ramené à la réalité, il alluma la lumière de la cuisine. Plusieurs points noirs, rapides comme des éclairs, disparurent vers les coins sombres.

Des cafards ? Cette nuit, tout n'était que cafard.

Après maintes tergiversations, il se décida à partir pour la Grèce. Il n'en avait pas fallu moins de deux pour le convaincre : Albertine et Ingrid. Ingrid, outre son activité de psy et bien qu'elle enseignât très peu, était professeur de yoga et chaque année, elle partait pour ce stage crétois afin de parfaire sa pratique. Mais c'était Albertine qui avait su le décider. En dépit de son âge, elle avait une sacrée personnalité. Elle aimait son père et, par moments, elle arrivait à prendre un ascendant sur lui, par sa clairvoyance, et plus encore par l'affection qu'elle lui témoignait.

— Papa, tu y vas. Tu y vas, insista-t-elle.

— J'ai plus la force chérie. Je ne suis pas en état.

— Tu discutes pas, je veux pas te voir comme ça, tu te rends pas compte dans quel état t'es. Tu vas arrêter avec cette conne, elle m'a même pas donné mon cadeau.

— Tu ne peux pas comprendre, chérie.

— Si, je comprends que tu dois partir et que tu discutes et qu'elle en vaut pas la peine.

Dans ces moments, elle prenait un air tellement sérieux ! L'inversion des rôles le faisait sourire. Il céda. Des idées de suicide l'assaillaient. Il se savait sur le toboggan. Un réflexe de survie l'emporta. Ingrid assura dans un registre plus mature, faisant appel à sa raison.

— Ça n'est pas raisonnable de rester ici. Je serai avec toi, on pourra parler. Tu as besoin de faire une coupure. Écoute ta fille. Tu vas voir, là-bas c'est formidable.

— J'ai envie de voir personne, je veux pas imposer ma tronche aux gens.

— Les gens n'ont rien à foutre de ta tronche, ils viennent pour faire du yoga, insista-t-elle en allumant une cigarette.

Elle sortit sur le balcon, continuant son discours.

— Tu vas voir le bien que ça va te faire. Allez, en plus t'as déjà payé ton billet.

Albertine surenchérit :

— Ingrid va s'occuper de toi. Papa, je t'aide à faire ta valise… tu prends la noire ou la bleue ?

— La plus grande.

— Ça fait combien de temps que tu n'as pas été en Crète ? lui demanda Ingrid.

— Quarante ans…

Il se fit la réflexion que quand on commençait à compter avec de pareilles échelles de temps les choix devenaient sérieux.

Rester seul le terrifiait. Seul, dans un huis clos avec le fantôme de Cunégonde, il n'avait aucune chance. Même s'il savait que son amour meurtri allait voyager en clandestin dans ses bagages, mieux valait encore la mer de Libye, elle emporterait peut-être un peu de sa douleur au large. Cette mer l'avait tant fait rêver du temps où il naviguait…

Il fallait mettre un frein à la machine infernale.

3

Avant de partir, il devait encore faire les examens que sa généraliste lui avait demandés. Il fallait consulter. Google fit apparaître le trombinoscope d'un grand hôpital privé. Il chercha la section hématologie. Il parcourut la galerie de portraits et finit par en trouver un qui avait une bonne tête. Ça a de l'importance la physionomie d'un médecin. On lui confie sa vie. La médecine grouillait d'imbéciles, de niais et de fats, comme la politique.

Non, le docteur Lamron, Édouard, hématologue, avait l'air humain, et intelligent, c'était important.

Il téléphona à l'hôpital pour prendre rendez-vous avec lui, la secrétaire avait une voix mélodieuse. On sous-estime l'effet d'une voix sur le patient. Une petite dizaine de jours pour un rendez-vous en fin de journée. Un sursis, tant qu'on ne sait rien, on est bien portant.

Sa première visite à cet hôpital remontait à l'année qui précédait leur rupture, Cunégonde l'accompagnait. Il connaissait un épisode de vertiges aussi soudains que violents. Un truc qui lui était tombé dessus sans crier gare, sans signes précurseurs, juste un immense stress. Tout s'était subitement mis à tourner dans sa tête, il ressentait de tels vertiges qu'il tenait à peine debout. Il avait dû interrompre un tournage en province. En catastrophe, Cunégonde descendit le chercher. Elle était apparue comme une déesse salvatrice dans cette petite chambre d'hôtel où il était resté confiné sans pouvoir avaler une bouchée, prostré, redoutant on ne sait trop quelle atteinte neurologique.

Il avait vu un médecin de campagne qui lui avait prescrit des antivertigineux, et dit qu'il devait avoir un peu de tension. Il avait préféré ne rien répondre, lui qui avait d'habitude une tension de jeune homme. Quand il déclina son nom, le médecin lui demanda s'il avait un lien avec celui qui faisait des films autrefois.

— Non, mais on me le demande souvent, avait-il répondu.

Le médecin n'avait pas insisté mais avait continué à le regarder d'un air bizarre, et même, aurait-on pu dire, zarbi. « C'est drôle qu'il ne fasse plus de films, avait-il sans doute pensé... Il n'a peut-être plus rien à dire. »

Il était reparti avec son ordonnance sous le bras et des médicaments qui n'eurent aucun effet. Il fallait rentrer à Paris et se trouver un médecin spécialiste, en plein mois d'août. Les choses s'annonçaient mal.

— Mon pauvre chéri, dit Solène en venant s'asseoir sur le bord du lit sur lequel il transpirait depuis deux jours, les yeux au plafond.

Elle lui caressa le visage.

— Il fait une chaleur de dingue.

— Je sais, mais il y a du bruit dehors, je supporte plus le bruit. Foutons le camp d'ici.

Elle avisa le plateau-repas qui était resté intact sur le lit voisin. Ça puait l'œuf mayo qui avait viré.

— Tu n'as rien mangé, constata-t-elle.

— Je peux rien avaler. Juste du pain. Et tu sais, je touche plus au café.

— Il est mauvais ?

— Non, je peux plus en boire.

— Oh mais dis donc, mon prince, ça ne va pas du tout. Je t'embarque, moi. On a trouvé un rendez-vous à Pompidou. Et tes médocs là ?

— Aucun effet. Que dalle.

— Raconte, qu'est-ce qui t'est arrivé alors ?

— Attends, je prends une douche et on se barre. Aide-moi s'il te plaît.

Elle le soutint, il avait du mal à marcher droit. Il se mit dans la baignoire et elle le savonna avec douceur.

— Écoute, je ne sais pas ce qui s'est passé, je n'ai jamais connu ça. L'autre soir, j'étais avec tout le monde au resto. C'est une bande de dingues cette équipe, ils pensent qu'à picoler, tu peux même pas t'imaginer, des malades. J'avais juste bu une bière. Eux, ils continuaient à fond la caisse, vin, bière, whisky. Un truc de folie. Je te parle pas des apéros avant le dîner. J'ai commencé à sentir que je tanguais, comme si j'étais bourré. Je me suis dit : c'est pas possible, t'as rien bu.

— T'avais vraiment rien bu ?

— Mais, non, je te jure. J'ai commencé à flipper, grave. Je me sentais mal, j'angoissais complètement. Je voulais rien dire. Je ne sais pas pourquoi, j'avais peur de me montrer comme ça… Mais surtout, je flippais parce que j'avais l'impression qu'à partir du moment où je dirais que ça n'allait pas, je lâcherais tout. J'essayais de me lever de quelques centimètres, mine de rien, je n'y arrivais pas, je me rasseyais. Je ne pensais qu'à partir, mais j'avais peur de tomber et que tout le monde me voie. J'angoissais, tu peux même pas savoir.

Elle l'aida à se sécher, le frictionna.

— J'ai pris mon courage à deux mains, je me suis levé de table en visant la sortie, dans le même élan. J'ai dû vaguement dire « Salut, je vais me coucher »… De toute façon, ils étaient tellement bourrés… Je me suis retrouvé dehors et là : le cauchemar.

Tandis qu'il continuait à raconter son histoire, elle l'aidait à s'habiller.

— Dehors, nuit noire, je devais marcher sous une voûte d'arbres, un vrai tunnel, le long des murs d'enceinte du village pour regagner le gîte. Tout au bout du tunnel, je voyais juste un peu de lumière, une bonne centaine de mètres à parcourir dans l'obscurité. J'ai dû faire une quinzaine de stations, je m'arrêtais, tout tournait, et puis je repartais, j'ai bien mis vingt minutes. J'avais une putain de peur de tomber, aucun point de repère. L'horreur.

— Mais pourquoi t'as pas demandé à quelqu'un de t'aider ?

— Ils étaient ronds comme des queues de pelle, et puis je ne voulais pas qu'on me voie dans cet état, j'espérais encore que ça passerait.

Il avait fini de s'habiller. Cunégonde demanda qu'on descende la lourde valise.

Fallait-il qu'il aime Cunégonde pour la laisser conduire, fallait-il qu'il se sente mal pour lui abandonner le volant !

Elle se débrouillait très bien, mais il trouvait qu'elle roulait trop vite.

— Je t'en supplie, conduis doucement.

— Ça te va comme ça ? répondit-elle en ralentissant à l'excès.

— Oui, n'exagère pas.

Il tenait toujours le volant, d'habitude. Là au moins, comme passager, il avait le loisir d'admirer le paysage, ça avait cet avantage. Objectivement, la route était magnifique, la Bourgogne verdoyait. Il était trop fatigué pour faire des photos. Dieu merci, son œil valait une caméra.

Le médecin qui les reçut à Pompidou partait le soir même en vacances. In extremis, il l'ausculta, le fit se tenir debout, regarder un point fixe et faire plein de trucs d'équilibriste. Cunégonde suivait les opérations avec inquiétude. Il examina encore ses yeux, le fit marcher sur une ligne imaginaire. Il diagnostiqua un nystagmus, déclaration qu'il assortit de quelques formules cabalistiques et, sans autre procès, partit pour la Riviera. Avant de passer la porte, il se ravisa : « Ah ! Si ! Consultez un neurologue, mais ce serait bien aussi de voir un otorhino. »

Il rédigea un rapport en conséquence pour les collègues, et bonne chance.

Cunégonde, le nystagmus et lui repartirent dans la vacuité urbaine de ce début de mois d'août, l'anxiété au cœur. Quel dommage, on circulait bien, il faisait beau, l'air était doux. « Ne tombez jamais malade au mois d'août », pensait-il en passant en revue les persiennes tirées et les places de stationnement vides.

— Tu as vu comme j'avais la main qui tremblait ?

— Bon, il faut qu'on trouve quelqu'un, dit-elle. On va voir ailleurs ?

Une brève visite au service d'otorhinolaryngologie d'un autre grand hôpital parisien les dissuada définitivement de s'enhardir ; à moins d'avoir envie de faire une étude sociologique de terrain, l'entreprise relevait d'un sport extrême. La médecine à deux vitesses n'était pas une expression vaine.

Ainsi échouèrent-ils dans un super hôpital privé pour riches, bien heureux de trouver un médecin qui ne soit pas déjà à la plage et de posséder les moyens d'un tel luxe. Cunégonde l'accompagnait sans fléchir. Il l'admirait en silence, il la trouvait élégante, avec cette touche classieuse dont il appréciait le charme discret. L'épreuve, lui semblait-il, donnait à leur amour une dimension nouvelle. Il avait le sentiment qu'elle les soudait. Ils étaient tous les deux assis à attendre le neurologue, devant une reproduction d'un tableau de Hopper représentant un voilier en équilibre sur une vague par mer calme. Ils se tenaient par la main comme des gamins amoureux, son anxiété se focalisait sur les symptômes d'une maladie neurodégénérative précoce, il n'osait pas trop en parler. Cunégonde lui caressait la main. Il y a dans les pires moments des instants magiques.

Après, ce fut le chaos, un maelström d'épisodes maniaco-dépressifs, de péripéties où tout se mélangeait dans sa mémoire, et cet enchaînement d'événements conduisit au drame.

*
* *

Dire que tout cela ne s'était produit qu'un an auparavant, au milieu de l'été. Le temps d'un battement de cils. Désormais, Cunégonde ne lui tenait plus la main, il était seul à attendre son rendez-vous avec le docteur Lamron. Elle, elle était partie avec le lustreur de carrosseries, il l'appelait comme ça maintenant. Il avait appris que le type tenait un magasin de voitures de luxe, il les vendait, il les louait, notamment au cinéma, il fréquentait le showbiz, et il était aussi une sorte de photographe à ses heures perdues, un touche-à-tout. Il balançait sur le Net plein de photos de filles à poil parmi lesquelles fleurirent bientôt celles de Cunégonde, sa nouvelle muse. Sans avoir un doctorat de psycho, comme beaucoup de gens sur la Toile, on sentait que le fiancé avait un sacré besoin de se faire valoir. En se remémorant leurs relations de couple, il restait estomaqué que Cunégonde, la pudique, pût se livrer avec tant d'impudeur. Se rendait-elle compte que le monde entier avait accès à ces photos ? Elle jetait sa culotte par-dessus les gratte-ciel. Était-ce l'expression de sa nouvelle liberté, une forme inconsciente de défi à son passé ? Ou la réalisation longtemps réprimée d'une envie secrète ? C'est fou le nombre de pensées qu'on peut brasser dans un couloir d'hôpital quand on attend un médecin.

Le cabinet du docteur Lamron était sobre, à peine décoré et relativement épargné par l'exposition de masques africains. Ce médecin avait l'air jeune et sérieux, il ne fallait pas nécessairement se hâter de conclure, pourtant il lui semblait avoir fait un bon choix. L'hématologue consultait attentivement le courrier de sa généraliste et les résultats des dernières analyses qu'elle lui avait ordonnées. Un instant, il pensa à le photographier. Il n'en fit rien. À quoi bon. Il avait une voix posée, calme, il était rassurant.

Il voulait en savoir plus, l'anémie était bien réelle, mais c'était la cause qui devait être mise au jour.

— Je vous prescris un myélogramme.

Il s'interrompit et le regarda.

— Ça n'est pas bien agréable, mais c'est le seul moyen d'en savoir plus. On va vous faire un prélèvement de moelle osseuse.

— Ponction sternale ? demanda-t-il.

— Oui.

Il regretta d'en savoir trop. Ses études de médecine avortées, mais suffisamment avancées, lui avaient appris en quoi consistait ce type d'examen ; les jeunes étudiants le redoutaient, car il valait mieux ne pas se rater.

— Je vous adresse à un service d'hématologie avec lequel nous travaillons, ils sont efficaces. Ne vous inquiétez pas, tout ira bien. Je vous revois après votre examen, c'est assez long pour les résultats.

Il expliqua au médecin qu'il partait en vacances et qu'il ferait son examen au retour.

Il n'insista pas pour en savoir davantage, il en savait assez.

Il ressortit un peu sonné. On ne parlait plus de transaminases un peu surnuméraires, ou de cholestérol, ce genre d'examen ne se pratiquait pas pour le plaisir, à la légère. Il préférait ne pas penser à ce que l'on allait trouver.

Pour l'instant, tout allait bien, il s'arrêta dans un café, commanda un expresso et un croissant, et se plongea dans la lecture du journal. Les nouvelles du monde étaient catastrophiques.

Surtout, ne pas gamberger. Il valait encore mieux penser à Cunégonde, il avait appris qu'elle était repartie pour New York. De nouvelles photos d'elle fleurissaient sur la Toile. Le fiancé new-yorkais mitraillait sa nouvelle conquête. Le moins qu'on pouvait dire c'était que depuis la photo de famille elle avait sauté une classe : des sous-vêtements résille, des fentes bien placées, des attitudes provocantes, le regard qui tuait. Les tétons perçant l'étoffe du tee-shirt, la cuisse alerte, autant de coups de poignard de la voir se donner à un autre avec une telle indécence. Elle qui se refusait à ses prières d'oublier parfois son soutien-gorge les jours d'été, il la découvrait seins nus pointant sous le tee-shirt dans les rues de New York. Il n'en revenait pas. Avait-elle perdu la boule ?

*
* *

En proie à la dépression, il partit finalement en Grèce, sans joie, l'image de sa bien-aimée en médaillon dans le ciel. Le manque le rongeait, la douleur serait-elle moins forte au soleil ?

Ingrid l'accompagnait, la présence d'une amie intime le rassurait. Ça faisait du bien de pouvoir parler sans détour, de se répandre. C'est elle qui avait lancé l'idée de ce stage plusieurs mois auparavant. Il pensait y participer avec Cunégonde, à son retour de New York.

Ingrid et lui s'étaient connus dans une autre vie. Elle s'occupait d'un important théâtre dont elle était l'administratrice. Elle connaissait tout Paris. Elle s'amusait, avait beaucoup d'amants, il n'en avait jamais fait partie. Ils se connaissaient depuis le bac. Ingrid s'était lassée de ce milieu du spectacle et de sa superficialité avant lui, elle avait tout arrêté. Elle s'était remise à ses études. Psycho, philosophie, et à force de travail et de constance, elle était devenue psychanalyste. Une sacrée psychanalyste, même.

Lorsque Cunégonde et lui s'étaient mis en couple, il lui avait présenté Ingrid. Elles étaient devenues copines. Ingrid avait aidé Cunégonde à finaliser un mémoire de fin de cycle en psychologie. Cunégonde se cherchait, elle étudiait tous azimuts, c'était sa période psycho ; revers de la médaille, il y avait du déchet, elle s'éparpillait, et parfois, se perdait. Elle se mettait à paniquer.

Cunégonde était une enfant blessée, elle souffrait vite, préférant, la plupart du temps, remettre en question les autres plutôt qu'elle-même. Les psys, hommes ou femmes, qu'elle voyait ne convenaient plus après quelques séances, ils ne la comprenaient pas. « C'est une conne, ou c'est un macho, ça sert à rien de toute façon », coupait court à toute velléité d'encouragement. Et, quelques semaines plus tard, elle repartait en quête d'un ou d'une autre thérapeute qui saurait mieux la comprendre.

Sa soif d'apprendre prenait des formes variées, tout y passait, il faut dire qu'elle était douée pour tout : théâtre, piano, sculpture, thérapie, dessin, stages divers et yoga. La tante payait. Tante Marguerite était riche, elle s'occupait de sa nièce comme de sa propre fille. À la mort tragique de sa sœur, la mère de Cunégonde, tante Marguerite avait essayé de combler son absence ; et à défaut d'être tendre, elle entretenait sa nièce. Ce qui, finalement, ne l'aidait guère. Sans le réaliser, elle en faisait une gosse de riche. Aucune critique ne mettait Cunégonde plus en colère que cette qualification.

Ingrid et Cunégonde s'étaient assez rapidement trouvées, elles se voyaient souvent, même hors de sa présence. Il était heureux qu'elles fussent devenues amies. Il s'amusait de leurs rendez-vous de filles le soir dans les cafés.

Un différend survint néanmoins entre les deux amies à propos d'un mémoire de Cunégonde auquel Ingrid avait contribué. Au cours d'un dîner, Cunégonde se plaignit que son examinatrice ait trouvé sa copie en partie hors sujet. Cunégonde remettait implicitement en question les suggestions d'Ingrid.

— T'es quand même gonflée, lui rétorqua celle-ci, c'est pas moi qui passais l'examen. Tu pouvais interpréter, ma fille.

— J'ai suivi ton argument.

— Personne ne te demandait de le suivre aveuglément. Si tu n'avais pas travaillé au dernier moment...

Ce soir-là, elles se séparèrent en froid. Cunégonde lui déclara qu'Ingrid était rigide et dogmatique. De son côté, Ingrid lui dit la même chose de Cunégonde. Il était pris entre deux feux. Il avait l'habitude, ça le changeait de l'autre combinaison habituelle, Cunégonde et Albertine.

Cunégonde exigeait beaucoup, mais ne rendait pas toujours en proportion. Son inconstance finissait souvent par prendre le dessus, elle laissait les choses en plan, n'imaginant pas que les amis qui l'avaient aidée s'en trouvent frustrés. Ce genre de situation se répétait. Cunégonde en rendait facilement responsables les autres. Sans qu'elle s'en rendît compte, tout lui était dû, elle se comportait comme une princesse, une enfant gâtée. Pourtant, il lui trouvait toujours des excuses, il prenait la défense de sa capricieuse, il vivait sous son charme. Sa jeunesse le ravissait. Il se nommait lui-même prince charmé.

*
* *

Il s'était levé affreusement tôt pour prendre cet avion à destination d'Héraklion. Depuis l'arrière du taxi, devant ses yeux fatigués, la ville endormie défilait comme un décor vide. Les lumières de l'aéroport le réveillèrent vaguement.

Il monta dans l'avion de Transavia comme un somnambule, laissant Ingrid et le groupe de yogis à l'avant. Il gagna l'arrière de la cabine. Il affectionnait les places en queue d'appareil. Si l'on ressentait plus durement les turbulences, au moins, il n'y avait personne pour donner des coups de pied dans son dossier. À cela s'ajoutait que, statistiquement, ces places laissaient une petite chance de survie supplémentaire en cas de crash ; en contrepartie, on sentait, à travers la cloison, par intermittence, le choc de la dépressurisation produit par la pompe aspirante des toilettes.

Les sièges voisins du sien étaient inoccupés. Sitôt assis, la tête calée contre son hublot, il lâcha prise. Pour lui, avant tout, l'avion était un endroit idéal pour rêver, même si, ce jour-là plus que les autres, le rêve ressemblait au cauchemar. Muni d'écouteurs à réduction de bruit, très vite après le décollage, il s'abandonna à une rêverie flottante.

Il revoyait les images de leur première rencontre. C'était une fin de journée comme une autre, le cinéma se vidait de son public à la fin d'un film coréen. La projection avait été suivie d'un débat durant lequel il était intervenu brièvement. Une grande jeune femme aux cheveux blonds l'aborda. Elle lui demanda d'une manière réservée s'il n'était pas réalisateur. Elle croyait le reconnaître, il répondit qu'il l'avait été, autrefois. Mais qu'il ne l'était plus. Elle trouva que c'était dommage. Elle avait aimé ses films.

Il la sentit sincère, quoiqu'un peu coincée, tout d'une jeune patricienne. Elle se présenta confusément, il n'entendit pas bien son nom, mais saisit son prénom, Solène. Une jeune bourgeoise, assurément.

Bien qu'il fût avec sa compagne de l'époque, Sofia, une ressortissante argentine et, accessoirement, d'une jalousie maladive, il l'invita à se joindre à quelques personnes qui avaient assisté au débat. Ce réflexe l'emporta sur toute prudence. Au café, lorsque Solène prit place en face de lui, il ressentit un choc.

Solène le captiva immédiatement. Il n'arrivait plus à détacher son regard de cette femme à la grâce unique. Il en était gêné pour Sofia, il se sentait coupable, mais il était incapable de maîtriser son émotion. Il tentait de donner le change, car il avait une grande affection pour Sofia, sans succès. Ses yeux revenaient, comme aimantés, vers cette Solène. Elle avait quelque chose de spécial, une élégance, une posture à la fois noble et gauche. Elle possédait de longues mains, une bouche ourlée, une lèvre inférieure pulpeuse, des yeux immenses, bleu-vert, mais par-dessus tout, lorsqu'elle tournait la tête, elle dévoilait un cou de lys, d'une perfection et d'une grâce confondantes. La vision de ce cou lui donnait des frissons dans tout le corps.

Rouge, bleu, rouge-bleu, tantôt chaude, bouillante, tantôt froide et distante, la lumière des néons éclairait le bel ovale du visage de Solène. Il était en train de tomber amoureux. Sofia, pourtant gracieuse et typée, lui paraissait soudain ordinaire. C'était injuste, ils vivaient ensemble un bonheur tranquille. Sa volonté ne lui était plus d'aucun secours, il était sous l'emprise de cette inconnue. Il pensa qu'on n'entendait jamais siffler la balle qui vous tuait. Il venait d'être touché en plein cœur.

Quelques jours plus tard, Sofia et lui se faisaient leurs adieux. Il se souvenait de l'avoir tenue longtemps dans ses bras, serrée contre lui. Elle était chaude, tremblante, l'émotion la bouleversait, il percevait les effluves de sa sueur de brune. Elle était mince entre ses bras, fragile. Son chagrin lui faisait mal, il n'aimait pas la voir souffrir. Sofia était une fille marrante, pleine de vie et d'humour et polissonne. Hélas, d'une grande jalousie, elle lui faisait souvent des scènes, sans raison, peut-être ses racines sud-américaines. Il l'avait mise en garde contre ce comportement qui les éloignait, ce fut la raison officielle de leur séparation. Ils vivaient en couple depuis trois belles années, il eut de la peine de la quitter.

Pour autant Solène, qui ne s'appelait pas encore Cunégonde, ne lui laissa pas le temps de regretter Sofia : elle avait envahi son esprit et ne lui accordait plus aucun répit.

Il y avait eu un premier rendez-vous qui commença par une catastrophe. Il l'emmena sur sa

Honda Pan European. Elle avait de grandes jambes et enfourcha l'engin sans difficulté.

« Un bon point », pensa-t-il.

Il lui dit qu'elle pouvait se tenir à lui, mais que si elle préférait, il y avait des poignées à l'arrière. Elle choisit les poignées. On était au mois de juin, les journées s'allongeaient encore, il faisait beau. Sa cavalière et lui traversèrent Paris comme sur un tapis volant. L'air était tiède et Solène trouvait la promenade délicieuse. Cette moto était puissante et confortable. Il pilotait avec souplesse, il avait passé l'âge d'impressionner les filles en effectuant des acrobaties. Il avait survécu à une quinzaine de motos et des années de casse-cou. Un accident grave et à l'issue miraculeuse avait achevé de calmer ses ardeurs, sans qu'il abandonne sa chère moto pour autant.

Il l'emmena dans un petit restaurant où l'on mangeait un très bon saumon fumé. Il y avait des tables sur le trottoir, pas trop de monde, il faut dire qu'il était tard.

Il mit la moto sur la béquille latérale et rangea rapidement son casque dans la sacoche. La moto pesait un âne mort ; la mise sur béquille centrale demandait un effort de torsion du dos, et depuis son accident, il économisait le plus souvent possible ses vertèbres abîmées en ne positionnant que la béquille latérale. Il désigna à Solène l'autre sacoche.

— Je fonce voir s'ils servent encore. Tu fais comme moi pour le casque, dans l'autre sacoche.

Dieu merci, on servait encore. Paris devenait depuis quelques années une ville de province, le service se terminait de plus en plus tôt. Il ressortit du restaurant et s'arrêta sur le seuil, Solène s'affairait encore sur la sacoche et poussait sur le rabat ; il sentit le danger imminent, mais le couple de renversement fut atteint avant qu'il ait pu faire un pas. La moto bascula sous la poussée et chuta sur le trottoir dans un grand fracas.

« Et merde ! Ça commence bien », pensa-t-il, se précipitant.

Toute la terrasse s'était tournée en direction de la moto.

Debout à côté de l'engin, Solène restait pétrifiée.

— Ben, je sais pas ce qui s'est passé, elle est tombée ; je comprends pas.

L'essence commençait doucement à s'écouler du bouchon du réservoir.

— Aide-moi, s'il te plaît, tiens, prends, là, la poignée, ici.

Ils se mirent tous les deux du même côté et redressèrent l'engin.

Le rétroviseur droit pendait lamentablement au bout des fils électriques du clignotant.

— J'ai cassé quelque chose, on dirait ?

— Non, je vais le remettre, ça se déboîte facilement, c'est fait pour.

Il remboîta le rétro d'un coup du plat de la main, le rétroviseur reprit sa place, il régla le miroir. Il fit dignement le tour de la moto. La peinture était éraflée, légèrement. Ce n'était pas la première fois qu'elle tombait. Chaque fois ça lui brisait le cœur, mais il n'en laissa rien paraître.

Il faisait tiède et les feuilles des marronniers exprimaient déjà toute leur vigueur printanière dans des nuances de vert tendre. Le soir tombait. Des voitures passaient dans l'avenue, les carrosseries brillaient, on aurait pu croire qu'elles sortaient toutes du lavage.

Ils s'assirent à une petite table sur le bord extrême de la terrasse. Une bougie éclairait le visage de Solène d'une douce lumière rose. Ses paupières étaient ombrées d'un discret bleu de Prusse, mettant en valeur ses yeux en amande, ses lèvres ornées de rouge indien. Elle hésita longtemps sur la commande, demandant à plusieurs reprises des renseignements, revenant sur son choix. Elle opta finalement pour un cocktail de crevettes sauce corail en entrée, lui, des harengs de la Baltique, et ensuite, dans un touchant ensemble, ils commandèrent du saumon fumé sauvage d'Écosse accompagné de crème épaisse et de blinis. Une bouteille de chablis trônait dans un seau à glace, elle était déjà entamée.

Solène lui tendit son verre, il la resservit. Elle avait une bonne descente. Il appréciait qu'une femme aime le vin. Peu à peu, il réussissait à chasser le malaise causé par la chute de sa moto. Il fallait tout de même être un peu godiche pour faire tomber une moto en poussant sur la sacoche, non ? Et puis, elle avait mis un temps à choisir ses plats... L'indécision l'agaçait, certaines personnes semblaient attendre d'un repas qu'il comblât leurs angoisses existentielles.

Il commanda une seconde bouteille.

— Est-ce bien raisonnable ? demanda-t-elle.
— Certainement pas, répondit-il.

Dans les premiers temps d'une vraie rencontre, l'anxiété le tenaillait, le moindre incident pouvait rompre le charme, un défaut inattendu surgir, un grain de beauté au mauvais endroit, une ride d'expression, des dents mal plantées, un rire sans esprit. Et plus une femme était belle et plus elle était fragile sous son regard. Il vivait ces instants comme un perfectionniste en quête d'absolu, terrorisé à l'idée que son désir fût plus grand que la beauté convoitée.

Mais Solène avait des dents blanches, régulières, d'une jolie taille, proportionnée à sa bouche sensuelle, il n'y avait rien à redire. Son sourire était resplendissant. Et il n'était pas loin de penser que les petits défauts déjà observés contribuaient à son charme.

Et puis, c'était vrai, s'il avait mieux garé sa moto ? Il devait être troublé pour n'avoir pas compris que le trottoir était en déclivité, la béquille latérale positionnée du côté amont n'assurait pas un angle suffisant et rendait le basculement aisé. Il savait tout ça par cœur. Il s'était montré trop pressé, nerveux. Voilà, Solène le rendait nerveux. Il était contrarié d'admettre, une fois encore, qu'il était incapable de la relever tout seul, cette moto.

Non, Solène était parfaite. Il avait peur, un premier rendez-vous était stressant, il en avait perdu l'habitude.

Ils commandèrent un dessert, des coupes glacées à la vodka.

Solène avait un master en management. De longs séjours en Angleterre et en Irlande lui avaient donné l'occasion de travailler dans une agence immobilière haut de gamme. Jet-set, pétrodollars et oligarques. Ça ne devait pas manquer à Londres. Pourtant, elle n'aimait pas ce milieu qui vivait trop dans le stress, la folie, la coke et l'alcool, ça lui paraissait terriblement factice, elle trouvait que les luttes de pouvoir y étaient trop acharnées. En plus, ils étaient tous mal élevés.

Il lui fit humblement remarquer qu'on pouvait dire cela d'un peu tous les milieux. Elle parlait couramment anglais. Elle avait aussi des velléités d'être actrice, mais pas dans le cinéma, son rêve la portait vers les planches. Elle avait joué dans une pièce avant-gardiste, ça n'avait pas collé avec le metteur en scène, admit-elle à regret. Un vrai salaud. Elle s'exprimait avec facilité, elle était cultivée, fine. La femme de trente ans, encore réservée. Elle ne s'enflamma soudain que lorsqu'elle parla de son chien.

Elle lui montra sur son iPhone plusieurs photos d'un magnifique Chesapeake retriever, couleur feu. Il se prénommait Ingo. Elle l'adorait et partait nager loin avec lui en pleine mer.

Il l'écoutait, elle parlait, il regardait ses mains longues bien qu'un peu larges, mais en rapport avec son ossature. Il se dit qu'elle était plus grande que lui. Elle jouait avec la flamme de la bougie, ses yeux brillaient.

À côté d'eux, on commençait à ranger les chaises et les tables. Elle regarda soudain l'heure. Il était tard, elle devait attraper son train. Il demanda l'addition.

Il la reconduisit galamment à la gare, elle habitait chez sa tante Marguerite qui possédait une sorte de gentilhommière-château. La description de la maison lui sembla confuse. Il ne voyait pas très bien à quoi cela pouvait ressembler. La gentilhommière se situait en bordure de forêt, dans la vallée de Chevreuse, elle avait laissé sa voiture à la gare. Elle serait enchantée de le revoir.

*
* *

Quand il reprit conscience, l'avion était au-dessus des îles. Tout en bas, minuscule, il reconnut Santorin. L'avion est un drôle d'engin, il ne se contente pas de survoler terres et mers, c'est une machine à survoler le temps, à brasser les rêves.

Sur fond de ciel profond la vitre du hublot lui renvoyait l'image d'un homme qui lui parut marqué, mais pas celle d'un vieux, non, le vieux était à l'intérieur, en lui, caché dans son être le plus intime. Il se sentait vieux. Le départ de Cunégonde l'avait fait basculer dans un autre âge de la vie. Un rang devant, une jeune femme s'était endormie sur l'épaule de son compagnon. Ils étaient jeunes, il voyait son cou dénudé, la forme d'un sein, ils se tenaient par la main.

Cunégonde et lui...

Combien de fois ne s'étaient-ils pas blottis ainsi, l'un contre l'autre, heureux du bonheur d'être deux à s'envoler, abandonnant leur destin à la force des machines aériennes, s'amusant de tout, complices et espiègles...

Sur l'île, l'air était pur, tiède, léger ; à perte de vue, d'un côté les montagnes abruptes, alternant versants arides et verts, des forêts d'oliviers, des maquis, des rochers, des prairies, et de l'autre, la mer bleue, sans limite, déserte, neuve à la saison nouvelle. Des fleurs partout, bougainvilliers, lauriers-roses, palmiers, et par-ci, par-là, des villages blanchis, aux maisons en terrasses serrées les unes contre les autres.

Comme il serait heureux si elle était là ! Chaque arpent de beauté lui faisait un bleu à l'âme, trop pour un être seul. L'absence hurlait.

Après une traversée de l'île en car, ils atteignirent l'autre versant, la mer de Libye, et gagnèrent l'hôtel.

— Tu sais que tu n'as droit ni au café ni à l'alcool, lui dit Ingrid en rigolant.

— Tu déconnes, je croyais que c'était une blague ?

— Je ne déconne pas du tout, et pas de viande... Tu vas voir, tu ne voudras rien d'autre après trois jours.

Ingrid se tenait devant la mer en contrebas, sur la terrasse, une cigarette à la main.

— Et pas de cigarettes ?

— C'est ma dernière... de la soirée, ricana-t-elle. Bonne nuit mon chou. Dors bien.

Il rêva de Cunégonde. Un rêve bizarre. Il était arrivé à New York par des voies étranges. Pour faire simple, il avait effectué deux fois le voyage, une première fois en avance sur son billet enregistré sur Internet, et sans aucune explication logique à ce déplacement. Il séjournait dans un grand hôtel, genre Algonquin. Il avait du mal à se faire servir un petit-déjeuner, tout ce qu'il demandait au buffet lui était refusé.

— Mais, là, c'est bien du poulet ?

— Oui, mais il n'y en a plus, c'est du blanc.

— Comment ça, il n'y en a plus ? Je le vois bien. Mais c'est quand même du poulet, le blanc ?

— Non, c'est terminé, insistait le maître d'hôtel.

— Et là, les tranches d'ananas, je peux pas en avoir ?

— Non, vous n'y avez pas droit. Vous n'avez droit qu'à ça…

Il finissait par un toast sans rien et une tasse de thé. Il réclamait une fiche, pour se faire rembourser.

Il paniquait, la note était extravagante, il se rendait compte qu'il était en maillot de bain et sans argent.

Et puis, comble de l'absurde, il se retrouvait à Paris, et reprenait l'avion pour retraverser l'océan afin d'arriver avec un groupe à New York, le jour prévu. Comment était-il retourné à Paris ? Mystère.

À l'arrivée, un douanier le contrôlait et lui demandait la date de son dernier séjour aux US.

— Au moins plusieurs années, répondait-il.

Le douanier lui réclamait ses papiers, il les lui tendait, le douanier fouillait dans son portefeuille et tombait en arrêt.

— Mais c'est quoi, ça ?

Il pointait une facture. La facture de l'Algonquin.

— Pardon, je ne vois pas.

Le douanier la lui mettait sous le nez.

— Ben, une facture de petit-déjeuner.

Il blêmissait.

— Mais comment vous pouvez avoir une facture de l'Algonquin datant d'hier puisque vous arrivez aujourd'hui ? C'est quoi ça, demandait-il en appuyant sur son biper et en tâtant sa matraque.

— *Freeze !* hurlait-il.

— Mais, je ne comprends pas... J'étais pas là...

On lui passait les menottes, tout le monde le regardait.

Toujours aussi inexplicablement il errait dans un New York qu'il ne reconnaissait pas. Perdu, il échouait dans une grande pièce aux proportions inhabituelles, comme si le sol avait été creusé pour gagner de la place. L'endroit était dans un état de désordre indescriptible, il y avait des vêtements partout. Il comprenait assez vite que Cunégonde y habitait, elle venait à sa rencontre, s'excusant du fouillis ambiant. Elle était à peine habillée, et s'approchait avec un sourire plein de douceur, il était abasourdi qu'elle fût si engageante à son égard. Plus proche encore, elle lui caressait la joue, un peu comme il avait caressé la sienne le jour de leurs adieux. Soudain, elle l'embrassait, avec une tendresse, une lenteur délicieuses, sa bouche était fraîche, soyeuse, d'une humidité exquise, leurs langues se mêlaient. Elle gardait les paupières closes, et il pouvait voir le blanc de ses yeux chavirés, comme lorsqu'ils faisaient l'amour. Elle se détachait très délicatement de lui, et se glissait dehors par une porte qui s'ouvrait dans le mur. À peine était-elle sortie qu'une silhouette s'avançait dans l'embrasure, un homme, coiffé d'un chapeau de cow-boy, il masquait son visage, ses cheveux étaient longs et rouges.

— Tu vois, elle t'aime encore, susurrait-il avec un demi-sourire.

On entendait soudain une sirène de police, stridente, qui s'amplifiait.

*
* *

La sonnerie de son téléphone retentissait sur la table de nuit, il était nu sous un drap blanc chiffonné, le jour filtrait derrière les rideaux de la chambre, le cours de yoga était dans une demi-heure. Il réalisa vaguement qu'on avait une heure d'avance sur la France. Dans le cirage, il ne ressentait que l'immense délicatesse de ce baiser chargé d'amour, si réel, si tendre. Et cette tendresse l'emplissait de douleur.

*
* *

La voix était mélodieuse et timbrée, avec un léger accent, indéfinissable. Tout le monde était allongé sur une vaste terrasse face à la mer.

— Dans votre pratique, au cours de vos postures, si des tensions, des soucis du quotidien, de mauvaises pensées, des chagrins même vous assaillent, ne vous crispez pas, ne leur opposez pas une fermeture brutale, mais plutôt un détachement, une douce ignorance qui les tiendra à distance, sans heurt, sans conflit, concentrez-vous entre vos sourcils et laissez s'épanouir ce grand soleil qui monte. Dans cette posture savasana, les pieds écartés de soixante centimètres environ, les bras légèrement éloignés du corps, les paumes tournées vers le ciel, inspirez, expirez en toute conscience.

La mère yogi, une Brésilienne de grande taille à la chevelure afro teintée de henné, marchait avec souplesse entre les corps allongés sur des tapis de couleur, ses pieds nus frôlaient le dallage, une fine chaîne d'or enserrait sa cheville, une minuscule clochette y tintinnabulait, sa silhouette semblait flotter entre le ciel et l'horizon.

— Vous êtes, ici et maintenant, dans votre cœur, dans votre corps, à chaque expiration profonde et complète, vous vous videz de vos tensions, enfoncez-vous davantage dans le sol, re-lâ-chez, re-lâ-chez. Vous sentez votre esprit libre et léger et votre corps s'ancre encore davantage dans la terre, vos pensées s'apaisent.

Il ouvrit les yeux, le bleu de l'azur occupait tout l'espace de son champ de vision, infini, la position couchée lui donnait le sentiment d'être suspendu au-dessus du ciel. Il ressentait encore la douleur du manque, mais il ne l'autorisait plus à s'emparer de lui, la morsure se faisait plus diffuse, comme vaguement anesthésiée. Peu à peu, il regagnait du terrain. Il referma les yeux, gardant l'image rétinienne des nuages d'altitude s'effilochant en de folles arabesques de dentelle blanche et vaporeuse où filaient des oiseaux éperdus de liberté.

Les séances du soir et du matin se conjuguèrent pour lui ménager des plages d'oubli. Si ses pensées le ramenaient invariablement à la cruauté de sa maîtresse infidèle, il percevait que l'assaut de la douleur diminuait entre le début des séances et leur fin, et qu'au milieu s'insinuaient des instants de plénitude, comme de délicats nénuphars posés à la surface d'un lac placide. La pratique quotidienne créait un rythme mental propice à l'harmonie. Il lâchait prise, il réalisait qu'il avait bien fait de partir.

On ne faisait que deux repas par jour. À sa grande surprise, c'était suffisant, l'absence de viande ne posait aucun problème, pas le moindre manque, et entre les repas, aucune sensation de faim, pas le plus petit creux. Le café lui aussi était proscrit, seulement des tisanes d'herbes sucrées au miel.

Le premier repas se prenait après la séance du matin. Le cours de yoga était à sept heures et demie. L'aube, pour lui. Il durait deux heures, intensives, on mangeait juste après, vers dix heures. Bien avant, depuis la terrasse dans le ciel, en haut de l'hôtel, les nez étaient chatouillés par les effluves de café, de croissants chauds, auxquels se mêlait le parfum du tabac blond qui montait depuis le jardin où les touristes, souvent allemands, prenaient leur petit-déjeuner. Ils demeuraient perdus sur le versant obscur de la diététique, celui du sucre et des hydrates de carbone. Quand les yogis descendaient pour prendre à leur tour leur petit-déjeuner, ils les regardaient se mettre à table d'un air circonspect, détaillant les plats chargés de dizaines d'amoncellements colorés et plus appétissants les uns que les autres.

Ceux qui prétendent que la nourriture végétarienne est triste n'y connaissent rien ; elle est complexe, riche de saveurs infinies, et d'exquises combinaisons de couleurs et de parfums. C'est un autre monde, mais comme dans tout voyage, il faut l'apprivoiser et surtout être accompagné d'un passeur.

Florès, la Brésilienne, était l'initiatrice rêvée. Flanquée de Karl, un Suédois à dreadlocks, toujours vêtu de noir, elle cuisinait avec une inventivité qui s'exprimait dans une variété de préparations.

La tablée offrait aux regards un tableau, une fresque : le rouge des betteraves côtoyait celui des fraises et virait vers le jaune cadmium sombre des oranges saupoudrées de cannelle, et des contreforts de pantagruéliques salades de tomates agrémentées d'olives et de concombres avoisinaient des redoutes de fromage de brebis et d'oignons roses parsemés d'herbes du maquis. L'étendard du jaune vénitien du houmous claquait sur la blancheur des yaourts, tandis que flambait le rouge indien des haricots qui tranchait sur le vert des fèves ; des monticules de beignets de fromage blanc ou de courgette égayaient le melon et l'ananas fraîchement coupés du matin. Il y avait des gruaux d'avoine au miel et aux raisins secs, des préparations au quinoa assaisonnées de cumin et d'origan, des poivrons et aubergines grillés ou farcis de riz complet. Des haricots verts relevés d'une sauce tomate venaient mourir sur des vagues de tranches de melon vert et sucré. Le caviar d'aubergine, les feuilles d'épinard en salade, les carottes marinées au jus de citron, les radis frais se chamaillaient.

Comme des tours brillantes, des réservoirs isothermes de thé vert ou de maté montaient la garde en plusieurs points de la table, jouxtant les carafes perlées de rosée du jus d'oranges pressées du matin. On se faisait passer l'huile d'olive, le vinaigre ou différentes sauces aux herbes, le miel et la cannelle.

Il y avait des silences de recueillement, des « oh ! » de convoitise, des « ah ! » de satisfaction et des claquements de langue. Les plats circulaient, on échangeait des parts, on se cédait des tomates contre du melon, ou des quartiers d'orange, et le pain, toujours complet, se partageait.

*
* *

Après le déjeuner, repos jusqu'au prochain cours, en fin d'après-midi. Pour lui, n'avoir rien à faire laissait le champ libre aux idées noires, il regardait soudain la mer et son visage se fermait.

Ingrid, qui avait compris le danger, passait le prendre dans sa chambre pour une balade et, le plus souvent, la plage. Pas n'importe quelle plage : la plage des anciens de l'Afrika Korps.

Sous une immense falaise, au bout de la baie, reléguée après toutes les plages familiales, se trouvait une plage réservée aux nudistes. Bien que la saison ne fût pas encore très avancée, il faisait assez chaud pour se baigner.

Depuis l'hôtel, qui se situait dans les collines, ils descendaient vers le port, puis suivaient à pied tout l'arc de la baie, une belle trotte. Au passage, auprès d'un marchand local, ils achetaient quelques fruits : des oranges, des cerises, des bananes, des amandes, et une bouteille d'eau.

La baie était splendide, ouverte sur le sud, sud-ouest. Hélas, elle commençait à se construire, la folie bétonnière n'allait pas laisser sa virginité à un tel site, le potentiel immobilier, pensez donc ! Encore quelques années, et les champs du bord de mer, les friches sauvages parsemées de chardons et d'herbes folles de l'ancien village de pêcheurs offriraient un front uni de villas, de petits immeubles et d'hôtels qui scintilleraient de néons la nuit.

Durant leur marche, il prenait des photos des touristes qu'ils croisaient avec son téléphone, il n'était pas question de perdre la main. Parfois aussi, il filmait. C'étaient ensuite des rigolades sans fin devant des diaporamas d'enfer. Certains clichés étaient même très réussis et viendraient compléter sa galerie des anonymes portraits de rue. Sa créativité s'était réfugiée dans cette quête dérisoire.

On arrivait enfin sur la dune des monstres échoués. Telle une colonie de phoques ou de veaux marins, ils se doraient, enduits de crème, sur des chaises longues au bord de l'eau, un livre à la main ou endormis, rougissant, rissolant. Certains s'ébrouaient, d'autres nageaient et d'autres, enfin, marchaient en arpentant le rivage, sans doute pour mieux répartir la morsure du soleil, à moins que certains n'aimassent s'exhiber, tout était possible. Beaucoup semblaient n'avoir jamais entendu parler des effets dévastateurs du soleil ni du mélanome.

C'était une faune vieillissante, blanchie, bien nourrie jusqu'à l'excès. Ils étaient nus, complètement nus et sans le moindre complexe, mâles et femelles confondus. Beaucoup étaient allemands, d'où la dénomination d'anciens de l'Afrika Korps. Ça l'amusait, cette idée qu'ils fussent les descendants, enfants assagis et déjà à moitié fossiles, d'une génération de conquérants défaits, mais déjà néocolonisateurs des pays du Sud.

Il n'était pas un adepte régulier du nudisme, encore moins un prosélyte. Si l'occasion se présentait, il se mettait volontiers nu pour profiter de cette sensation unique de liberté qu'offrait un corps sans vêtements dont toute la surface de peau retrouvait sa fonction primitive d'échange avec l'air ou l'eau. Cette habitude, il l'avait acquise en bateau, quand, en pleine mer ou lors de mouillages forains, il plongeait nu dans des eaux transparentes et froides.

C'était très exactement sur cette même île de Crète qu'il avait, cinquante années auparavant, au milieu des hippies de l'époque – peut-être étaient-ce les mêmes, vieillis –, éprouvé cette liberté. Son corps alors était mince et aguerri par l'entraînement d'aïkido. Il se souvenait de ces enchaînements sans fatigue de longues séries de mouvements dans le plus simple appareil, suite de chutes avant, arrière, de tai sabaki et autres katas. Toute une jeunesse d'Europe voulait croire à la paix et à l'amour et se dévêtait au soleil dans un ensemble naïf.

Aujourd'hui, il promenait son regard sur ces corps allongés autour de lui et force était de reconnaître que la jeunesse était loin, la paix aussi, hélas.

Vite déshabillée, Ingrid s'enduisait de crème solaire, tandis qu'il s'installait à l'ombre d'un parasol ; il préférait ne pas s'exposer directement aux rayons du soleil, et il réprouvait l'usage des crèmes solaires qui provoquaient une pollution sournoise supplémentaire. Les seins d'Ingrid tombaient un peu, elle avait pris du ventre, mais elle avait toujours de l'allure. Quant à lui, il valait mieux ne pas commenter. Tout bien considéré, ils n'étaient pas les plus décatis de la colonie. Ils ne se privaient pas d'échanger commentaires et vacheries sur leurs voisins. Ingrid était encore plus perfide que lui.

— T'as vu la bite ? Un vrai démonte-pneu.

— Où ça ?

— Là-bas, près de la femme toute maigre, les seins en gants de toilette *let it be,* qui fume, debout. Là !

— Ah oui, dis donc, il doit se l'enrouler autour de la jambe quand il court.

Ingrid pouffait. Il enchaînait.

— J'avais pas idée du nombre de mecs qui se rasent les couilles !

— Oui, je suis sidérée, tu crois que c'est le porno ?

— J'en sais rien, j'aime bien les poils. Ça ne me viendrait pas à l'idée de me raser.

— Ta Cunégonde, elle se rasait ?

— Non, juste le maillot. Elle savait que je préférais la pilosité naturelle, en fait ça n'est pas que je n'aime pas, ça dépend.

— De quoi ?

— De la femme, je ne sais pas. Si c'est une mode, une sorte de conformisme, ça me fait chier. Notre génération a toujours connu le poil, maintenant cette vague hygiéniste est insupportable. Aujourd'hui, si tu as le malheur de dire que tu aimes les chattes pas épilées, tu passes pour un pervers.

— Bon, on arrête de faire nos Français, à critiquer tout le monde, dit Ingrid. Tu surveilles l'heure, qu'on n'arrive pas en retard pour le cours.

Il resta songeur, s'assoupit légèrement, bercé par le murmure du clapotis des vagues. Il pensa à Django Reinhardt dont on disait qu'à l'hôtel, il laissait couler le robinet dans la salle de bains pour s'endormir en rêvant à un torrent.

*
* *

Le séjour se déroulait entre cours, grand petit-déjeuner, marches et dîner. On dînait sur le port, dans des petits restaurants encore peu fréquentés par les touristes, entourés de lumières qui vacillaient dès le coucher du soleil. C'était une Grèce provisoirement épargnée.

Ingrid était sa confidente. Par moments, il se laissait aller à son trop-plein de tristesse, il fallait que ça sorte.

— Ingrid, si tu savais comme elle me manque ! J'arrête pas de penser à elle, je m'en remettrai jamais.

— On dit ça.

— C'est mon dernier amour, Ingrid, je le sais. Je n'en connaîtrai plus d'autres.

— Avec le temps ça va se calmer...

— Dispense-toi des lieux communs. Je ne plaisante pas, Ingrid. Quelque chose s'est cassé, crois-moi. J'arriverai plus à aimer, elle a emporté un morceau du mécanisme, c'est cassé à l'intérieur, elle me protégeait du vide, je n'ai jamais ressenti un amour pareil. Je lui ai demandé de m'épouser...

— Toi, t'as fait ça ?

— Deux fois, jamais je n'ai demandé ça à personne. De toute ma vie.

— Tu savais que ça finirait comme ça, non ?

— Non, oui, enfin pas comme ça, se faire jeter, sans explications, après sept ans...

— La différence d'âge ?

— Oui, mais c'était une richesse. Un vrai échange, on partageait beaucoup de choses. Ça n'a jamais posé aucun problème. Au contraire.

— Ça aurait fini par en poser.

— Oui, peut-être, sans doute. J'y pensais. Tout le temps même, je pourrais dire.

— Tu vois, elle aussi elle a dû finir par y penser. Elle voulait des enfants ?

— Elle disait que oui, mais en fait, je crois qu'elle n'en voulait pas vraiment. Elle a peur, elle n'a pas la maturité. Trop égoïste. D'ailleurs quand je lui demandais si elle voulait un enfant, elle répondait : « Oui, j'aimerais des enfants. » Pas UN enfant. Ça parle à la psy, ça ?

— Oui, peut-être, répondit Ingrid sans conviction… Je suis à peu près sûre qu'elle n'en aura jamais. Elle approche de la quarantaine.

— Tu as vu la gueule de son vendeur de voitures ? Tu fais un enfant avec ce genre de type ? Un siège bébé dans une Mustang décapotable ? Pas le genre.

— Je suis allée sur son site, répondit Ingrid.

— Alors ?

— C'est pathétique. Les photos sont toutes les mêmes. Son regard sur les femmes, c'est glauque. Il se prend pour Helmut Newton. C'est vrai qu'entre toi et lui, il n'y a pas photo, si j'ose dire !

— Il photographie toujours le même genre de filles, mêmes poses, mêmes cadrages, mêmes endroits.

— Je ne sais pas si elle s'en rend compte, commenta-t-elle entre deux bouffées de fumée.

— Remarque, les photos qu'il fait d'elle sont les moins mauvaises.

— C'est peut-être ce qu'elle cherchait, au fond ?

— Possible, il l'exhibe.

Ingrid s'éplucha une orange.

— Elle aime ça, ça se voit qu'elle aime ça. Tu l'imaginais faire ça un jour ?

— Non, pas vraiment, c'était refoulé, elle en avait envie, c'est une manière de libération sexuelle. Elle découvre peu à peu le sexe. J'ai été une étape. J'aurais dû le sentir, je la respectais trop. Je n'arrivais pas à transgresser, ou pas assez. Je l'ai photographiée nue, mais je n'aurais jamais mis une seule photo en ligne. Donne-moi un quartier s'il te plaît.

Elle lui passa une moitié d'orange.

— Elle avait besoin de transgression, de s'affranchir de sa vie de petite-bourgeoise. De sa tante, de son père surtout.

— Il faisait quoi ?

— Promoteur véreux, c'est ce qu'elle disait de lui. Il est au Brésil maintenant. S'il remettait les pieds ici, elle disait qu'il aurait des ennuis. T'imagines.

— Ils se voyaient ?

— Jamais, elle le hait. Il a quitté sa mère, elle disait qu'il avait des maîtresses. Elle le présentait comme un vrai salopard. Elle voulait le tuer, mais vraiment, t'aurais vu comment elle en parlait ! Ça m'a surpris au départ qu'elle dise ça de son père. Et elle le rendait responsable du suicide de sa mère.

— Elle n'avait peut-être pas tort.

— Elle ne m'a jamais donné d'explications, je n'ai jamais vraiment su.

— Elle vivait comme malsaine sa relation avec son père, m'as-tu dit. Il n'a pas abusé d'elle ?

— Non, je ne crois pas. Non, mais il la contrôlait tout le temps, elle ne pouvait pas faire un pas. Une surveillance continuelle, une sorte de harcèlement moral.

— Ça peut être aussi grave qu'un viol.

— Oui, je sais, elle m'a montré quelques photos de lui, tu veux que je te dise, il ressemble vaguement au vendeur de voitures.

— ?!?! Qui ça ?

— Son père, pas une ressemblance physique, juste la façon de se poser, c'est moi que v'là, le côté dandy, m'as-tu-vu, le mec qui veut qu'on le regarde, qui fait toujours le con sur la photo…

— Tout ce que j'aime, dit Ingrid en se levant. Allez, viens nager. Ça va te refroidir le cerveau.

— Non, j'ai pas envie. J'irai plus tard, vas-y toi.

Il la regarda s'éloigner. Il faisait bon sur ce transat, l'idée de l'eau froide, non, il s'allongea et ferma les yeux, il ne restait plus que le bruit de la mer, cette musique envoûtante, l'immuable plaisir de la peau au soleil.

Il imaginait sa main se déporter sur le côté et toucher la peau brûlante de Cunégonde, le bout de son sein, des gouttes de sueur perlaient sur ses hanches, il les léchait. Elle souriait, les yeux fermés. Hélas, rien que du sable, et un peu plus loin un gros Allemand qui ronflait en rougissant sous la morsure des rayons ardents.

Des gouttes d'eau le firent sursauter. Ingrid essorait sa serviette au-dessus de lui.

— Ah non, j'ai horreur de ça, arrête !

— Tu as tort, elle est trop bonne.

Et elle se réinstalla sur son transat avec une casquette, alluma une nouvelle cigarette.

— Alors, ta Cunégonde ?

Il se remémorait le récit que Cunégonde lui avait fait de sa pièce, et de ce metteur en scène qui la sadisait.

— Je crois qu'elle aimait se faire sadiser, elle n'en était pas consciente, je m'en suis rendu compte au bout d'un moment.

— Non ? Raconte.

— Ça lui est arrivé avec un metteur en scène, avant que je la connaisse. Elle répétait une pièce qui s'intitulait *Barbe-Bleue*, titre prédestiné, sorte d'adaptation libre et décalée du conte de Perrault qui aurait flirté avec l'opéra de Béla Bartók. Une relecture… comme on dit. Elle tenait le rôle de la dernière femme de Barbe-Bleue, c'était assez dingue.

Barbe-Bleue, quand il découvrait le mensonge de Judith, lui tenait un discours extravagant qui parlait de chiens et de poulaillers. Il lui expliquait comment, pour punir les chiens voleurs, on les enfermait dans un placard noir avec des cadavres d'animaux morts.

— C'est dans la pièce ?

— Non, enfin oui, dans l'adaptation que le mec en avait faite. Il lui ordonnait d'ouvrir la porte de la dernière chambre, et là, il la poussait violemment à l'intérieur, claquait la porte derrière elle : « Je ne t'ouvrirai que quand ton repentir sera véritable, et non plus une simagrée de traîtresse. Repens-toi, chienne ! » gueulait-il. C'était devenu une blague entre nous. Cunégonde et moi on se disait tout le temps : « Repens-toi chienne, chien. »

— Et après ? demanda Ingrid, assez perplexe.

— Et là Barbe-Bleue s'asseyait au clavecin et jouait l'andante du *Concerto italien* en *fa* majeur BWV 971 de Jean-Sébastien Bach... Au milieu du morceau, il se levait. L'instrument continuait à jouer. Judith suppliait à travers la porte, tambourinait. Il faisait semblant de ne pas l'entendre. Pur sadisme. Elle tapait plus fort, et de plus en plus, hurlant, criant... hystérique.

Ingrid semblait ahurie.

— Comment Cunégonde s'en tirait-elle ?

— Tu parles ! Ce connard de metteur en scène trouvait qu'elle ne tapait pas assez fort, qu'elle n'y mettait pas suffisamment de conviction. Il disait : « Moi, si tu me montres pas plus de désespoir, je t'ouvre pas. » Et ce n'est pas tout ! Il a demandé à la régie de lui trouver des poulets avariés et les a fait mettre à côté des mannequins de femmes à la tête coupée. Les poulets empestaient la mort. « Ça va t'aider à te trouver une motivation, tu vas voir... » Cunégonde me disait que c'était horrible ; l'odeur, elle la sentait encore...

— Mais il est malade ce mec ! s'insurgea Ingrid.

— Oui, il y en a des comme ça. Et plus qu'on ne croit. Le manège a duré pendant toutes les répétitions, Cunégonde tapait tellement fort contre la porte qu'elle s'est fait une entorse de l'épaule dont elle a gardé des séquelles.

— Mais quel salaud ! Elle aurait dû lui mettre sa main dans la gueule.

— Oui. Eh bien, non ! Elle était trop orgueilleuse. Elle ne voulait pas qu'il la voie céder, c'est tout. Elle serrait les dents. L'orgueil la menait très loin. Je me demande si elle ne ressentait pas un trouble plaisir.

— T'exagères pas un peu ?

— Peut-être. Je parle comme quelqu'un qui est bafoué, Ingrid. Je viens de me faire larguer par cette salope. Je te raconte le film par la fin. Je l'ai trop aimée, faut que je la tue...

Il se leva et prit la direction de la mer. Le premier frisson passé, l'eau était bonne, très bonne même.

Il avait hésité à les prendre dans son bagage, ça tenait trop de place, mais maintenant il ne regrettait pas de l'avoir fait : avec ses palmes de nage, il pouvait s'éloigner du rivage, doucement, sans forcer. Sur le dos, la tête dans l'eau avec le ciel en vis-à-vis, il se laissait flotter.

De ce ciel à celui de ses souvenirs, c'était toujours le ciel, le même bleu, il se revoyait nager avec le chien de Cunégonde, Ingo, le magnifique chien, des moments de bonheur absolu, absolu. Le chien, Cunégonde et lui formaient un triangle amoureux parfait. Il avait fait découvrir à Cunégonde la nage avec palmes, et ils partaient très loin tous les trois. Le chien était un nageur exceptionnel, tellement beau à voir, ils riaient, s'amusaient, se lançaient la balle, se la relançaient dans de grands mouvements de bras, tandis que le chien allait de l'un à l'autre, la truffe au ras des flots, soufflant comme un phoque. Ils lui abandonnaient de temps en temps la balle ; vaillant, il la leur rapportait avec un enthousiasme charmant, il accomplissait trois fois leur trajet. Un simple jeu de balle qui ricochait dans des éclaboussures et le bonheur de se regarder au fil de l'eau, les yeux dans les yeux, la voir rire, la voir heureuse et se partager les faveurs de ce chien nageur et infatigable. Ils jetaient la balle encore plus loin, se défiant, c'était à qui la lancerait le plus haut. Tandis que le chien partait, ils nageaient l'un vers l'autre et s'embrassaient comme des adolescents, mêlant l'eau salée à leurs salives, puis ils se laissaient couler dans des étreintes lascives. Elle retirait son soutien-gorge et il lui mordait les tétons durcis par l'eau. Le chien revenait les assaillir avec ses battements de pattes, leur donnant d'affreux coups de griffes sous l'eau, et ils riaient de plus belle. Une totale ivresse de bonheur. Et le séchage, assis au ras des flots assagis, dans les derniers rayons du couchant, épaule contre épaule, en silence, en parfaite harmonie, les yeux perdus vers la cime des collines empourprées.

Il sentit le froid, il flottait au milieu de la baie, il avait dérivé. Une fraction de seconde d'angoisse, et il battit des jambes, doucement, l'élasticité des palmes le propulsa, il sentit le fil de l'eau contre ses flancs. Le ciel, toujours, la même profondeur azur, et l'eau qui portait, mais plus de joie, un immense vide, un manque, le plaisir n'est rien si on ne le partage pas avec la femme aimée. Nager n'avait plus la même saveur.

Il regagna le rivage, eut un instant de vertige en se remettant debout. Satanée anémie. Il repensa brièvement à son rendez-vous à l'hôpital au retour.

Ingrid finissait de s'habiller et allumait une cigarette, elle toussa, remontant vers le haut de la plage, elle lança par-dessus son épaule :

— T'oublie pas l'heure !

— T'inquiète !

Quelques dizaines de minutes en plus pour penser à Cunégonde et sécher au soleil.

Pendant la séance de yoga, il tiendrait doucement à distance son chagrin et chercherait la paix intérieure dans des postures d'équilibre. Mais ça ne durerait que ce que durait une expiration profonde et complète... Expiation ? Cunégonde était toujours là, le souvenir de son corps le taraudait sans cesse.

4

L'appartement lui sembla encore plus vide qu'il ne l'était à son départ. Il resta un long moment devant le lit, fasciné par ce coin d'oreiller immaculé qu'occupait Cunégonde. Sa fille Albertine était partie en vacances en Autriche chez sa mère. Un long été de vacuité se profilait. N'eût été cette échappée d'horizon et de vent du sud, n'eussent été ces heures d'écoute prolongée de son corps, de méditation profonde, de soumission volontaire et chorégraphiée, ces postures exigeantes, la solitude et le désespoir auraient eu raison de son psychisme. L'absence s'était installée, et ce n'était pas un campement de fortune.

Le lendemain, profitant du décalage horaire, il se leva très tôt, mit un pantalon de toile blanche, un tee-shirt et fit une séance de salutations au soleil sur la terrasse. Son corps s'était renforcé, il se sentait mieux ancré dans le sol, et pour peu qu'il ne forçât pas trop, il finissait par oublier son anémie. Il se restaura de céréales, de fruits et de fromage nappé de miel et, fuyant toujours le café, ne but que de l'eau.

La vieille Honda démarra au quart de tour, elle grimpa la rampe du garage dans un grondement souple. Il avait rendez-vous pour faire le myélogramme demandé par le docteur Lamron, l'hématologue.

Il faisait beau, le printemps tirait à sa fin, l'été s'annonçait. Tout en roulant lentement, profitant des jeux d'ombre et de lumière, il refoulait le motif de son rendez-vous. Vivre l'instant, rien d'autre.

Il laissa la moto garée en face de l'hôpital. Sous les feuilles des marronniers, il erra à la recherche du pavillon Machin-Chose, sans doute un célèbre praticien, lieu de son rendez-vous au service d'hématologie. La marche d'approche est toujours un moment de réflexion salutaire pour qui s'apprête à subir un examen médical déplaisant. Une sorte de sas pour se préparer mentalement. Ça tombait bien, le prana renforcé par le yoga, il restait stoïque.

Il fallait d'abord effectuer une prise de sang. À la veille des grands départs en vacances les couloirs s'étaient vidés. Une infirmière détendue, en partance pour la nationale 7, l'accueillit très aimablement dans une grande salle occupée de rangées de boxes vides et lui proposa un fauteuil d'examen jouxtant la fenêtre et les arbres. Il nota que la couleur du fauteuil tirait sur l'orange. On n'en était qu'au hors-d'œuvre. L'infirmière était une vieille routière, et toute réjouie d'en finir pour l'année ; l'affaire fut vite emballée. Quelques millilitres de sang en moins et une appréhension en plus, il prit l'ascenseur pour les étages.

Il s'avança dans un long couloir, découvrant à gauche et à droite, au fil de sa marche, des salles dans lesquelles des patients allongés attendaient que les poches de leur chimio se vident dans leurs veines. Une jeune femme fragile et jolie tenait un livre, leurs regards se croisèrent. Elle avait le même âge que Cunégonde.

Hésitant, il pénétra dans la salle qu'il cherchait. Personne. C'était pourtant bien là. Et la pendule murale attestait son exactitude : onze heures et trente minutes.

Des rangées de sièges métalliques avec des lanières de fil de plastique bleu, un bleu pâle qui avait le mérite de ne pas tirer vers une autre couleur indéfinissable.

C'était le moment tout indiqué pour une séance de respiration profonde. Il ferma les yeux, s'abstrayant du monde et se concentrant sur l'abaissement de son rythme cardiaque. Un bruit régulier, sorte de claquement mêlé de frottements, lui fit ouvrir les yeux. Au fond de la salle, une infirmière, imperturbable, sortait des dossiers sous plastique et les glissait dans des chemises qu'elle remisait dans les fentes d'un porte-dossiers. Rassuré sur la provenance de cette légère nuisance, il repartit dans son for intérieur.

Un son de roulettes métalliques lui fit à nouveau ouvrir les yeux. Une infirmière poussait un fauteuil qu'elle abandonna près de l'entrée, un vieux monsieur l'occupait.

— Vous attendez là, on va venir vous chercher.

Elle vérifia le goutte-à-goutte relié au cathéter sur la main du vieux patient et repartit.

Tout en essayant de maintenir son biorythme à la même cadence, il ne détachait pas son regard du vieil homme.

L'infirmière avait laissé un dossier sur son abdomen. L'homme était maigre et pâle, de cette pâleur bleuâtre propre à ceux dont le sang ne se régénère plus. Figure pathétique, il semblait perdu. Il ressentit une profonde compassion pour ce vieil homme dont la fragilité se lisait au travers de sa peau parcheminée. Il y a toujours plus malheureux que soi, se dit-il.

Il referma les yeux.

La porte s'ouvrit derrière lui. Une jeune femme appela son nom. Dans la petite salle où il entra, il y en avait une seconde. De son point de vue, ces deux jeunes femmes auraient mieux figuré au *Café de Flore* que dans une salle d'examen, mais elles arboraient les signes distinctifs de leur statut de médecins. Peut-être l'une d'elles n'était-elle que stagiaire. Il aurait préféré pour ce genre d'intervention des vieilles briscardes, comme la vacancière du rez-de-chaussée. Et elles n'avaient pas lésiné sur le parfum et le maquillage.

Après tout, elles étaient peut-être expertes dans le maniement du trocart. Il n'allait pas tarder à le savoir.

La plus âgée, décidément l'interne, se mit en devoir, avec autorité, de lui expliquer la manip. Il l'écouta un instant, l'interrompant pour lui demander si on ne pratiquait pas une petite anesthésie locale.

Elle lui répondit qu'on pouvait, mais que cela ferait deux piqûres au lieu d'une seule, enfin c'est vous qui choisissez.

Il opta pour la solution la plus simple, celle des braves, et s'allongea sur la couche en savasana. Elles s'affairaient, sortant lamelles et kit de ponction. Le trocart apparut enfin.

— Ah ! Vous avez fait des progrès depuis mes études.

— Vous êtes médecin ?

— Pas allé jusqu'au bout. Mai 1968, ça vous dit quelque chose ?

— On n'était pas nées.

L'interne inspecta d'un bout de doigt ferme le haut de son sternum, tâta, s'arrêta sur un point, et, semblant satisfaite, marqua l'endroit d'une croix, puis le badigeonna d'une solution du genre Mercryl.

— Bon, alors je vais avoir besoin de vous.

— Je vous en prie.

— Je vais piquer et ensuite aspirer. Je vous annonce chaque action, à un moment je vous dirai : « J'aspire. » Vous arrêtez de respirer. D'abord je pique.

Là, on arrivait au cœur de l'action. Le moment crucial, il en gardait de vagues souvenirs et pour tout dire, rien de bien folichon. En gros, il fallait faire pénétrer l'aiguille à travers l'os du sternum et s'arrêter dans le vide entre les deux parois qui recelait la précieuse moelle osseuse que l'on voulait ponctionner. Si on poussait trop fort, on risquait de traverser la seconde paroi osseuse et de se retrouver dans les poumons. Mauvaise limonade. Fantasme de patient.

— Bon, on y va, annonça-t-elle.

Ça n'était pas une question mais une affirmation.

— Je vous en prie.

— Respirez, bloquez.

Il ressentit la douleur accompagnée simultanément d'un craquement net. Elle avait traversé la paroi osseuse.

— Attention, je vais aspirer dix secondes, et à nouveau dix secondes. OK ?

— Yes !

Ses mains s'étaient instinctivement mises en position de moudra. Il ferma les yeux. Il respira profondément et bloqua.

— Attention, j'aspire.

Et elle compta lentement 1, 2, 3...

Il ressentit dans l'instant l'effet de succion au plus profond de ses os, jusque dans ses jambes, comme si son corps était aspiré. Elle s'arrêta.

— Attention, je recommence.

Elle reprit le décompte. La sensation était encore plus forte, il était siphonné de l'intérieur par un nain hideux muni d'une paille. Pas agréable du tout. Il ne broncha pas.

— Voilà, c'est terminé !

Et elle retira doucement mais fermement l'aiguille du trocart, elle lui maintint un coton sur le point d'impact, il vit passer le bout de coton ensanglanté, elle désinfecta à nouveau, et lui colla un beau pansement blanc.

L'autre était déjà en train de faire des frottis sur des lamelles. On le mettait en tartines.

Il ressortit. Le vieux était encore là, face à la porte, plus vulnérable, avec sa pâleur de parchemin. D'une voix faible, il s'adressa à lui.

— Monsieur, dites-moi...

— Je vous en prie.

— S'il vous plaît, ça fait mal ?

Il y avait tant d'appréhension dans cette interrogation qu'il en fut presque ému aux larmes.

— Non, monsieur, ça ne fait pas aussi mal qu'on le croit, il faut bien respirer, rester calme, penser à autre chose. Vous allez voir, ça va bien se passer.

— Merci monsieur, soupira le vieil homme.

Penser à autre chose. Il s'en fut, bouleversé.

Dehors, il marcha dans l'été radieux, momentanément libéré, fier d'avoir passé l'examen avec les honneurs. Il arborait un beau pansement qui ornait son décolleté en guise de médaillon.

Désormais, il n'y avait plus qu'à attendre, contrainte temporelle que partageaient les prisonniers et les malades.

*

* *

Fadeur paradoxale des journées d'été sans amoureuse. Plus il fait beau, plus on soupire. Dans l'appartement, il tournait en rond, à chaque détour il la revoyait. Il s'était photographié avec son pansement, puis l'avait retiré et avait refait une photo de la cicatrice, c'était tout de même la première fois qu'il se faisait trouer la peau et les os. Il avait mis le pansement dans une enveloppe, avec l'idée saugrenue de mettre tous ses pansements dans une boîte, décompte morbide. Des trucs idiots, un fétichisme de mauvais aloi, à moins que ce ne fût une forme d'exorcisme.

La ville se dépeuplait rapidement. Le silence renforçait le sentiment de vacuité. Des chats circulaient, en bas, entre les tombes du cimetière. Les chats sont insensibles au malheur des hommes. Il se dit que contrairement aux chiens, les chats n'en avaient rien à foutre de rien. Et c'était bien en cela qu'ils étaient si fascinants. Ils vaquaient, d'une pierre tombale à l'autre, à des occupations connues d'eux seuls. Il aurait voulu être un chat, par moments.

Dans cet appartement vide, il n'y avait aucun moyen d'échapper à Cunégonde, chaque coin et recoin, encore et toujours, évoquait sa présence. Il étouffait, emporté par cette avalanche de réminiscences : elle allongée sur le lit, les yeux au plafond, elle à la fenêtre, elle au piano, sérieuse et appliquée, elle apportant deux verres de vin dans le salon, elle et ses passages en combinaison, une serviette nouée sur les cheveux, elle assise dans le lit son ordinateur sur les genoux, étudiante à lunettes concentrée sur un travail dont elle ne disait rien, un mémoire, un truc incompréhensible, elle nue sortant de la douche, elle, elle, encore elle sur des milliers de photos numériques qu'il faisait défiler comme des escadrilles de bombardiers lugubres passant dans un ciel de fin du monde et qu'il scrutait avec des yeux d'enfant terrorisé.

Il sortit sur la terrasse et vint s'échouer sur une chaise longue sans même se donner la peine de se chercher un coussin. Bien qu'il sût qu'aucun chagrin ne résistait à une heure de lecture, il n'éprouvait aucune envie de lire, il n'avait envie de rien, pas même de se tenir debout, il était totalement déprimé. Sorte de dépressif chronique depuis qu'il avait cessé de « créer », de faire l'artiste, à moins que ce ne fût le contraire et que son désir créatif eût été annihilé par son mal-être. Cette rupture lui assénait le coup de grâce. L'amour que Cunégonde lui inspirait avait fait fuir ses démons, au moins pendant un long moment, car les démons ne s'avouent jamais vaincus.

Le rosier qu'elle lui avait offert l'année précédente, à l'occasion de son anniversaire, flambait de roses jaunes et orange, éclaboussant de lumière tout un pan de mur, c'était indécent.

De retour, les mésanges frottaient leur bec sur les branches, virevoltaient et sautillaient sans timidité, tandis qu'en altitude les hirondelles fusaient comme des bolides ailés à queue fourchue. Plus loin, sur une antenne, deux corbeaux montaient la garde au-dessus de leur territoire. Avaient-ils été témoins de leur premier baiser ? Cette terrasse avait été le théâtre de leur rencontre charnelle.

*
* *

Bien qu'il fût immédiatement tombé amoureux de Solène, après leur dîner, il s'était interrogé : une femme qui pousse une moto dans le sens contraire de son appui jusqu'à la faire tomber doit avoir une case en moins. Elle avait un côté nonchalant qui l'intriguait, il ne savait pas très bien à quoi l'attribuer. Il redoutait de découvrir une petite-bourgeoise, aussi charmante fût-elle. Et puis, elle était bien jeune, à moins qu'il ne fût trop vieux. On n'était jamais trop jeune, le contraire était hélas moins vrai. Au diable les conventions, s'efforçait-il de penser. Il craignait d'être déçu, que quelque chose ne vînt troubler ce début d'idylle. Il était pourtant sacrément motivé mais il avait peur, tout simplement. Il se souvenait de l'époque du vagabondage sexuel, de ce temps de frivolité où faire l'amour avec une nouvelle partenaire n'était guère plus contraignant qu'un bonjour ou un au revoir. En vieillissant, paradoxalement, ça devenait plus difficile, manque d'entraînement, la maturité et ses exigences, peut-être aussi un supplément d'humanité, l'insouciance avait quitté le navire.

Pas l'inquiétude...

Il savait que l'on ne connaissait jamais une femme tant que l'on n'avait pas fait l'amour avec elle. Un sentiment, aussi fort fût-il, ne survivait pas à une entente charnelle asymétrique. L'accouplement faisait tomber les masques, l'être profond se révélait. Plus question de tricher, il fallait se livrer. Tout était suspendu à l'épreuve du jugement des sexes. La découverte de l'autre n'allait pas sans risques, et les surprises pouvaient se révéler fatales, surtout quand l'attente était trop forte. Il avait donc invité Solène chez lui, une soirée de juin, un jour de fête de la musique. Le ciel était bleu, transparent, un ciel sans souci. Le soleil déclinait, la température était douce. Un temps idéal pour flemmarder sur une terrasse, au-dessus des toits de Paris, à boire du vin frais. Ni l'un ni l'autre n'avaient envie de se mêler à la foule des fêtards. La mauvaise musique et la bonne, mélangées, les braillards, le côté obligatoire de cet événement marqueur d'une société balisée lui étaient insupportables. Elle partageait ce point de vue. Il entendait la cacophonie des orchestres lointains qui se faisaient écho, chacun emporté par sa propre frénésie, tantôt un musette, ou du rock, tantôt des accents des Caraïbes et des pétards, des cris, des klaxons. Il s'était juré qu'un jour il enregistrerait ce maelström sonore. Elle était apparue, vêtue d'une robe légère, un imprimé coloré, un peu courte qui laissait voir ses genoux ; plutôt timide, vaguement empruntée, toujours belle dans la lumière du jour le plus long. Il lui avait proposé une chaise longue, orientée vers le couchant.

À son intention, il avait acheté une bouteille de bon rosé, un costières-de-nîmes, elle était fraîche et perlait de buée dans le seau à glace. Il se souvenait que lors de leur premier dîner, elle avait fait honneur au vin blanc. Elle se montra ravie de son choix. Elle s'assit sur le bord de la chaise, en repliant ses genoux serrés sur le côté, le dos appuyé au dossier, les bras sur les accoudoirs. Il la rejoignit sur l'autre chaise, à côté, déposant sur une table basse un plateau chargé de tomates naines, d'olives vertes, de petits biscuits apéritifs, de radis et d'emmental coupé en petits dés. Il voulait que tout soit impeccable.

Dans la lumière du soir, Solène resplendissait d'une aura de féminité, son cou était toujours élancé et fin quand elle se tournait pour admirer la vue aux alentours. Il remplit les verres, ils trinquèrent.

— À notre rencontre.

— Il est bon, dit-elle.

Elle saisit un radis, le fendit en deux avec le petit couteau, pour y glisser une noisette de beurre. Il avait tout prévu, même une petite soucoupe pleine de sel de Guérande. Il n'avait pas oublié quelques serviettes en papier, pour les mains.

Il se rabattit sur les olives.

— Alors, tu es venue de chez ta tante Marguerite ?

— Oui, dit-elle en croquant le radis du bout des dents.

Elle mangeait en veillant à bien fermer la bouche, comme on le faisait dans les bons milieux.

— Je laisse la voiture à la gare, ça prend une demi-heure depuis Saint-Rémy. Enfin, un peu plus qu'une demi-heure.

— Ça n'est pas trop contraignant de prendre le train ?

— Si, mais je lis. Ça passe vite si tu évites les heures de pointe et que tu peux t'asseoir.

— Je ne pourrais pas.

— Je viens également en voiture, à condition de ne pas se faire prendre dans les mauvaises heures, ça fonctionne aussi. D'ailleurs, j'ai hésité.

Elle avait fini son verre, il la resservit.

— Tu veux visiter ?

— OK.

Elle se leva, lissant sa robe.

Ils firent le tour de l'appartement.

— Dis donc c'est grand.

— Oui, tu vois un peu le bordel, j'ai trois vies là-dedans.

— Tu les as tous lus, ces livres ?

— Oui, enfin pas tous, il y en a qui attendent leur heure. D'autres que je relis. En vieillissant, on aime relire des livres. Si le livre n'a pas changé, on a changé et on y trouve des choses que l'on ne voyait pas. J'ai entrepris de relire Dumas. Je vois plein de trucs nouveaux, j'apprécie surtout la langue. Après ce sera Balzac.

Elle traversa le salon et s'approcha du piano.

— Il est beau, c'est un demi ?

— Oui.

— Yamaha ? Tu permets ?

Elle s'assit et lui tendit son verre. Elle était plus grande que lui, elle se releva pour régler la hauteur de la banquette. Les notes vinrent avec facilité, il reconnut Debussy, *Clair de lune*. Assez vite, après avoir commis quelques erreurs, elle s'interrompit.

— Oh, je sais plus rien.

— Pour quelqu'un qui ne sait plus rien, tu as une belle sonorité. Tu n'as pas joué depuis longtemps ?

— Des années ou comme ça, en passant.

— C'est dommage.

Elle joua quelques petites choses encore, il reconnut Chopin.

— C'est dommage d'avoir arrêté. Tu devrais recommencer.

Elle acquiesça en souriant. Il lui rendit son verre.

— Oui, c'est vrai, quand on voit comment tu joues sans entraînement, tu devrais t'y remettre.

— J'y pense, j'ai pas vraiment d'excuses, ma tante Marguerite a un magnifique Bösendorfer de concert. Il m'arrive de jouer de temps en temps, mais pas vraiment de façon sérieuse.

— Ça n'est pas bien de perdre un tel acquis, j'entends ta musicalité, tu pourrais rejouer très bien.

— Je ne sais pas, répondit-elle, tu crois ?

— Je crois, pense à des types comme moi qui ont appris à plus de cinquante ans, en partant de rien. Rien depuis les leçons de solfège de l'école. Tu vois le prof à tête d'endive qui joue du guide-chant en pensant à Richter ? Ça m'a dégoûté du solfège, mais pas de la musique.

— Tu joues depuis combien de temps ?

— J'ai commencé avant la naissance d'Albertine, ma fille, elle a sept ans.

— Elle vit avec toi ?

— Une semaine sur deux. Là elle est en vacances avec sa mère, en Autriche, on retourne sur la terrasse ?

Il la prit par la main pour la conduire.

Ils retrouvèrent leurs places sur les chaises longues. Le soleil avait décliné, l'horizon se dégradait dans des suites de couches orange cadmium allant du clair au foncé qui viraient au rose et à l'indigo en montant dans le ciel. Les buildings de la Défense formaient des échafaudages de Lego sombres et crénelés, certaines parties s'allumaient. Il était plus de neuf heures du soir. La musique, telles les bourrasques d'une tempête, forcissait. On sentait que la fête avait gagné les esprits.

Solène tendit à nouveau son verre. Une fois qu'elle fut servie, il finit la bouteille dans le sien.

— Marié dans l'année ou pendu dans l'autre, dit-elle d'un air provocateur.

— Non, c'est pas ça, j'en sais rien, mais le truc de la bouteille qu'on finit, c'est pas le vrai challenge. C'est une fausse vérité.

— Ah, j'ai toujours dit ça, moi.

— Oui, tout le monde le dit, mais le vrai truc c'est de finir la dernière goutte et que le liquide arrive à ras bord dans le verre…

— Ah oui, d'accord ! s'exclama-t-elle en riant. Ça change tout. Ça ne doit pas arriver souvent !

— Non, de toute ma vie de soiffard, dans un pays d'alcooliques, je ne l'ai jamais vu. On ne sert plus les verres à ras bord, on faisait ça dans les cafés, les bougnats. Je me souviens du cafetier qui remplissait à ras bord les verres ballon, sur le zinc, une cigarette sur l'oreille, en tablier bleu… Et de l'ivrogne qui avançait les lèvres pour ne rien perdre, le vin faisait comme une petite rondeur au-dessus du rebord du verre, très beau, des gestes oubliés…

— Tu es observateur.

— Oui, il y a tellement de vécu dans des gestes comme ça. Ça disparaît ces choses-là. Je vous remets une tournée ma petite dame ? J'ai une autre bouteille. Tu veux ?

— Je finis celui-là d'abord. Et le piano, raconte !

— Ma mère en jouait, c'était une artiste contrariée. Je l'écoutais le matin. On avait un Pleyel, un piano droit, j'étais fasciné. Ma mère jouait du Chopin en robe de chambre. Le matin, la pièce où se trouvait le piano était éclairée par le soleil. J'étais subjugué. J'avais envie d'apprendre, mais ça me semblait impossible. Le piano exerçait une fascination sur moi. Elle jouait très bien, enfin, il me semble, elle avait appris très jeune, ça faisait partie de l'éducation d'une jeune fille.

— Oui, j'ai connu.

— Mon père lui reprochait son piano, il lui louait. On a dû le payer plusieurs fois. À la fin, il le lui avait acheté.

— Il jouait pas, ton père ?

— Non, c'était un intellectuel, vaguement condescendant vis-à-vis des artistes. En fait, il ne lui reprochait pas l'argent, c'était un prétexte, je pense, mais sa culture, elle lui venait de sa famille et il ne s'entendait pas avec mon grand-père maternel, des histoires de politique. Enfin, je résume. Donc c'était une forme de refus de son émancipation par rapport à lui. C'est ce que je me dis aujourd'hui. On comprend les choses toujours trop tard. Je m'y mettais souvent, tout seul, sur ce satané piano, mais j'étais incapable d'en sortir autre chose qu'*Au clair de la lune*, ma mère m'avait montré, et aussi la gamme de *do*... ça m'est resté. Ma prof s'est toujours étonnée que je joue la gamme de *do*. Pendant des années, je me suis dit que j'apprendrais le piano. Une sorte de défi à l'impossible. C'était une tâche insurmontable. Tu vois ?

— Oui, parfaitement. Les gens qui reprennent sur le tard, pour la plupart, ont commencé jeunes. Ils veulent rattraper le temps perdu, mais ils ont un acquis, toi, ce n'est pas tout à fait pareil.

— Zéro. À part la gamme de *do*.

— Comment tu as fait ? C'est fou comme pari.

— Je confirme. Un jour, je me suis décidé. Pourquoi ce jour-là ? Je n'ai acheté qu'un clavier, mais un clavier étendu, tu vois ?

— Genre Clavinova ?

— Exactement, oui.

— Pourquoi pas direct un piano ?

— J'avais peur de l'échec. Imagine que tu t'achètes une Porsche avant ton permis et que tu le rates, t'as pas l'air con. Je me laissais une porte de sortie. La seule chose que j'ai faite tout de suite, c'est de prendre un prof.

— Tu en connaissais un ?

— Non, trop facile, j'ai noté un nom dans une boulangerie.

— Oh ?

— Si. Ça donne quand même une idée du climat. Il y avait une urgence, j'ai appelé et j'ai vu débarquer une sorte d'homo d'une autre époque, assez sympa. Il m'a dit qu'il faisait plutôt les enfants, mais qu'il avait quelques adultes. Voilà.

— Et alors ?

— Ben, je m'y suis mis.

— Chapeau, c'est quand même drôlement courageux.

— Je ne joue pas très bien, mais je t'avoue que jamais je n'aurais pensé atteindre le niveau auquel je suis arrivé, jamais, j'y crois pas.

— Tu veux pas me jouer quelque chose ?

— Ça, désolé, je ne peux pas. Si je joue, même un morceau que je connais, dès que quelqu'un entre dans la pièce, je perds tous mes moyens. Regarde, rien que d'y penser j'ai les mains qui deviennent moites.

Il lui tendit sa main, elle la prit.

— Oui, c'est drôle.

Sa main, elle ne la lui rendit pas. Elle se mit à comparer leurs mains. Elle avait des mains plus longues et plus larges que les siennes. Elles étaient joliment veinées de bleu. Ses ongles étaient bien vernis, laqués, rouge, un rouge indien, luisant.

— Toi, tu as des mains de pianiste, dit-il avec sérieux. Moi j'ai des mains trop fines.

— Oui, bof, ça veut rien dire. Alors comment tu es arrivé à ton Yamaha ? C'est un beau piano.

— Écoute, j'avais un ami dans le cinéma qui s'était remis au piano, tard. Comme moi, au même âge, mais lui, il avait appris très jeune, il jouait très bien. Je lui ai demandé conseil. Je lui ai dit : « J'aimerais m'acheter un piano, mais comme je débute, je crois que je vais me prendre un bon piano droit. »

Elle l'écoutait, vaguement alanguie, des paillettes dorées dans les yeux, le soleil se couchait lentement, adoucissant ses traits.

— « Non, ne fais pas ça, il m'a dit, c'est une connerie, fais-toi plaisir, tu ne seras jamais Gilels ou Richter, mais tu as encore un pouvoir d'achat, il faut au moins que ça te serve à quelque chose, offre-toi un vrai beau piano. Genre Yamaha demi-queue, par exemple. Crois-moi, tu ne le regretteras pas. » Il avait raison. C'est ce que j'ai fait, je le remercie tous les jours. Le pauvre, il est mort d'un cancer. Je lui disais tout le temps d'arrêter de fumer, il en avait rien à foutre.

— Tu ne fumes pas ?

— Plus, ça fait longtemps, de temps en temps un joint. Et toi ?

— De temps en temps un joint, dit-elle avec un sourire complice.

— T'en veux ?

— … ?

— Un joint ?

— Pourquoi pas.

— Champagne ?

— Pourquoi pas.

La bouteille attendait au frais dans le réfrigérateur. Un Ruinart brut. Un beau joint et un briquet atterrirent sur le plateau.

Il le lui tendit avec un sourire engageant.

— Tu l'allumes ?

— Non, toi.

L'alcool avait déjà arrondi les angles, adouci les appréhensions de ce rendez-vous près du ciel. La fumée dissipa les tensions qui restaient.

La première bouffée lui envoya une onde dans tout le corps.

Solène prit le joint, elle loucha un peu sur le bout rougeoyant tandis qu'elle tirait une taffe, elle inhala profondément, toussa, en rejetant une bouffée.

— Eh ! Elle est forte, dit-elle avec un sourire ravi.

Le joint fit encore un aller et retour, il le reposa dans le cendrier.

— On va doucement.

Le bouchon de champagne sauta, il remplit les flûtes, il faisait encore suffisamment jour pour voir les bulles qui fusaient vers la surface.

Ils trinquèrent les yeux dans les yeux.

— Quel délice, soupira-t-elle en faisant claquer sa langue.

Solène s'allongea sur sa chaise et regarda le ciel rose. Des hirondelles passaient dans de folles embardées, lançant leurs cris stridents. Ils étaient allongés, côte à côte, chacun sur sa chaise, tels les passagers de barques dérivant sur un lac. Elle laissait un bras alangui tomber, comme si elle cherchait la fraîcheur de l'eau. Il lui prit la main. Elle était chaude, vaguement humide.

Ils demeurèrent ainsi les yeux au ciel.

— Une fois, dit-il, en été, je me suis endormi à la belle étoile, sur une lande. Au milieu de la nuit, je me suis réveillé en sursaut, et quand j'ai ouvert les yeux, une nuée d'étoiles m'entourait. Je ne savais plus où j'étais ; encore dans le sommeil, je me sentais flotter au-dessus du vide, une sensation extraordinaire d'apesanteur, je dérivais, suspendu dans l'espace sidéral. J'avais perdu toute notion de haut ou de bas. Ça n'a duré que quelques instants, mais qui me laissèrent la sensation d'une éternité, c'était extraordinaire. Je n'ai jamais retrouvé ça. Je cherche encore.

Maintenant, il avait envie d'elle.

— Tu me fais une petite place ?

Il se leva et vint s'asseoir sur un bout de coussin, elle se déporta sur le côté. Elle gardait les yeux fermés.

Sa main se glissa dans l'échancrure de sa robe, à la hauteur du col, et effleura son cou, une caresse de la pulpe des doigts, toute douce et aussi légère qu'il put. Elle souleva l'épaule à sa rencontre, inclinant la tête, frottant sa joue à cette main. Elle rouvrit les yeux. Leurs regards s'immobilisèrent. Il déploya son pouce afin d'enserrer tout le cou d'une même caresse. Elle soutenait son regard. Son doigt vint frôler ses lèvres. Elle entrouvrit la bouche. Il sentit l'humidité de sa salive, elle lui mordit le doigt, délicatement, moqueuse.

Il se pencha sur elle, l'enlaçant de son autre bras, elle offrit ses lèvres. Un baiser doux qui ne le resta pas quand leurs langues se trouvèrent. Ses aisselles étaient mouillées, elle s'abandonnait. Il embrassa son cou et entrouvrit la robe au niveau du décolleté, fit sauter un bouton, sa main se faufila entre le sein et le soutien-gorge, le souffle de Solène se faisait plus lourd, il trouva un mamelon gonflé, le parcourut du bout du doigt, il le dégagea de l'emprise du sous-vêtement et le prit entre ses lèvres, le pinçant délicatement entre ses dents, le suçant très lentement. Elle soupira. Il faisait très chaud.

Tandis qu'ils s'embrassaient, sa main remonta sur sa cuisse en effleurant sa peau pour arriver entre ses jambes, l'intérieur de ses cuisses était doux, il s'enhardit jusqu'à sentir le tissu de son slip. Il laissa sa main errer sur l'étoffe, explorant par petites touches la rondeur moite, la pression se fit plus forte. Sans franchir la surface de dentelle, il lui caressa longuement le mont de Vénus, suivant délicatement ses replis les plus intimes. Il la prit dans ses bras, laissant sa main sur son ventre, il trouva la barrière de tissu léger, écarta l'élastique et plongea, se perdant dans sa toison souple et fine, Solène était trempée, elle se laissa explorer.

La recherche du plaisir se voudrait asymptotique, et chaque caresse aurait vocation à être éternelle, mais vient toujours un moment où le désir est plus fort que la retenue. On perd pied et on plonge.

Dans la chambre, toutes fenêtres ouvertes sur la nuit, sur le drap blanc, leurs corps nus s'exploraient et se livraient aux caresses. Au moment de la pénétrer, il se fit la réflexion qu'elle avait des cuisses puissantes, de belles et larges fesses, qu'il ne se lassait pas de prendre à pleines mains, et qu'il fallait avancer beaucoup son bassin pour la prendre. Et c'était nouveau, merveilleux. Ainsi mourut le souvenir physique de Sofia. Son sexe d'homme, qui n'avait guère d'esprit mais gardait la mémoire des formes, n'avait connu que son corps menu et nerveux durant trois années ; quand il prit Solène, il eut l'impression de pénétrer une géante : elle l'avait tout entier absorbé. La chair se souvient, juste l'empreinte d'un corps qui faisait place à un autre et cette sensation le laissa surpris et décontenancé quelques secondes. Une nouvelle matrice l'emprisonnait, l'englobait et le serrait pour se l'approprier, il se fondit en elle et oublia tout.

Au matin, ils étaient amants et le soleil resplendissait.

Il y a une première fois, et un premier petit-déjeuner, il est toujours radieux quand l'amour a été au rendez-vous.

Beurre, confitures et café, l'originelle consécration d'une intimité naissante, l'hommage implicite à la nuit, des regards complices, les vertigineuses perspectives d'une poitrine libre sous une étoffe de combinaison, les transparences qui donnent des décharges électriques dans le bas-ventre, les promesses de nouvelles caresses, le retour d'un désir qui ne vous a pas quitté.

Il s'enquit de l'ex de Solène. Simple curiosité. Il lui avait déjà fait part de sa séparation d'avec Sofia. Solène ne s'étendit pas plus que nécessaire sur la question, elle lui confia qu'il était Sud-Africain, enfin, elle lui avoua, entre deux gorgées de café, qu'il n'était pas si ex que cela, ils étaient en froid, mais rien d'officiel, elle devait s'occuper de régler cela.

— Vous n'êtes pas séparés ?

— Non, pas vraiment, il est à Dublin, on est restés ensemble pendant presque dix ans. On a un peu voyagé. Ma tante l'aimait bien.

De ce qu'elle lui confia, il conclut que ce n'était pas le grand amour, et qu'une sacrée routine avait eu raison de leur relation. Mais tout de même, dix années, ça faisait un bail.

— Non, j'étais bien, il avait une trentaine d'années. C'était un trader.

Elle n'avait pas encore rompu qu'elle en parlait au passé.

Il se demandait à quoi devait ressembler un trader en amour. Il n'en sut guère plus. Il se dit que tout compte fait, la sage Solène venait de le tromper avec lui et qu'elle allait lui remettre sa lettre de licenciement maintenant que la vente avait été consommée avec un tiers. Il se fit la réflexion, car l'expérience est une fieffée informatrice, que cela dénotait une forme de duplicité, ou de lâcheté. Elle aurait pu attendre d'avoir rompu pour se trouver un nouvel amant. Il avait remarqué, par le passé, que la façon dont une nouvelle maîtresse quittait son amant était riche d'enseignements pour l'avenir, mais il ne fit guère cas de cette réflexion. Ce détail négligé lui revint à la figure comme un boomerang quand elle le quitta. Exactement le même topo. À la seule différence que le Sud-Africain ne s'accrocha pas. Lui, il commit l'erreur de le faire. Sans doute n'aurait-il pas dû écouter Oustina, sa professeure de piano, lorsqu'elle lui avait déclaré : « J'espère que vous allez vous battre. » Elle avait dit cela spontanément et sans malice, réflexe d'une Russe, réflexe d'une femme d'une autre génération. Ça l'avait surpris, et l'avait remotivé, parce qu'il se sentait mal barré. Il se rappelait pourtant lui avoir dit :

— Vous savez Oustina, Solène quand elle prend une décision comme ça, elle n'est pas du genre à revenir dessus.

Il se souvint de détails oubliés sur l'amant sud-africain et de son limogeage. Il ajouta :

— Oustina, elle en avait assez de la France, ici, elle était en situation d'échec, elle rêvait de partir aux US, vous verrez, elle se mariera, elle aura sa carte verte. Je la connais par cœur.

C'est à ce moment-là qu'il avait ressenti l'envie de travailler le *Clair de lune* de Debussy.

— C'est trop dur encore pour vous, lui avait fait remarquer Oustina.

En dépit des préventions de son professeur, il était passé outre, il y arriverait, dût-il s'arracher les phalanges sur le clavier. C'était une façon de rester en contact avec Cunégonde par-delà les océans, de prendre sa revanche sur elle, de la voler, de la violer. Contre cela elle ne pourrait rien, et il le jouerait mieux qu'elle, il la violerait au clair de lune. Il ne s'arrêta pas à l'idée qu'Oustina pouvait deviner ses motivations. Par ses mises en garde pianistiques, avec tact, peut-être cherchait-elle à lui éviter une souffrance de plus ? Pouvait-il lui faire la confidence que l'idée même qu'on jugeât qu'une chose lui était impossible revêtait pour lui la plus ardente des stimulations ? Son père, dans son enfance, lui interdisait tout, tout était dangereux, risqué, susceptible de provoquer un accident. Et toute sa vie, il avait accompli les choses les plus dangereuses, les plus risquées, comme par défi. Solène n'était pas la seule à avoir des comptes à régler avec son père.

*
* *

Ils étaient au matin de leur histoire, loin de ce genre de questionnement. Pour le moment, tout était beau, la lumière de l'été avait envahi l'appartement et Solène, vêtue d'une simple combinaison transparente, s'était mise au piano. Elle jouait ce qu'elle savait encore de Debussy, il lui avait trouvé la partition. Il vint près d'elle, en retrait, et glissa une main sous la combinaison pour lui prendre un sein tandis que ses doigts couraient sur le clavier. Le sein frémissait tout seul contre sa paume au gré des notes et il prenait bien soin de ne pas entraver ses mouvements qui le faisaient se frotter doucement. Très vite il durcit et entre la pointe et ses lignes de vie, un courant de forte intensité passa. Il vint s'asseoir sur la banquette, la prenant entre ses jambes, lui caressant le clitoris, puis il la fit se retourner et s'asseoir à califourchon sur ses cuisses, face à lui.

— Tu veux jouer un quatre mains ? murmura-t-elle.

Elle était mouillée et prête. Il attrapa son beau cul et ils jouèrent une partition qu'ils déchiffraient au fur et à mesure. En baissant le regard, il pouvait apercevoir, à peine cachés par l'ourlet de la combinaison, leurs sexes qui venaient au-devant l'un de l'autre.

Sa verge quand elle ressortait était inondée, et c'était de toute beauté. Quand elle jouit, elle partit en arrière et s'appuya sur le clavier, déclenchant une polyphonie de notes discordantes.

Ils restèrent assis, soudés l'un à l'autre, respirant les exhalaisons mélangées de leurs corps.

— Tu sais, lui murmura-t-il, tu dois absolument reprendre le piano.

— Tu as raison, je retourne voir Oustina. Je l'appelle.

Solène bougea son bassin, il sentit que leurs fluides corporels s'échappaient, une onde tiède vint lui inonder les couilles lorsqu'elle se leva, elle dit « Oups ! » d'une façon charmante, comme une petite fille qui aurait renversé un entremets.

— Je fuis, ajouta-t-elle en riant, c'est de ta faute.

Elle partit en courant vers la salle de bains, une main entre les jambes.

Il pensa : « Suis-moi je te fuis, fuis-moi je te suis. »

Il passa sa main sur son sexe et la porta à ses narines. Il ferma les yeux. Par terre, il ramassa un bouton du tabouret, le capitonnage en avait pris un coup.

Solène lui fit savoir qu'elle allait rompre avec son futur ex. Elle partirait pour Dublin lui annoncer son licenciement. Elle s'absenterait le week-end suivant. Avant cela, elle devait suivre ses cours à la fac, et sa tante Marguerite l'attendait, elle s'interrogeait sans doute sur son découchage. Elle lui avait décrit le château de sa tante comme une sorte de lieu magique, une folie baroque, un peu dans le style du château d'Alexandre Dumas. Il avait hâte de voir cela, d'autant plus que l'idée de jouer sur un grand piano Bösendorfer l'excitait beaucoup, surtout avec des touches en ivoire. Son chien, Ingo, retenait son attention, il l'aimerait. Solène disait que tout le monde adorait Ingo. Tante Marguerite l'intriguait, mais il la pressentait possessive et, d'instinct, s'en méfiait.

À peine Solène eut-elle franchi la porte, elle lui manqua déjà.

Il y a tellement de nuances dans l'absence qu'il serait vain d'en vouloir établir la liste, mais celle-ci était une absence vibrante, ensoleillée, heureuse, stimulante, de celles qui rendent plus vivant et entreprenant, de ces absences qui donnent la mesure de l'amour, et font sonner la promesse du retour.

5

Son portable vint interrompre ses méditations, sans doute était-il temps. Ingrid s'enquérait des nouvelles de son médecin.

— Tu les as pas encore tes résultats, putain, faut tant de temps que ça pour un myélogramme, qu'est-ce qu'ils foutent ?

Ingrid était tout son contraire, au moindre contretemps, elle passait à l'action et téléphonait, rameutait les gens.

— Il m'avait dit que ce serait long. J'attends. Tu me fais marrer, bien sûr que je suis anxieux.

La perspective d'une maladie grave n'incitait guère à pavoiser.

— Tu m'appelles pour me dire, hein ?

Dans la journée, il reçut un coup de fil du secrétariat du docteur Lamron. On lui proposait un rendez-vous pour le lendemain matin. Après, le docteur partait en vacances. Le genre de proposition qu'on ne pouvait pas refuser.

Sur le chemin de l'hôpital, il ressentait une double injonction contradictoire : l'envie de savoir et celle d'arrêter le temps. Il faisait beau, les feuilles des arbres étaient toutes neuves, la fin de matinée pleine de vie et d'espoir, il craignait de vivre ses dernières minutes de normalité, si jamais cette qualification avait un sens.

Il fit une halte au kiosque de l'hôpital et acheta *Le Canard enchaîné*, histoire de penser à autre chose. Assis dans le box attenant au secrétariat du docteur Lamron, il était incapable de lire le moindre article, il n'arrivait pas à se concentrer, sinon sur les allées et venues des patients et des personnels. Et puis le docteur Lamron fut là. Il lui serra la main et l'emmena dans son bureau.

— Bon, j'ai reçu vos résultats.

Le médecin le regarda dans les yeux, le docteur Lamron n'avait pas comme certains de ses confrères le regard fuyant. Il préférait ça.

— Alors, on a trouvé un certain nombre de dysfonctionnements dans votre lignée sanguine. Vous êtes atteint d'un syndrome myélodysplasique.

— C'est quoi ça ?

Il essayait de garder le ton le plus neutre possible, il se retint de demander si c'était grave, car il n'avait pas envie d'entendre que ça l'était.

Le médecin poursuivit :

— C'est une maladie de la moelle osseuse, et par voie de conséquence, une maladie du sang. En fait, votre moelle fabrique toujours des globules rouges, mais ils ne sont pas totalement viables, d'où votre anémie, ils restent à l'état de blastes, un état immature, si vous préférez.

Il ne préférait rien du tout, et surtout pas ce genre de maladie rare. Des situations comme ça, il en avait connu dans les livres, les films. Il savait que dans la vraie vie cela arrivait aussi, mais préférablement aux autres.

— Dans votre cas, c'est seulement la lignée rouge qui est atteinte, c'est une chance, pas les globules blancs, ni les plaquettes.

— C'est une leucémie ? osa-t-il.

— Non, pas pour l'instant.

— Ça peut le devenir ?

— Oui, mais le pourcentage de chances reste faible.

— De combien ?

— Entre 10 et 20 %, c'est une statistique, ajouta-t-il.

Le docteur Lamron semblait dire : « Estimez-vous heureux. »

— Vous embarqueriez dans un avion qui a entre 10 et 20 % de chances de se crasher ?

Le docteur Lamron sourit franchement.

— Vous êtes déjà dans l'avion.

L'évidence de l'observation était imparable. Il était fait comme un rat.

Le médecin enchaîna :

— Non, je vous propose de considérer la situation de manière plus positive : comment on va faire pour vous permettre de retrouver vos globules rouges, et sortir de votre anémie.

— Mais docteur, comment j'ai pu avoir ça ?

— On ne sait pas, surtout dans votre cas. Vous êtes dans la marge…

— … d'erreur ?

— Non, vous n'êtes pas dans les critères, en général cette maladie est consécutive à des irradiations, un alcoolisme aigu, l'exposition à des substances comme le benzène, il y a l'incidence de l'âge, ce sont des maladies qui se produisent plutôt sur le tard.

— Des maladies de vieux.

Lamron eut un geste évasif.

— Ça se soigne ?

— Ça se traite. Pour l'instant, on ne sait pas le soigner. On traite les symptômes. C'est déjà bien. Vous savez, le traitement que je vais vous donner, il y a quelques années, vous ne l'auriez pas eu.

— J'ai de la chance, si je comprends bien.

— Oui, d'une certaine façon.

Le docteur Lamron sortit son carnet à souche et son beau stylo. Et la plume gratta le papier.

Il regarda par la fenêtre, le ciel s'était obscurci, on entendit le grondement du tonnerre. Il se dit que cela n'avait aucun rapport avec la situation, mais pensa à son retour à moto. Il n'avait pas pris de vêtement de pluie.

— Vous pouvez vous faire les injections ?

— Je me fais mes vaccins antigrippe tous les ans.

— Celles-là sont sous-cutanées.

— Encore plus facile.

— Bon, pour commencer, je vous prescris une injection par semaine de Ritrex, normalement votre taux d'hémoglobine devrait remonter. Vous ferez un contrôle des plaquettes tous les quinze jours, si ça ne suffisait pas on pourrait augmenter les doses à deux injections par semaine.

— C'est quoi le Ritrex ?

— Érythropoïétine, de l'EPO, si vous préférez.

— Le produit de dopage des cyclistes ?

— Oui, en version illégale, mais dans votre cas ce sera légal.

— Des effets indésirables ?

— On doit surveiller que le taux d'hémoglobine ne monte pas trop haut, on encourrait des risques de thrombose.

Dehors, il pleuvait des litres d'eau, un vrai déluge. Ça n'avait aucun rapport avec la conversation, mais ça donnait un ton.

— Vous ferez votre prise de sang dans quinze jours, faxez-moi les résultats. N'attendez pas d'amélioration avant deux à trois semaines. Si la moindre chose anormale se produit, je vous laisse mon numéro.

Il lui donna l'ordonnance, lui demanda sa carte Vitale. Lamron, en échange, lui tendit sa carte de visite comme cadeau bonus.

En l'espace d'une petite demi-heure, il était entré dans le monde merveilleux des longues maladies. Ça s'était passé plus facilement qu'il n'aurait pu le craindre. Les formalités avaient été rondement menées. Il allait falloir gérer l'après.

Dehors, le soleil revenait, des gouttes de pluie tombaient encore, avec un rythme sporadique, les trottoirs mouillés brillaient comme après le passage de la femme de ménage, constellés de miroirs brisés renvoyant des reflets de ciel et de toutes les formes vivantes ou mortes, les couleurs vibraient, les parapluies se refermaient aussi vite qu'ils s'étaient ouverts. Et lui, il marchait vers sa moto en se demandant comment il en était arrivé là. La question était si prégnante qu'il s'en détourna, laissant l'engin dégoulinant sur son bout de trottoir.

Il alla direct au café... Un café croissant jus d'orange lui ferait du bien. Il avait toujours aimé les cafés, de préférence à des heures creuses, ces endroits désertés offraient des sortes de no man's land temporaires, favorables à la réflexion.

Il restait deux croissants. Il commanda un double expresso allongé et une orange pressée.

Tandis qu'une serveuse s'activait à dresser des tables, il déplia son ordonnance immaculée, prenant garde de ne pas froisser le nerf du papier.

La mention *longue maladie* s'étalait sur toute la largeur du document. Ça lui donnait droit à une prise en charge à 100 %. Il allait pouvoir amortir les milliers de francs puis d'euros qu'il avait cotisés pendant des années de richesse et d'insouciance.

Il était bien précisé que ce traitement serait évalué par les numérations sanguines analysées tous les quinze jours.

Le Ritrex à 40 000 unités en injections hebdomadaires puis bihebdomadaires, si nécessaire, lui était ordonné pour quatre mois. Deux cyclistes en tenues FDJ – la Française des Jeux – entrèrent, leurs chaussures à semelles autobloquantes claquaient sur le carrelage, leurs cuisses lui parurent monstrueuses, il replia prudemment son ordonnance, il devenait la proie potentielle de n'importe quels cyclistes indélicats en quête de performance.

En admettant que ce traitement marche, compte tenu de l'absence de remède véritable, il prenait perpète, il était dépendant d'une usine de fabrication d'hormones de synthèse jusqu'à ce que mort s'ensuive. Et que se passerait-il si une guerre éclatait, ou si le personnel se mettait en grève ? Et avec le Brexit, il encourait un risque de plus. Il valait mieux ne pas y penser.

Il paya et sortit en contournant la paire de cyclistes et leurs demis de Grimbergen. Bien qu'ils lui parussent avoir des têtes d'abrutis, ils étaient désormais unis dans l'addiction, chacun à sa manière. Et dire que dans son enfance il avait rêvé d'être coureur cycliste.

Sur sa moto, il fila à la pharmacie. Il voulait commencer son traitement dans les meilleurs délais. Un vieux monsieur et sa jeune aide-soignante attendaient. Fragile, il s'appuyait sur son bras. Il pensa à Cunégonde, son inspiration de le larguer lui évitait une sacrée tuile : pour un peu, elle se retrouvait avec un drogué leucémique. Il se fit la remarque qu'il avait une propension à l'exagération. En fait, sa manière à lui d'exorciser son appréhension de l'inconnu. Une sourde réminiscence d'une peur d'enfant construite autour de l'angoisse de l'abandon. Le produit ne se délivrait que sur commande, ce n'était pas du tout-venant.

Il revint plus tard dans l'après-midi, le pharmacien lui recommanda de bien garder les seringues au frais, dans le compartiment à œufs, ou le bac à légumes, par exemple. Le produit se détériorait vite à la chaleur. Il lui remit le paquet dans une enveloppe isotherme. Toutes ces précautions donnaient un charme indéniable à l'opération.

Quand il referma la porte du réfrigérateur, le son mat du joint de caoutchouc lui rappela Cunégonde et sa manière de refermer la porte d'un geste désinvolte du pied, lorsque, moulée dans son short, elle faisait le plein de yaourts à la noix de coco avant d'aller s'enfermer dans la chambre pour de mystérieuses révisions.

À chaque évocation, il réalisait davantage qu'il ne la reverrait jamais. Tous ces gestes de rien, toutes ces attitudes, ces mimiques, ne seraient plus que des images mentales qui s'estomperaient peu à peu, pour ne laisser que la douleur à vif, la solitude. Il mesurait à quel point il vivait un deuil. Le pire qu'il ait jamais vécu, il se mit à pleurer, en proie à une sorte de rage mêlée de désespoir, comme les chagrins d'enfant.

Il pleurait encore quand il commença la lecture de la notice de son traitement. Il eut une idée, il plaça son téléphone en face de lui, le cala contre une boîte de Kleenex et déclencha la caméra de son iPhone. Il reprit la lecture, elle provoqua rapidement un fou rire : un véritable inventaire de catastrophes, d'effets secondaires, allant de l'indésirable au grave, voire très grave, nécessitant l'appel immédiat d'un praticien.

Dans sa lancée, il se dit qu'il serait bien de filmer aussi sa première piqûre. Il éprouvait le sentiment d'atteindre le comble du ridicule et du pathétique. Tout se révélait prétexte à œuvre d'art, pensait-il. Il pratiquait souvent une forme involontaire de dandysme tragicomique, entretenant une relation trouble avec le dérisoire et l'ironique. Commenter sa propre détresse lui permettait de prendre de la distance, surtout en l'absence d'un quelconque public.

Si Cunégonde le voyait que penserait-elle ? Elle ne penserait rien puisqu'elle ne verrait jamais ça, qu'elle l'avait déjà oublié et qu'elle était bien trop occupée à son propre ridicule. Les dernières photos envoyées par ses amis de New York étaient éloquentes. Son nouveau boyfriend en avait fait sa muse, il l'avait photographiée en sous-vêtements, pour le moins transparents, dans la chambre froide d'une boucherie, au milieu de carcasses de viande ; elle étreignait un demi-porc, effleurant sa chair d'un bout de langue gourmande. Le photographe avait pris soin de faire des inserts de ses tétons durcis par le froid. Sur une autre, cette fois dans un décor de garage, elle gisait à moitié nue sous une voiture, un cric entre les jambes, les cuisses pleines de marques de cambouis. Dans une dernière série, elle était assise, les jambes encore écartées au coin d'un billard américain. La photo avait été prise en pause, une série de boules roulaient avec un effet de flou et tombaient dans le trou entre ses jambes. Son slip résille ne dissimulait pas grand-chose de sa pilosité. Ils s'amusaient bien tous les deux, le boyfriend faisait décidément preuve d'un goût très sûr. Comment avait-elle effectué une telle mutation ? Il restait interdit. Le monde entier pouvait la voir. Ne s'en rendait-elle pas compte, ou, au contraire, voulait-elle claironner sa nouvelle vie, affirmer son sentiment de liberté ? Jamais il n'aurait imaginé pareille conduite, la petite-bourgeoise fendait sa gaine.

Le boyfriend tenait-il à afficher la Française attrapée au lasso, son nouveau trophée ? Il avait bien une tronche à ça, avec ses rouflaquettes, ses dreadlocks et sa mine de noceur. Les photos qu'il postait le montraient, le plus souvent, un verre à la main, arborant une chemise hawaïenne et un sourire goguenard ; sur certaines, elle, elle l'enlaçait dans une attitude mi-soumise, mi-provocatrice. Les photos étaient fréquemment prises lors de soirées ringardes comme il s'en donne treize à la douzaine tous les soirs à NY.

Il se dit que, finalement, elle avait toujours eu envie de ça : s'exposer, s'exhiber, tandis que lui, au contraire, il s'était toujours efforcé de la protéger, de rester discret, gardant l'objectif pour leurs seuls ébats intimes.

Ces conjectures remettaient en question tout ce qu'il croyait savoir d'elle, et sa propre capacité à l'avoir comprise. Il conclut qu'elle avait dû être très malheureuse avec lui.

Il prépara avec attention la seringue, conscient de l'importance de cet autoportrait. Il vérifia que son téléphone était toujours bien cadré, et déclencha à nouveau la prise de vue, il commenta ses faits et gestes en parodiant un vendeur de téléachat. Il se positionna pour bien exposer l'action à sa caméra. Il fit jaillir un peu de liquide pour expulser l'air, puis souleva sa chemise afin de mettre à nu un ventre qu'il trouva trop gros, il était paré d'assez de graisse pour piquer autant qu'on voudrait. Comment faisaient des types comme Gandhi pour les sous-cutanées ?

L'aiguille s'enfonça comme dans du beurre, il appuya doucement sur le piston comme le lui avait recommandé le docteur Lamron, comptant encore onze secondes après l'injection complète afin d'éviter de causer un hématome. Il retira l'aiguille et se frotta avec un coton imbibé d'alcool. Opération parfaitement maîtrisée. Au moins, il lui restait quelque chose de ses trois années de médecine ! Au prix de chaque piqûre, l'utilité de faire appel à une infirmière lui avait semblée superfétatoire et dispendieuse. En dépit d'un individualisme forcené, il s'était toujours montré respectueux de la chose publique et de la collectivité. Du temps de sa fortune, il refusait de se faire rembourser tout médicament ou traitement sous prétexte que le trou de la Sécurité sociale devait être comblé. Ça laissait les gens totalement décontenancés : chez certains, l'idée même d'abandonner un tube d'aspirine à la charge de leur bourse déclenchait l'hystérie.

Il déposa la seringue vide dans une boîte en carton. Il formait le projet, vu le nombre d'injections qu'il était supposé se faire s'il ne mourait pas trop vite, de les conserver toutes afin d'édifier une installation dont il n'imaginait pas encore la forme, mais qui serait surprenante à n'en pas douter. Il attendait l'illumination créatrice.

Désormais, il ne restait plus qu'à suivre les effets du traitement et faire ses prises de sang. Il était seul, la ville était vide, et Ingrid venait de partir pour son île. C'était un rituel annuel, deux mois de longues vacances dans une île où elle possédait une belle maison. « Et tes patients ? » lui demandait-il chaque fois. « Ils apprennent à se passer de moi », répondait-elle de manière laconique. « Et s'ils vont mal ? » « Je donne des consultations par téléphone. » Décidément, on n'arrêtait pas le progrès.

Il visionna sur son téléphone le film de ses exploits et se trouva aussi comique que pathétique. Cette prise de distance lui confirmait, de l'extérieur, qu'il était encore plus atteint qu'il ne le supposait. Il s'en réjouit entre deux crises de larmes.

Plus que jamais, la chronologie de son malheur s'imposait à son esprit : elle avait couché avec l'abruti de boyfriend juste avant de rentrer en France. Il s'en était fallu d'un rien. Il s'en fallait toujours d'un rien pour qu'une catastrophe soit évitée. Combien de désastres n'avaient-ils pas manqué la une des journaux d'un cheveu et sans que personne en sache rien...

Ça devait arriver, voilà tout. L'indécente exposition des photos continuait sur Internet. Sans lui, car Cunégonde l'avait rayé de sa page Facebook et de tout le reste. Ça lui fit l'effet d'une gifle, d'une nouvelle rupture. Il se serait bien contenté de la regarder vivre, sans rien dire. Tel un Quasimodo admirant de loin son Esméralda.

Il ressassait cette relégation. Elle ne se contentait pas de le quitter d'une manière honteuse, elle le chassait, tel un manant. Tout cela sans avertissement, sans réelle explication. « Je veux aller de l'avant. » Elle ne se donnait même pas la peine d'une justification, le mépris de Cunégonde !

Ce surnom prenait tout son sens.

*
* *

Un soir, Ingrid, dans un de ses restaurants dont elle avait le secret et qu'il était interdit de récuser, lui avait demandé pourquoi il l'appelait comme ça.

— Enfin, Solène, c'est un beau prénom, tu ne l'as pas toujours appelée Cunégonde. C'est quoi cette lubie ? Dans la vie, tu l'appelais pas Cunégonde ?

— Non, mais oui, enfin si, quand elle me faisait trop chier. Si on avait des moments merveilleux, elle pouvait aussi être une vraie emmerdeuse. « Arrête de faire ta Cunégonde », je lui disais. Par exemple, quand elle arrivait en retard à un rendez-vous - elle était systématiquement en retard -, et qu'elle ne prenait pas la peine de s'excuser, on avait l'impression que l'idée ne l'effleurait même pas ; ou bien quand elle ne regardait pas une serveuse lorsqu'elle commandait au restaurant, ou quand, après avoir fait changer trois fois la garniture d'un plat elle ne disait pas merci, ne souriait pas et c'était dommage, car elle avait un beau sourire. Enfin bref, chaque fois qu'elle faisait sa tête de petite-bourgeoise hautaine.

— Elle était timide ?

— Oui, très, maladivement, j'ai mis du temps à le comprendre.

— Pas sûre d'elle. Avec ce que tu m'as raconté de son père, c'est pas étonnant.

— Je ne supporte pas qu'on se montre hautain envers les autres, surtout la femme avec laquelle je suis. Je n'aimais pas l'image qu'elle dégageait dans ces moments-là.

— Tu n'avais pas plutôt peur de te faire mal voir ?

— Oh arrête de faire ta psy, pas la peine de faire des heures sup.

— Réfléchis-y, dit-elle, narquoise.

— Tu fais chier, Ingrid... Chez Cunégonde, reprit-il, c'était une sorte de dédoublement aléatoire, tu ne savais jamais quand ça tomberait. Un mot de travers de ma part, une critique, ce qu'elle interprétait comme une absence de soutien.

— Par exemple ?

— Un jour, elle rentre et elle fait la gueule, je lui demande ce qu'elle a.

« — Putain, j'en ai marre de tous ces mecs qui me sifflent, me font des gestes obscènes. C'est surtout des racailles d'ailleurs. Je te jure c'est pas possible.

» — Je sais, mais tu peux prendre sur toi. Il ne faut pas que ça te mette dans des états pareils.

» — Je voudrais t'y voir. Tu ne te rends pas compte. Même si tu les envoies chier, ils t'insultent. J'en peux plus.

» — Je m'en rends très bien compte. Quand je suis avec toi, je vois bien. Mais tu vas pas les changer...

» — J'en peux plus de ces racailles de merde.

» — Écoute, je voudrais te dire quelque chose. Je sais dans quel état ça te met. C'est pas la première fois. T'énerve pas, on part du principe que c'est insupportable, d'accord ?

» — Oui, bon et alors ?

» — Alors tu dois travailler sur toi. Pas sur eux. Eux, tu les changeras pas, mais toi, tu dois t'interroger sur les raisons qui font que tu ressens les choses comme ça. Pourquoi ça te touche autant.

» — Merde, ça va être de ma faute.

» — Mais non, je n'ai pas du tout dit ça, au contraire, je te dis d'essayer de travailler sur ta fragilité. D'expliquer pourquoi ça te touche autant. Je sais comment ces mecs se comportent. Je connais d'autres femmes qui ne le prennent pas comme toi. Qui sont dérangées, plus ou moins, mais plutôt moins. Ça ne les atteint pas. Tu vois ?

» — Je vois surtout que c'est moi qui ne suis pas normale. T'as vu comment je m'habille. Je peux pas me mettre un scaphandre.

» — Tu t'habilles très bien, c'est pas la question, il n'y a rien de provocant dans ta tenue. Tu es trop sensible à ce genre d'attitudes, tu comprends ?

» — Je comprends que tu ne me soutiens pas, c'est tout. »

Il poussa un soupir et reprit :

— Et voilà, Ingrid, c'était parti pour Cunégonde... Mais je pourrais te citer plein d'autres situations. Toute remarque qui, d'une manière ou d'une autre, la remettait en cause était le plus souvent interprétée de travers, elle partait pour faire sa Cunégonde et ça me rendait fou. Plus elle faisait la gueule, plus j'en rajoutais. Si je voulais mettre le feu, j'ajoutais « gosse de riche ». Mais tu sais, je ne l'appelais pas Cunégonde tout le temps, pas vraiment, c'est depuis qu'elle m'a quitté. Là, pour moi, elle est définitivement devenue Cunégonde.

— D'où ça vient, Cunégonde ? demanda Ingrid.

— Oh ! c'est une vieille histoire, tiens, ressers-moi au lieu de boire en Suisse.

Elle le resservit en ricanant, ajoutant de sa voix de fumeuse :

— Je croyais que t'aimais pas le brouilly ?

— Je confirme, je trouve ça surcoté, mais vu que tu commandes que cette merde et que j'ai soif…

— Eh ! Pourquoi tu te prends pas autre chose ? T'es radin ?

— Ingrid, je ne vais pas me boire une bouteille à moi tout seul.

— Je t'aiderai. Tu veux quoi ?

— Un pic-saint-loup, c'est mieux que ta pisse d'âne.

— Drôlement bon ce ris de veau. Tu veux goûter ?

— Non, merci.

Il avait horreur de manger ce qui provenait de l'assiette des autres, sauf celle de Cunégonde.

— Alors, ta Cunégonde ?

— Écoute, c'est un truc d'enfance. Ma grand-mère paternelle me lisait des légendes allemandes pour que je m'endorme ; il y en a une qui m'est restée.

— Ce sont les fameuses histoires à dormir debout, s'esclaffa-t-elle.

— Si tu continues, je raconte pas.

Elle lui fit un sourire désarmant, un de ces sourires qui effaçaient ses rides et la rajeunissaient, lui donnant soudain l'air d'une vieille enfant charmante.

— Cunégonde, c'est l'histoire d'une princesse, Cunégonde de… Machin quelque chose. Je me souviens plus. Ce prénom m'a marqué, vraiment, tous les autres je les ai oubliés, pas celui-là. C'en est même étonnant quand j'y repense.

— Qu'est-ce qu'elle avait de spécial, cette princesse ?

— Cunégonde du Kinaste, voilà, c'est ça, elle s'appelait Cunégonde du Kinaste. Enfin bref, je ne me souviens plus trop des détails. Le roi, son père, la pressait de se marier, alors elle obligeait ses prétendants à relever un défi qui consistait à traverser un gouffre vertigineux sur un tronc d'arbre jeté en travers, avec leur cheval. Elle, elle attendait sur son palefroi, au bord du gouffre de l'autre côté.

Tous les chevaliers, harnachés de pied en cap, tombaient les uns après les autres, une vraie hécatombe. Elle, elle restait impassible et hautaine sur son palefroi. L'image m'est restée.

— C'est cette image que tu projetais sur Solène ?

— Parfois, oui, c'était le nom surtout. Cunégonde, la dédaigneuse.

Il repoussait machinalement un bout de viande vers le rebord de son assiette de la pointe de sa fourchette, une sale habitude. Ingrid l'observait.

— C'est chargé, il y a un sacré signifiant dans ton histoire.

— Oui, on peut le dire, reconnut-il.

— Tu connais la signification symbolique du pont ?

— Ouais, allez recommence pas, se renfrogna-t-il.

— Je commence rien, une femme dominante, un chevalier qui doit traverser un pont et qui chute, t'avoueras que c'est tentant.

— J'avais tout le temps peur de la perdre, qu'elle me rejette. J'avais pas vraiment analysé le conte sous cet angle symbolique.

— La peur de l'échec, enchaîna Ingrid qui prit son paquet de cigarettes et son briquet et se leva, lissant son cachemire six fils.

Elle en était très fière. Elle aimait les belles choses. Les très belles choses même. Il la charriait sur le nombre de séances qu'il attribuait à chacun de ses pulls.

— Je reviens, dit-elle.

Elle se dirigea vers la sortie, droite et volontaire.

Il resta seul, songeur. Il l'apercevait arpentant le trottoir en fumant. Il s'esclaffa intérieurement, c'est vrai qu'il était lourd de sens, ce conte. Trop lourd pour un petit garçon en culottes courtes qui s'endormait en rêvant d'une princesse dans son lit d'enfant. Cunégonde le fascinait. Comme pas mal d'hommes qui aimaient les femmes, il en avait également peur. Et s'il avait toujours vécu son aventure avec Cunégonde dans la crainte de la perdre, n'était-ce pas qu'il connaissait à l'avance l'issue de cette liaison ?

Ingrid reprit place en dégageant une odeur toute fraîche de tabac de Virginie. Elle se resservit un verre de vin.

— Alors ? dit-elle avec un petit sourire provocateur, ta princesse castratrice ?

— Je suis d'accord avec ton analyse, globalement, ce personnage incarne une vision assez inquiétante de la femme, une sorte de femme fatale.

— Désir d'échec ? suggéra-t-elle, un peu gouailleuse.

— Mouais… Admettons, mais tu poses l'équation à sens unique, tu analyses le facteur masculin de l'équation, et si on inversait ? Si on considérait le facteur féminin. La princesse du Kinaste, c'est qui cette femme ? Cette princesse qui pousse l'homme à l'échec, qui lui demande de se surpasser pour la conquérir, et finalement périr ? C'est quoi cette femme ?

— Une hystérique ! s'esclaffa-t-elle. L'hystérique revient sans cesse à la charge, elle n'abdique jamais. Tu claques du fouet, tu gueules, elle finit par se calmer, jusqu'à la prochaine crise, et ce sera comme ça durant toute la relation.

Elle prit sa serviette de table et l'enroula autour de sa main, dissimulant son pouce, elle s'en servait comme d'un doudou. Réellement, c'était étrange de voir cette femme intelligente et cultivée continuer à avoir des gestes aussi régressifs, gestes qu'elle assumait d'ailleurs parfaitement. Avec humour, et un brin de provocation. Ça l'étonnait toujours.

— Tu suces ton pouce à soixante ans passés…

— Oh ! Et toi tu couches avec des filles de trente ans.

— Tu penses que Cunégonde est une hystérique ?

— Enfin mon grand, réveille-toi. Tu sais quel est le comble de l'hystérique ?

Il secoua la tête en signe de dénégation.

— Pousser son conjoint au suicide pour lui reprocher ensuite de s'être suicidé et le traiter de lâche.

Ingrid était toute contente, rayonnante. L'hystérie féminine était son cheval de bataille. Elle lui racontait comment elle voyait ces patientes-là défiler dans son cabinet et l'abreuvait de commentaires sur cette névrose qu'elle jugeait durement sur le plan thérapeutique, les grandes hystériques étant à ses yeux les pires patientes et leur guérison problématique à obtenir. Elle voulait écrire un essai sur la question, et même un scénario. Elle ne lui cachait pas qu'elle aimerait qu'il en fît un film.

— Tu sais bien que j'ai arrêté de faire des films, répondait-il inlassablement, avant qu'elle ne revienne sur le sujet la fois d'après. Mais Solène n'est pas à proprement parler une grande hystérique ?

Une nuance de doute perçait dans sa voix.

— Je n'ai pas dit ça. Je ne me permettrais pas. Mais tu dois le savoir mieux que moi.

— C'est compliqué. Elle était très passive dans l'amour. Elle ne prenait pas l'initiative.

— Oui ?

— Ça m'a frappé au début de notre relation. Elle aimait faire l'amour, vraiment.

Sexuellement, elle n'était pas entreprenante, sauf à des moments très précis. Elle aimait me chevaucher. Elle disait qu'elle jouissait mieux.

Ils finirent la bouteille de vin, se partageant ce qui restait.

— Tu veux qu'on en reprenne une ? demanda Ingrid.

— Non, ça va pour moi.

Elle appela le serveur et se commanda un verre de brouilly en lui faisant un pied de nez.

— Un jour, je lui ai fait remarquer que… J'ai mis du temps à le faire, j'avais peur de la choquer, enfin, plutôt qu'elle ne le prenne comme une volonté d'infériorisation. Je lui ai demandé pourquoi elle faisait jamais de fellation.

— Et alors ?

— Elle a pris un moment, et puis tout est venu d'un seul coup. Elle s'est écriée : « Tu n'imagines pas la violence d'un sexe masculin ! » Cette réponse m'a stupéfié, je ne savais pas quoi dire. Elle avait lancé cela avec une telle force, une telle véhémence ! Et puis, elle a ajouté sur un ton de petite fille : « Tu me trouves pas bien au lit, j'ai fait des progrès, non ?

» — Mais oui, mais pas du tout, c'est juste que je me demandais… juste une question. J'essaie de comprendre comment tu fonctionnes. Je suis très heureux avec toi. J'aime faire l'amour avec toi. »

On en est restés là. On s'est embrassés.

Bien sûr qu'elle avait fait des progrès, se remémora-t-il, oui, beaucoup même, elle s'abandonnait davantage, elle s'était ouverte aux cunnilingus, mais la passivité demeurait son mode d'expression érotique. Peut-être attendait-elle de lui qu'il fût encore plus entreprenant en sortant la sexualité du lit, ce devait être cela. L'autre, le vendeur de voitures, devait lui apporter ce supplément d'action. À en juger par les photos qu'il mettait en ligne, elle se comportait comme un véritable objet sexuel, et elle aimait cela. Toujours passive, mais bousculée.

Ils parlèrent encore un moment. Ingrid se lança à nouveau dans des explications sur le manque du phallus chez l'hystérique, son besoin de se l'approprier, le contenu, le contenant et le langage, et tout. Complexe et technique, surtout pour une fin de dîner.

— Tu sais, il faudrait qu'on en reparle vraiment un jour, à tête reposée, finit-il par concéder.

Il se promit de lire des choses là-dessus, le sujet le passionnait aussi. Ingrid lui demanda des nouvelles de sa santé, il lui répondit qu'il avait rendez-vous le surlendemain avec le docteur Lamron, l'hématologue. Il n'avait pas envie de s'étendre sur la question.

*
* *

Il traversa la ville dans la douceur désormais estivale. Sa grosse moto japonaise ronronnait dans la nuit, obéissante et docile. Il rigola en pensant à cette « grosse moto » qu'Ingrid ne manquait jamais de railler. Il se défendait, arguant que c'était un dernier signe extérieur de virilité. Et qu'à son âge si on ne vivait pas au-dessus de ses moyens, on vivait en dessous.

La conduite dans les artères désertes redevenait plaisante. Il connaissait bien le parcours, délivrant les chevaux sur quelques descentes vers des souterrains éclairés, des courbes de tunnels, des portions de boulevards sans feux rouges, des virages dégagés propices au balancement de la machine.

Il imaginait Cunégonde assise derrière lui, il y avait encore peu, l'entourant de ses bras, lui, lui caressant la cuisse, remontant vers son ventre doux qui s'appuyait contre le bas de son dos, se glissant vers son sexe.

Elle se laissait faire avec une exquise soumission. Dans sa passivité, Solène se montrait ardente et profondément désirante. Elle aimait se faire prendre et cette disponibilité, dès lors qu'elle se manifestait, l'excitait chaque jour davantage, car elle était, pour lui, bien qu'en creux, une preuve d'amour. Elle était comme ça, c'était sa manière à elle d'aimer. Une ardente passivité. Ingrid l'aurait peut-être qualifiée de passive active. Mais ça n'était pas ça, sinon dans la lutte finale quand elle venait le chevaucher et s'empalait sur sa bite, la tête renversée, pour imprimer une accélération soudaine aux mouvements de son bassin. Il lui attrapait les fesses, les écartait, à pleines mains, et quand elle arrivait au pied de la dernière haie, il lui enfonçait un doigt dans l'anus, elle se cabrait.

Il lui murmurait tendrement, au creux de l'oreille : « Tu es une anusienne, ma chérie. » « Oui, je l'ai toujours été », répondait-elle.

Il se rappelait cette nuit de canicule où leurs corps transpiraient sur les draps, ils brûlaient de désir l'un pour l'autre. Il s'était penché vers son oreille et lui avait murmuré quelques mots. Pour toute réponse, elle s'était mise sur le côté, tout doucement, lui offrant ses fesses, larges et rondes, ne cachant rien de l'intimité sombre de cette offrande consentie.

Il avait pris son temps, s'introduisant d'abord avec le doigt, l'embrassant dans le cou, lui caressant les mamelons, les lui pinçant fort, les faisant durcir. Il lui demanda de lui donner un peu de sa salive, elle cracha dans sa main, il s'en enduisit et la pénétra tout doucement, forçant un peu, si peu, elle dit : « Doucement, chéri. » « Oui, doucement, mon amour. » Il ressortit un peu puis revint, elle s'ouvrit, il la pénétra lentement, entièrement, elle s'offrit, les yeux mi-fermés, les paupières closes laissant voir le blanc de l'œil à la manière des grandes mystiques. L'attrapant par les protubérances de l'os iliaque, il s'enfonça aussi loin qu'il put, elle grogna de plaisir.

Elle se cambrait, cherchant le contact, sans douceur, au-devant de son sexe. Elle offrait son cou à ses morsures, et plus il plantait ses crocs dans sa chair blanche, plus elle gémissait de plaisir.

Il glissa sa langue dans le conduit de son oreille, elle se mit à murmurer, comme une incantation : « Encule, encule, oui, encule, encule-moi… » et elle psalmodia ce mantra durant toute leur longue étreinte, semblant s'exciter elle-même, à ces mots d'amour et de soumission. Il lui prit la bouche et ils jouirent ensemble, bouche contre bouche, dans un même souffle.

Elle murmura : « Mon amour... » Ils restèrent prisonniers l'un de l'autre, sans chercher à se déprendre, en une étreinte apaisée, aucun mot, aucun mouvement, comme pour arrêter le temps.

6

La date de l'anniversaire de Cunégonde survint. Rien de tel pour réveiller un cafard attentif au moindre des prétextes.

En anticipation de ce moment qui coïncidait avec le septième anniversaire de leur relation, il avait acheté une pierre semi-précieuse, mais très rare, en provenance de Madagascar, pour la faire monter en boucles d'oreilles.

Son choix s'était porté sur la bijouterie à laquelle il s'était déjà adressé, plus de trente ans auparavant, lors d'une commande tout aussi singulière. Il était difficile de ne pas établir de relation entre les deux démarches. À trente ans d'écart, deux bijoux pour célébrer un amour, un amour tout aussi impossible, pour deux femmes uniques dont les destins entraient en résonance.

S'il n'avait pas établi ce lien de lui-même, le destin ne se serait pas moins chargé de le lui rappeler en lui envoyant un messager du passé.

À la bijouterie, il sortit la pierre et déplia un papier couvert de cotes et de dessins.

Le bijoutier s'enquit de son identité afin d'établir un devis.

Lorsqu'il déclina son nom, le visage de l'homme s'éclaira.

— Je me disais bien, souffla-t-il.

— Pardon ?

— Oui, en vous écoutant, je me suis souvenu.

— … ?

— Il y a une trentaine d'années vous êtes venu ici passer une commande spéciale, un peu comme celle-ci, n'est-ce pas ?

— Oui, en effet… mais… vous êtes trop jeune, c'était un vieux monsieur, charmant d'ailleurs.

— Oui ! Mon grand-père, j'ai repris l'affaire, j'étais commis à l'époque. Votre commande était si particulière que nous en avions parlé ensemble. Quand j'ai entendu votre nom, ça a percuté.

— Ça alors ! Oui, c'est incroyable que vous vous en souveniez.

— Vous savez, ça n'est pas si commun les gens qui viennent me demander des montages comme le vôtre. Ici, on répare des montres, on ajuste des alliances et on vend des bagues de fiançailles. C'était un louis d'or, une pièce rare, vous l'aviez fait couper en deux pour en monter chaque moitié sur une chaîne, l'une pour vous, l'autre pour une dame qui habitait au bout du monde… au Japon, je crois, c'est ça… ?

— Oui.

Il était stupéfait.

— Nous avions trouvé l'idée magnifique. Surtout la forme du yin et du yang quand on les réunissait. Vous aviez l'air très épris de cette dame, si je peux me permettre, ça nous avait touchés.

— On revient toujours sur les lieux de son crime, plaisanta-t-il vaguement.

— Vous ne l'avez pas tuée ? enchaîna l'artisan.

Il se força à sourire.

Non, il ne l'avait pas tuée, son incapacité à aimer et son égoïsme avaient porté les coups. Le temps s'était chargé d'achever la besogne. Depuis, le remords ne l'avait jamais quitté ; trente années plus tard, il souffrait encore, la blessure n'avait jamais cicatrisé. La rupture avec Cunégonde faisait resurgir le passé. Cet aimable bijoutier était l'envoyé du diable, il agitait ses bonnes intentions sur le pavé de l'enfer pour lui rappeler son crime.

Ce qu'il avait fait subir à une autre, Cunégonde le lui faisait subir à son tour. Ce retournement de situation ajoutait à sa détresse. Trente ans plus tard, il réalisait à quel point il était cruel d'être quitté. Il pensait avec remords à cette femme qu'il avait abandonnée, il ressentait son chagrin, il était atterré par cette révélation à rebours. Par une sorte d'effet miroir, il souffrait d'être abandonné et plus encore d'avoir abandonné. Les bijoux incarnaient d'inexorables pièges à mémoire.

Tout comme autrefois, il passait commande d'un bijou unique à l'intention de la femme qu'il aimait d'un profond amour. Il ajoutait à la valeur d'un objet rare la rareté d'un geste créatif. La pierre livrée à l'artisan devait être taillée en trois pièces : deux boucles d'oreilles et un médaillon. Chacune d'elles serait à la mesure homothétique de l'ovale du visage de Cunégonde. Elles seraient serties dans des montures d'argent. Il avait lui-même calculé l'anamorphose et en avait dressé les cotes. La pierre, quand on la faisait jouer dans la lumière, lançait des feux bleus et de fugaces éclats rouges, un peu comme les ailes d'un papillon morpho d'Amazonie.

C'était un cadeau parfait, élaboré avec amour ; au dernier instant la destinataire manquait. Elle avait pris la fuite. L'écrin reposait depuis plusieurs semaines dans un tiroir. Il aurait pu le lui faire parvenir, un incident survint qui l'en dissuada.

Après de sérieux atermoiements, et tout en craignant l'échec de sa démarche, il s'était décidé à envoyer à Cunégonde un message pour lui souhaiter son anniversaire. Les jours passèrent, Cunégonde ne répondait pas à ses souhaits, silence radio. Cela ne constituait pas une surprise, mais il s'accrochait à l'idée qu'elle ferait un geste. Rien ne vint. Une déception de plus, cela confirmait qu'elle désirait tirer un trait sur lui.

Après plusieurs longs jours, il n'avait pas pu s'empêcher de lui écrire à nouveau. Il la suppliait de lui donner des nouvelles, il lui avoua qu'il était très malade. La confidence lui coûta : se montrer faible, susciter la compassion le rebutait, il perdait la face. Mais son désir d'un contact l'emportait sur sa fierté. Il n'avait plus rien à perdre.

Il tournait en rond, buvait, ravaudant des souvenirs épars pour en faire un château de cartes.

Dans la chaleur de la nuit, assis sur son balcon, il regardait la masse de l'immeuble d'en face ; elle était criblée de lumières parallélépipédiques, des silhouettes s'agitaient en contre-jour, certaines sur les balcons, d'autres, en arrière-plan. On entendait des conversations, des cris, des tintements de verres, on sentait des odeurs de cuisine, de tabac rehaussées de quelques effluves de cigare. Il pensait à des cartes perforées, des cartes mémoires. Cunégonde et lui les contemplaient souvent, un verre de vin à la main, fumant un joint. Ça leur évoquait *Fenêtre sur cour*, ils jouaient à chercher la fenêtre de l'assassin, Cunégonde adorait ce jeu. Elle était malicieuse et inventive pour trouver d'improbables meurtriers.

Il rentrait se préparer un second punch. Il était fin torché, le rhum anesthésiait sa douleur. Il partait se coucher, dans des kaléidoscopes de souvenirs qui brassaient des images biseautées. Il faisait des cauchemars.

Un matin il trouva une lettre dans la boîte : elle se désolait d'apprendre qu'il était malade, espérait que ce ne serait pas aussi grave qu'il le redoutait, qu'il allait se soigner, ils avaient passé des moments merveilleux, elle n'oublierait jamais, elle avait confiance en son talent, il rebondirait ; touche finale, elle lui envoyait toute son affection, l'assurance de sa sympathie et tralala, tsouin, tsouin. Pas le moindre atome d'elle-même. Elle n'en avait plus rien à foutre de lui, elle se dédouanait avec une compassion de circonstance. Une lettre type, polie : « Monsieur, en dépit de la qualité de votre manuscrit, nous sommes au regret de ne pas pouvoir donner suite... » C'était humiliant. Mais ce n'était pas tout. En P-S, elle lui enjoignait instamment de ne pas lui rendre les choses plus difficiles, cela avait été suffisamment dur pour elle de le quitter, elle parlait de son besoin de se remettre, de se reconstruire, il fallait respecter son chagrin, c'était assez difficile comme ça. Ah la garce !

Cunégonde invectivait le chevalier qui tombait du pont, l'insultant, avant que l'on perçoive le tintamarre de sa dislocation au fond du gouffre. Il la faisait souffrir. Stupéfiant... C'était lui qui la faisait souffrir... lui ! Un comble. Remarquable retournement de point de vue. Sa vision attestait un égocentrisme absolu. Cette remarque le plongeait dans un maelström de dépit et d'amertume. À cet instant, il lui prenait des envies de meurtre.

Il ressassait son infortune. Aurait-elle rencontré un savant atomiste, un ingénieur en fusée spatiale, ou un génie des échecs, elle aurait pu la ramener, mais un vendeur de voitures, un night-clubbeur ! Il en existait tant à New York.

Et le pire, ils semblaient se plaire... Rétrospectivement, il réalisait qu'il avait tout faux, tout, il avait aimé une conne.

Il ruminait des pensées morbides. Le dépit lui inoculait son venin, brouillait son jugement. Comment pouvait-elle passer d'un type comme lui à un mec comme ça ? Certes, elle avait besoin d'une carte verte, mais elle aurait pu choisir autre chose qu'un mec à veste à franges.

Le découragement l'accablait. Après tout, le mec devait avoir des qualités que lui n'avait pas. Il égrenait le bréviaire des lieux communs du jaloux : il la baisait mieux que lui, il lui faisait des trucs pas possibles et elle aimait ça, il était marrant, il la sortait, oui, il devait la sortir et il la faisait danser, chose dont il avait horreur, pourtant il dansait si bien autrefois.

Internet s'en mêlait, il dénichait des photos dans les éphémérides new-yorkaises sur lesquelles on les apercevait paradant lors de quelques événements, posant devant le mur des célébrités dans des postures grotesques, stupides, entourés d'une faune de zonards déguisés, tocards chics, avides d'exhibition à trois balles. Cunégonde avait basculé dans le New York frelaté, factice, d'une bande de pseudos, de touche-à-tout et de fêtards.

Elle s'était muée en une égérie, une muse de bazar, ce dont elle avait sans doute toujours rêvé. Lui, durant leur liaison, n'avait jamais deviné la vraie nature de son aspiration. Ce qu'il croyait être une recherche artistique, une quête de sanctification théâtrale, une ambition tchékhovienne, n'était, en réalité, qu'un appétit d'ego frustré, un besoin de reconnaissance, d'exhibition. Elle n'aspirait qu'à une chose : briller, se montrer, s'afficher, et transgresser, toujours poursuivie par le souvenir d'un père intrusif et dominateur et qu'elle défiait désormais par son audace. Il comprenait qu'il avait fait fausse route, s'évertuant à la protéger, la préserver des paillettes, du paraître dont il ne connaissait que trop la vanité. Au fond, il l'avait voulue à l'image de sa foi en elle, de l'idée qu'il s'en faisait, et tout s'écroulait.

Ce constat l'anéantissait, son échec n'avait d'autre cause que sa propre cécité.

La gloire, il l'avait connue un temps, elle l'avait porté, il en avait appréhendé la vanité, elle l'avait lassé, son pouvoir créatif s'était tari.

Il se vivait comme un has been, sans grandeur, mais sans servitude ; il ne s'était jamais compromis, ni déjugé. Au moins, pour certains, laissait-il une œuvre, tandis que l'autre, le lustreur de carrosseries, il ne ferait jamais rien, il suffisait de parcourir ce qu'il produisait en marge de son showroom : des photos faciles, de l'esbroufe et du recuit. Ce n'était que des redites, du collage et du racolage. Pour dire la vérité, honnêtement, Cunégonde représentait ce qu'il avait produit de moins mal, et encore, il soupçonnait son jugement d'être influencé par la beauté qu'elle dégageait sur les photos ; il avait tout de même su capter quelque chose de trouble en elle, de triste et de dur. De cliché en cliché, elle suivait l'itinéraire d'un dévergondage narcissique. Le journal d'une évasion désespérée.

Les poses, les attitudes manquaient de générosité, mais pour lui, elle restait belle, fascinante : Cunégonde. Enivrée et galvanisée par l'objectif braqué sur son corps, elle s'érotisait, s'offrait, presque avec dédain, se pliant aux simagrées de son démiurge. Elle s'imaginait vivre une grande aventure artistique, se dispersait en simulacres dont elle était la vedette sans partage, éreintant ses dernières années de jeunesse... Le réveil serait dur.

Il s'en voulait de penser de telles horreurs. Au moins, objectivement, elle progressait, tandis que lui régressait. Lorsqu'elle l'avait rencontré, elle avait vu en lui un homme mûr, investi d'une notoriété gratifiante, au passé flatteur, candidat putatif à un come-back dont les projecteurs lui profiteraient aussi.

Au fil des années, l'espoir s'était tari. Combien de fois ne lui avait-il pas rabâché son impuissance à créer, son inspiration en berne. Elle s'était évertuée à le rassurer, à lui affirmer sa foi en lui, elle avait été admirable, aimante, et lui, minable. Elle avait lâché prise. Pouvait-il lui en vouloir ?

Il était amer, se convainquait de sa propre médiocrité. Il se vivait comme une sorte d'hybride de Pygmalion et de monsieur Seguin qui, pensant préserver sa chèvre Blanchette, n'avait fait qu'exacerber son désir d'évasion. Le loup, elle l'avait rencontré à New York et, visiblement, c'était le kif.

*

* *

Devant l'écran de son ordinateur, il passait des heures, le front plissé, à relire les mails échangés durant près de sept années. Il s'étonnait qu'il y en eût autant, des centaines, des milliers, une longue caravane qui acheminait les heures heureuses comme les douloureuses. Il était fasciné de découvrir à quel point leur relation épistolaire au fil des jours et des mois, traduisait leur quotidien, matérialisait leur amour.

Sans compter les SMS.

— N'oublie pas le pain, chérie.

— T'es où ?

— Ça va mon amour ?

— Et toi mon prince ?

— Ça te dit des sushis ?

— Il y a des types, je te jure, ils sont lourds…

— Raconte.

— Non, encore un connard dans le métro.

— Je suis fatiguée, je vais rester chez moi ce soir, tu peux venir, si tu veux.

— D'accord, je t'amène quoi ?

— Un bon vin.

— Je t'aime.

— Blanc ou rouge ?

— Tout fout le camp, va pour le blanc.

— Des sushis ?

— Oui, d'accord.

— Vous avez réservé ?

C'était une phrase jingle qui avait trait à une serveuse de leur restaurant japonais et qui, en dépit de leurs visites fréquentes, leur demandait chaque fois avec un fort accent japonais : « Vous avez réservé ? »

Des petits cailloux, jalons précieux d'une suite ininterrompue de minuscules riens, de gestes, de pensées, de secrets, de désirs mêlés qui fabriquaient une vie d'amoureux. En parcourant à rebours ce journal de bord involontaire, il reconstituait un puzzle. Un instant, il échappait aux forces gravitationnelles du ressentiment et du dépit, il retrouvait la princesse Solène, la radieuse, la charmante, la femme aimée, celle qu'il se hâtait d'aller rejoindre dans son chez-elle.

Il réhabilitait le beau et la ferveur de leur idylle et comme il la trouvait belle ! Il réinvestissait un territoire perdu : ils s'étaient aimés, ils s'étaient passionnément aimés.

Lorsque Solène et lui échangeaient sans discontinuer sur leurs messageries respectives, ils faisaient innocemment fi de la technologie, empilaient les lettres, multipliaient les échanges, quand on aime on ne compte pas.

En un clic, suivi d'un *pffuit !* ou d'un *pfut !* Les messages s'envolaient, et la mémoire de l'ordinateur ingurgitait sans renâcler, les courriers s'entassaient. Quelle imprudence !

Autrefois, on classait les lettres d'amour avec soin, quand il y en avait un nombre suffisant, on en faisait des petits paquets, on les liait d'un joli ruban bleu ou rose, et on les rangeait pieusement dans un secret tiroir, une belle boîte à fermoir. Désormais, les messageries, qu'elles se nomment Outlook, Mail ou Oiseau de feu, ingurgitaient sans frémir factures ou billets roses. Avec une même froideur binaire, tout filait en colonnes dociles dans les boîtes de réception ou d'envoi auxquelles on ne prêtait guère plus attention jusqu'au jour fatal où on avait besoin de les retrouver. L'amour est imprévoyant.

Cunégonde écrivait bien, juste, d'une plume précise, parfois pressée et cursive, d'autres fois alanguie. Pour lui, une femme qui écrivait possédait un charme supplémentaire ; à ce dernier, elle ajoutait l'extrême bon goût d'aimer les livres. Douée d'un humour discret, elle l'agrémentait d'un sens de « l'understatement », peut-être hérité de ses séjours anglo-saxons, à moins que ce ne fût la marque d'une âme bien née, nonobstant le charme discret d'une bourgeoise. Il prenait un immense plaisir à leurs échanges épistolaires. Les lire à la suite les uns des autres lui ouvrait une nouvelle vision.

Cependant, il était frappé par la fréquence des mentions faites par Cunégonde de ses états d'âme. Au quotidien, ça n'apparaissait pas aussi nettement ; au fil d'une relecture, c'était une évidence. Cunégonde exprimait un mal-être. Elle se plaignait souvent d'être crevée, fatiguée, dépassée, anxieuse. Sur le moment, il tentait de lui apporter son soutien, avec discrétion, douceur. S'il insistait trop, elle se cabrait, devenait irritable.

En fait, ses prévenances n'étaient que de peu d'effet. L'anxiété de Cunégonde se traduisait par des douleurs abdominales, des insomnies, des maux de tête. Au début, il ne prêtait attention qu'aux manifestations cliniques, puis, à la répétition des symptômes, il avait compris que ces épisodes correspondaient à la proximité d'examens, de rencontres professionnelles, de mémoires à rendre. L'anxiété la dévorait.

— Essaie de voir les choses comme une expérience, ça va bien se passer, tu es parfaitement préparée. Qu'est-ce qui te fait peur ?

Elle n'arrivait pas à le formuler. Elle restait vague. Elle parlait de la violence des gens, disait qu'il ne se rendait pas compte.

Ce voyage épistolaire à rebours mettait en évidence des traits de caractère de Cunégonde qu'il avait négligés. Il comprenait qu'au début de leur histoire, le syndrome de la « cristallisation » si cher à Stendhal affectait sa lucidité. Il était ébloui, « en amour », et incapable de se laisser aller à quelque jugement négatif que ce fût.

Passé les craintes concernant son côté bourgeois, ses manières un peu empruntées, sa morgue de patricienne, sans oublier sa gaucherie avec les motos, leur première nuit d'amour avait balayé toute prévention, et les suivantes avaient déchaîné sa passion. Il jouissait de leur quotidien comme d'une suite de surprises et de bonheurs réinventés. Il s'enhardissait même à croire qu'à un âge avancé, il avait enfin trouvé le véritable amour. Cette constatation le comblait.

Et puis la fée Solène s'était enfuie, abandonnant au portemanteau sa dépouille de Carabosse. Désormais dessillé, amer et dépité, il avait retrouvé son sens critique. Et s'il ne l'avait pas fait, les gens étaient là pour sonner trompette. Ils se croyaient tout permis.

Les langues se déliaient. Depuis qu'elle l'avait quitté, il ne comptait plus celles et ceux de ses amis ou relations qui lui révélaient qu'ils l'avaient peu ou même jamais aimée. Ces aveux le laissaient interdit. Personne ou presque n'aimait Cunégonde.

— Mais tu étais baba devant elle, mon vieux, disait l'une.

— C'était une petite prétentieuse, surenchérissait l'autre.

— Il fallait qu'elle la ramène, de toute façon, elle savait tout.

— Une pimbêche.

— Elle avait un avis sur tout. Tu bavais.

— Toi, tu voyais rien.

Oui, bien sûr qu'il voyait, mais il n'y prêtait pas attention, il était amoureux, il lui trouvait toutes sortes d'excuses : elle doutait d'elle-même, c'était évident, il devait lui apporter son soutien, il se montrait indulgent, il la consolait, la protégeait. Ne l'aimait-il pas aussi pour cela ?

Et il prenait sur lui lorsque, en public, elle exprimait des avis trop péremptoires, ou n'écoutait pas ses interlocuteurs, leur coupait la parole.

Des bribes de souvenirs lui revenaient. Les femmes avaient la dent dure, il surprenait parfois des regards qui en disaient long. Trop au fait de la vie et des relations féminines, il se disait qu'elles éprouvaient de la jalousie de la voir avec lui.

« Vous pensez, une jeune femme avec un homme qui pourrait être son père ! » D'expérience, il savait que l'on se retrouvait parfois, sans le vouloir, au centre d'enjeux de séduction auxquels on ne pouvait rien. C'était leur couple, et au diable les envieux. Et il trouvait leur couple magnifique. Jamais il n'avait ressenti une telle fierté d'être deux.

La défection de sa compagne avait libéré des ressentiments longtemps réprimés. Tant qu'elle était avec lui, elle jouissait d'une protection implicite : personne n'osait mot dire.

Cette unanimité dans la réprobation lui pesait, il tentait d'en comprendre les raisons profondes et il butait toujours sur la même conclusion : elles exprimaient une condamnation implicite de leur couple asymétrique. La même antienne revenait.

« Une jeune femme avec un homme qui pourrait être son père… »

Il réalisait qu'il avait sous-estimé le pouvoir des conventions, elles sont plus ancrées et répandues qu'on ne le pense. Les différences d'âge éveillent chez les uns et les autres de bien sournoises pensées. « Il y a du vice là-dedans. » Il sentait souvent le poids de l'opprobre peser sur sa nuque. Il n'en avait cure, s'estimant au-dessus de cela, il y prenait même parfois un trouble plaisir. Il se dégageait de cela un agréable parfum de transgression qui n'était pas pour lui déplaire. Et souvent, il voyait passer, dans le regard de femmes plus mûres, l'esquisse d'un désaveu teinté d'envie. Cunégonde ne leur rappelait-elle pas implicitement leur âge, ne revivaient-elles pas, à travers elle, le drame de la femme délaissée pour une plus jeune ? C'était à des petites garces comme celle-ci qu'on devait le naufrage de tant de couples tranquilles, qu'ils fussent bénis ou non.

Le conformisme rassemble et définit une secte invisible et puissante.

Tant qu'elle était avec lui, on s'était tu, on avait fait mine, désormais, ça balançait, ça jasait. Et tout à son deuil, il se surprenait intérieurement à la défendre.

*
* *

Le téléphone sonna, c'était Ingrid. Elle appelait de son île. Elle se bronzait, mangeait du poisson et donnait des consultations par téléphone. Il faisait un temps magnifique. Elle voulait savoir comment il allait.

— Elle me manque.

— Ahhh ! Mais oublie cette conne, tourne la page.

— Je ne peux pas.

— Et ton traitement ?

— Je fais mes injections.

— Et… ?

— Demain matin prise de sang. Je ne sais pas si ça fait encore quelque chose. Ça ne m'aide pas à me sortir de mon spleen en tout cas.

— Allez, ça va marcher, il t'a dit que ça prenait du temps.

— Oui, c'est pas une raison.

Pendant qu'il parlait, il faisait défiler des photos de Cunégonde sur l'écran de son ordinateur. Une vie tout en clichés, en instantanés.

— Je me dis qu'elle a drôlement eu raison de me larguer. Les vieux, c'est marrant un moment ; malades, ça devient un travail ingrat.

— Mais tu arrêtes avec tes conneries… Tu t'es vu, l'espérance de vie que tu as ?

— D'un labrador.

— Tu dis n'importe quoi...

— Ben non, exactement, j'ai l'espérance de vie d'un labrador, et encore, en admettant qu'il ne soit pas malade sur le tard. Faut voir la réalité, tu sais, Ingrid. À propos de chien, j'ai appris que la tante de Cunégonde avait fait piquer Ingo. Il était devenu grabataire, le pauvre. Si tu l'avais connu, une telle vitalité ! Tu ne peux pas savoir comme ça m'a fait de la peine. Ce chien, je l'aimais presque autant qu'elle. Pauvre Ingo. Elle l'a abandonné, comme moi. Moi, personne ne va me faire piquer, je me fais moi-même mes piqûres.

— Tu débloques mon pauvre gars.

— Oui, j'ai rien de mieux à faire. Tu restes combien de temps dans ton île ?

— Je viens d'arriver.

— Mais encore ?

— Deux mois et demi.

— Putain, vous vous faites pas chier les psys. Et tes patients ?

— Ils m'appellent, c'est bien rodé. Et puis ça leur fait du bien, ça décante...

— Tu fumes, là ?

— Ben oui, je fume.

— Tu fais chier, Ingrid, arrête, merde, tu te détruis.

— Oui, je vais voir ça à la rentrée. Bon, faut que j'aille au port acheter mon poisson.

— Veinarde ! Je t'embrasse.

— Moi aussi, et ne fais pas le con.

Elle se ravisa :

— Eh ! Si ça va pas, tu m'appelles hein ?

— Bien sûr.

Il n'en ferait rien. Dans la douleur, et c'était bien ça le problème, il n'appelait jamais personne.

Il poursuivit son diaporama, s'attardant longuement sur les photos d'Ingo et de Cunégonde. D'Ingo et de lui. Tout était bien fini. C'était fou, tout de même, qu'elle n'ait pas accompagné son chien jusqu'au bout, il ne l'aurait jamais crue capable d'une telle chose. Quand, en début d'année, elle était partie pour New York, Ingo n'allait plus très bien, il se traînait, la pauvre bête. Et lorsqu'elle était repartie après leur rupture, il allait encore plus mal, il ne bougeait plus. Finalement, il pensait qu'elle avait fui tout ça. Le vieux chien, la vieille tante, le vieil amant, le Vieux Monde en prime. Une fin de vie de chien ce n'était pas mieux qu'une fin de vie d'homme, pensa-t-il. Il ne finirait pas comme ça.

Il se fit un joint et alla se coucher, il mit la radio, de la musique, n'importe quelle musique, maintenant qu'il était seul, il dormait avec la radio et les fenêtres ouvertes.

De toute façon, il se lèverait plusieurs fois pour aller pisser, écouterait les oiseaux du matin chanter. Il déplorerait l'absence récente de merles. Autrefois, leurs chants faisaient écho dans le silence du matin, les merles étaient partis. Tout le monde se barrait. Le monde devenait triste. Le monde n'avait pas tenu les promesses qu'il lui avait faites dans sa jeunesse. Il s'endormit.

*
* *

Son bras nu s'offrit, juste à la saignée du coude ; blanche et un peu verte sous la lumière du néon, sa peau laissait apparaître un réseau de veines bien visibles.

— Serrez le poing.

L'infirmière pompa, le réseau veineux se gonfla comme s'il levait un poids. Elle passa un bout de doigt expert et léger à la surface.

— Vous avez de bonnes veines, vous.

— Oui, mais pas de veine.

— ... Pourquoi vous dites ça ?

— Ma femme m'a quitté.

— Ça s'arrangera.

Et elle lui fit un sourire qui découvrit une jolie rangée de dents toutes blanches.

Il l'observait, penchée sur lui, elle était toute proche, comme jamais une inconnue ne pouvait l'être dans la vie normale. Toute proche. Il sentait son parfum bon marché, il détaillait son cou, ses oreilles aux lobes percés, ses lèvres bien dessinées, les détails de son maquillage. Il l'imaginait dans le métro, serrée dans la foule, impavide, des écouteurs dans les oreilles, un type la collait, elle se retournait brusquement, lui lançait un sale regard, le type détournait les yeux.

Elle n'était pas laide, jeune, maghrébine, les cheveux bouclés. Il ressentit une vague émotion triste pour elle. Toujours la jeunesse, maintenant la jeunesse lui brûlait les yeux.

Elle examinait avec sérieux un point de son bras, elle tapotait, elle avait trouvé l'endroit.

— Vous, vous en avez de la veine ?

— Comme ci, comme ça, plutôt. Je suis toujours de bonne humeur.

Elle frotta avec un coton imbibé d'alcool. Il regarda l'aiguille s'enfoncer, d'habitude, il tournait la tête, le sang jaillit dans le tube qu'elle remplaça par un autre aussitôt qu'il fut plein.

— Desserrez la main.

Son sparadrap lui tirant la peau, il s'éloigna dans la rue. Il repensait à l'infirmière. Il se disait qu'il avait toujours aimé des femmes simples, ni riches, ni célèbres, comme il avait eu l'occasion d'en rencontrer autrefois.

« Non, vraiment, des femmes simples », se répétait-il. Anonymes et dont il avait croisé les yeux. Tout cela était désormais révolu. Cunégonde était la dernière femme.

*

* *

Peu de temps après leur première nuit, Solène lui avait demandé de venir habiter chez lui.

Elle avait fait sa demande sans préparation, à brûle-pourpoint, en sortant de la salle de bains, une serviette nouée autour de la tête, en slip, un peu comme quelqu'un qui se jetait à l'eau après avoir trop longtemps hésité, une timide qui osait. Il fut pris de court, il paniqua. Bien qu'il ne trouvât rien à redire sur le principe, tout était si frais, si nouveau, son premier réflexe fut de dire non. Une réaction primaire de protection. Un réflexe d'autodéfense. Il n'en revenait toujours pas.

Il se souvenait de son émotion, elle ressemblait à une attaque de panique.

À la vérité, il craignait qu'une promiscuité acquise prématurément ne s'avérât fatale. Cela pouvait sembler paradoxal. Il avait pourtant accepté des cohabitations beaucoup plus improbables et subites. Des filles qui avaient posé leurs valises à peine débarquées dans sa vie. Peut-être ne représentaient-elles pas un enjeu aussi primordial.

Solène cacha sa déception. En son for intérieur, il ressentait le poids d'une faute, il tenta de se sortir de cette vrille.

— Il faut que je te fasse de la place, tu vois, on manque de placards, j'ai peur qu'on soit les uns sur les autres, et Albertine, regarde tout l'espace qu'elle prend.

— C'est pas grave.

— Te fâche pas. Faut que je range.

— Je ne me fâche pas.

— Je ne dis pas non, regarde, j'ai juste trois maisons dans cet appartement. Tu m'en veux ?

— Je pensais juste... n'en parlons plus.

— Mais tu viens quand tu veux, tu restes autant de temps que tu veux... tu peux apporter des affaires. Tu es chez toi.

Plus il tentait de se justifier, plus il lui semblait s'enfoncer. Pourquoi ne s'était-il pas montré plus simple avec elle ? Chaque fois qu'il disait non, il se sentait en faute, coupable, anxieux à l'idée de déplaire. Une énigme qu'il avait abordée avec Belphégor, son psy, mais elle n'était pas résolue, et ne le serait plus jamais.

La peur de l'échec. Il avait estimé nécessaire de l'apprivoiser avant de la laisser définitivement entrer chez lui. C'était pourtant tout ce dont il avait envie, l'avoir chez lui, à lui. De vieux souvenirs de son inconstance passée remontaient, sa tendance à l'ennui, les méfaits de l'habitude, l'usure du couple, la terreur du désamour.

— Je voudrais que tu sois bien, je range d'abord, renchérit-il, nerveux.

— Je te dis que ça va.

Pour elle, en apparence, l'affaire était réglée.

Cunégonde était restée dans son studio. Elle avait apporté des affaires, il lui avait libéré tout un placard, puis un second, et quelques espaces, ici, ou là. Il s'accommodait de penser que la formule recelait cette part de sagesse qui leur permettrait de durer. Chacun gardait un peu de son intimité, on ne se retrouvait que pour les bons moments. En conséquence, ils étaient tantôt chez l'un, tantôt chez l'autre, sinon bientôt chez la tante Marguerite, c'est-à-dire qu'ils étaient tout le temps ensemble.

Cunégonde était ordonnée. Il était bordélique, à sa manière.

Lui, l'idée même du rangement lui donnait des sueurs froides. Il n'avait rangé toute sa vie qu'avec peine et souffrance. Ranger devait sans doute s'apparenter à se ranger, s'établir, il n'y arrivait pas. Angoisse atavique. Il s'était borné à empiler, empiler jusqu'à l'étouffement, la thrombose. Le précaire et le provisoire lui donnaient l'illusion de sa liberté.

Il avait quelques traits d'un collectionneur. Enfant, c'étaient jouets, billes, timbres, petites voitures, livres, il avait connu des passions multiples, et plus tard, les femmes. Il ne se vivait pas du tout comme un collectionneur de femmes, cette suite était plutôt la conséquence de son inaptitude à aimer. Il rêvait de connaître l'ultime, la grande passion, mais chaque fois quelque chose clochait, et il reprenait sa quête.

En revanche il était casanier. De toute sa vie, il n'avait connu que trois résidences, et la dernière représentait à la fois le sommet de sa fortune et le cumul des deux premières : somme de mobiliers et de souvenirs.

Il fallait ajouter à cet inventaire « alibabesque » le mobilier, les objets et les archives d'un quatrième lieu, celui d'une société de production cinématographique depuis longtemps délaissée.

*

* *

Son appartement était un bazar, un capharnaüm, un empilement, des centaines de livres, de tableaux, d'objets de toute provenance, de toute nature, des souvenirs épars, hétéroclites, reliquats de la suite ininterrompue des manies et des lubies de sa vie de bohème et de touche-à-tout.

En un mot, un immense bordel. C'était dans ce magma qu'il cherchait à reconstituer l'image parfaite de Cunégonde.

Cet appartement était qualifié par les plus aimables d'appartement d'artiste, les autres n'étaient pas invités, mais n'en auraient pas moins pensé qu'il était habité par un timbré. Il n'aurait pas tenté de les en dissuader.

Les lieux étaient un peu à l'image de sa vie amoureuse : errance, richesse, baroque, volupté, tumulte, solitude et catastrophe, mais pas nécessairement dans cet ordre, ce qui ajoutait à la confusion.

À un moment où le doute et l'impuissance créatrice le rongeaient, entre néant et dégoût de lui-même, alors qu'il s'interrogeait davantage sur le sens de son existence que sur ses prochaines créations, Cunégonde était entrée dans sa vie et avait rallumé la passion, telle une vestale de l'amour.

À peine sept années de bonheur et d'illusion après, tout s'était écroulé, la grande prêtresse s'était enfuie, abandonnant son disciple. La parabole de la princesse Cunégonde s'était réalisée, le vieux chevalier s'était abîmé dans le gouffre, fracassé. Son sens théâtral, allié à un optimisme naturel, dernier avatar de sa créativité, lui faisait envisager rien de moins que la fin de sa vie. La maladie survenait et attestait ses plus funestes craintes.

*
* *

Il se souvint que les résultats de ses analyses médicales devaient être prêts depuis plusieurs jours. Il se hâtait doucement. Tant qu'il ne savait rien, tout allait bien. Il avait procédé à sa deuxième injection de la semaine. Un truc lui permettait de s'y retrouver sur les jours à piqûre : les pairs à droite de son abdomen et les impairs à gauche. Bâbord tribord. Il se piquait tantôt bâbord, tantôt tribord. Il se sentait pourtant encore fatigué et un peu essoufflé quand il montait les rues escarpées.

Désormais, presque plus personne ne se déplaçait pour obtenir ses résultats. La dématérialisation s'étendait à tous les services : on devait se connecter à un site dédié.

Encore un mot de passe, et à confirmer, identique au premier, et qu'il fallait noter dans une application spéciale cryptée, genre Pentagone, dont il ne fallait pas perdre le code. Un code était nécessaire pour tout. Entrer dans sa maison, consulter son compte en banque, payer l'essence, acheter une bouteille de vin, payer son loyer. Tout était codé, on vivait dans un monde crypté. Tout était si simple avant...

Il se demandait comment faisaient les vieilles personnes restées coincées dans les années Gutenberg.

Son indice d'hémoglobine n'avait pas évolué depuis la dernière prise de sang. Déception. Au moins, il ne baissait plus. Il commençait à comprendre qu'entre la maladie et un chagrin d'amour, il existait bien des similitudes : crises, rémissions, faux espoirs, rechutes, alertes, conseilleurs et bien peu de payeurs et combien on peut se montrer fragile aux changements de température.

Il faisait chaud sur la capitale. Très chaud. Son anémie ne s'en accommodait guère.

Deux années auparavant, Cunégonde et lui prenaient encore l'apéritif sur la terrasse. De cette époque, il avait retrouvé une photo de Cunégonde. La tête rejetée en arrière, emprisonnée entre ses genoux, elle levait son visage vers lui, comme offert, tout donnait une impression de soumission douce et heureuse. C'était une photo rejetée, mise de côté, il l'avait jugée sous-exposée. Et puis, il l'avait retravaillée, lui avait restitué un piqué et une exposition satisfaisants. On ne voyait plus que la bouche et les yeux magnifiques de Cunégonde. Elle avait les cheveux très courts, d'une insolente blondeur, elle resplendissait de beauté. Et dans l'iris bleu de ses yeux, des paillettes d'or jouaient dans la lumière comme de minuscules carpes koï. L'offrande de ce visage soudain le bouleversait, il n'arrivait pas à s'en détacher. Ce regard abolissait le temps. Le désir lui lacérait le cœur. Elle lui manquait.

*

* *

Les belles années lui revenaient en mémoire. Du temps où elle s'appelait Solène. Ils s'extasiaient sur leur bonheur, étrennant ce bel amour comme des habits neufs, attentifs à ne rien froisser, fiers de croiser leurs reflets dans les miroirs, où ils se trouvaient beaux. Et se prenaient mutuellement en photo.

Elle disait : « Mais qui sont ces belles personnes ? »

Un verre de vin, un serrement de main, un regard, une caresse, un bonjour, un « à tout à l'heure chérie », tout était bel et beau et sonnait comme fanfare. Sur sa peau, il découvrait un nouveau grain de beauté, la forme de ses seins au soleil, les pointes d'un rose subtil, si fines, ses aisselles parfumées par l'effort de l'amour, la douceur de son cou, son sexe qu'il regardait avec l'émerveillement d'un gamin couché dans les blés devant un bouton-d'or.

Ils s'écrivaient sans arrêt, pour tout, pour rien.

Elle lui confiait son émotion grandissante depuis leur rencontre, sa confiance, timide encore, mais s'affirmant avec délicatesse, et son plaisir de le savoir à elle. Il était heureux lorsqu'elle le quittait, pour une baguette de pain, une fleur, un voyage en RER, fort de l'idée qu'elle reviendrait. En son absence, elle vivait dans son esprit, et il se réjouissait de l'imaginer, de l'attendre.

Solène était retournée voir sa prof de piano, Oustina. En elle, la pianiste reprenait vie, ses mains couraient chaque jour plus vite sur le clavier, il était impressionné par la rapidité de ses progrès. Elle jouait souvent sans partition, ça le bluffait, il en était incapable.

Comme Solène le voyait s'escrimer sur son piano, elle s'était mis dans l'idée de lui présenter Oustina.

— Tu vas voir, elle va te faire faire des progrès. T'imagines même pas.

— Mais elle est d'un niveau trop élevé pour moi. Elle va s'emmerder.

— Mais, non, elle fait aussi travailler des enfants. Qu'est-ce que tu risques ?

En fait, il redoutait que la professeure ne découvrît la nullité de l'élève. Il craignait de ne pas mériter une enseignante de haut niveau. Solène insistait, si bien qu'un jour, il prit son courage à deux mains et se rendit chez Oustina. Une petite impasse fleurie près des Buttes-Chaumont. Une rue qui avait un nom de peintre. Ce fut la révélation, il revint enthousiaste de la première leçon.

— Tu avais raison, elle est formidable, dit-il en faisant irruption sur la terrasse où Solène travaillait sous un parasol.

Elle posa ses lunettes et ses écouteurs.

— Tu vois, je te l'avais dit.

— Drôlement précise, un autre monde.

Il était enchanté.

— Vous avez travaillé quoi ?

— Beaucoup de technique, Dandelot, et on a repris *Rêverie*, j'ai découvert plein de choses. J'aurais dû aller la voir plus tôt. Je me rends compte que j'avais pris de très mauvaises habitudes.

— Il faut désapprendre pour apprendre, mon cher. Tu vois, il ne suffit pas d'avoir un prof, il en faut un bon. C'est comme tout, moi, j'ai un bon amant.

Ils s'embrassèrent et roulèrent sur le lit.

7

L'heure était venue d'aller rencontrer la tante Marguerite. Solène et lui se connaissaient maintenant depuis un moment et ça devenait gênant de s'ignorer. Solène n'était guère plus encline que lui à l'épreuve, ils avaient procrastiné. Pas plus que pour lui, la famille n'était son truc. Il devait s'en apercevoir plus tard.

— Tu lui as parlé de moi ?

— Ben oui, évidemment, qu'est-ce que tu crois ?

— Et alors, elle dit quoi ?

— ... ?!

— De nous.

— Ben qu'est-ce que tu veux qu'elle dise ?

— Tu lui as parlé de mon âge ?

— Oui, forcément.

— Forcément ?

— Vous avez presque le même âge.

— Oh là là là !

— Elle est un peu plus vieille que toi, de pas beaucoup. Tu ne seras pas dépaysé, vous pourrez parler de plein de choses. Du fil à couper le beurre, des disques vinyles, des autobus à plateforme, de la Dauphine Gordini... t'en as eu une, tu m'as dit ? Elle adore les bagnoles. Et elle lit beaucoup.

— *Le Figaro* ?

— Oui, bien sûr, mais pas que... *Paris Match, Valeurs actuelles, Closer.*

— Putain, ça craint.

— Écoute mon chou, chacun sa came. Elle lit plein de romans aussi, elle se tient au courant, quoi. Elle est bien, tu verras.

— Elle serait pas un peu de droite ?

— Qu'est-ce qui te fait dire ça ? sourit-elle. Tu es un garçon intelligent et bien élevé, non ? Dis pas de mal de Sarkozy, c'est tout.

— D'accord.

— Et puis tu vas rencontrer mon chouchou Ingo.

— Oui, je suis content. Tu m'as dit qu'il avait les pattes palmées ?

— Oui. Et il nage, c'est un champion. Et tu vas voir notre beau joujou.

— ?

— Oui, notre Bösendorfer. C'est autre chose que ton Yamaha. On va bien manger, elle va sortir son trousseau. Je la connais, un homme dans la maison... Elle va se mettre en quatre pour toi.

— On y va quand ?

— Quand tu veux, mon prince.

— Demain soir, on part un peu tard pour éviter les embouteillages ?

— OK, je la préviens.

— Dis donc, faut que je lui apporte un cadeau.

— Penses-tu.

— Si, j'y tiens. On passe par la librairie.

Ils prirent la route, le « château » se situait à une bonne heure de trajet. Auparavant, ils étaient passés par la grande librairie de la place Clichy.

L'autoroute n'était pas trop encombrée, ils filaient dans la nuit, vers l'est. Il avait ressorti sa vieille Golf du garage. Le lecteur de CD diffusait un morceau de Bach, en boucle. La route exacerbait sa fringale musicale, surtout la nuit.

— Tu me diras où je dois sortir ?

— Pas encore, tu verras, il y a un embranchement, je te dirai.

Il posait sa main sur sa cuisse, assez haut, il la caressait doucement, elle ne disait mot, il voyait par intermittence son profil, éclairé fugitivement lorsque des voitures les dépassaient ou les croisaient.

— Tu crois que ça va lui plaire ?

— Je te dis, elle aime lire. Elle adore découvrir. Elle lit la nuit.

Ils étaient passés acheter le dernier Murakami.

À la sortie de l'autoroute, ils s'engagèrent sur une grande plaine, une ligne toute droite, au loin, dans le rétroviseur. Les lumières de la ville s'effaçaient en un dégradé qui allait du jaune vénitien au cobalt en passant par un bleu d'indanthrène.

Ils restaient silencieux, comme deux aviateurs de nuit, concentrés sur la beauté du ciel, dans l'intimité du huis clos des lumières du cockpit. À l'horizon, une bande noire grandissait à leur rencontre : la forêt. Une hêtraie, magnifique et dense.

La route s'enfonçait dans la futaie, de longs troncs lisses, des fûts immenses se dessinaient, fugaces, dans la lumière des pleins phares.

— Magnifique, dit-elle.

— On entre dans la forêt magique.

Il glissa sa main plus profondément entre ses cuisses, elles s'écartèrent insensiblement. Il figea son geste, prisonnier de sa douce chaleur, c'était délicieux. Il pouvait rouler toute la nuit. Elle posa sa main sur sa nuque et la caressa.

— Chaque fois que je rentre toute seule, je ressens une sorte d'oppression quand je traverse cette forêt. En même temps, c'est féerique.

Il se tourna sur le côté, un instant, absorbé par l'effet stroboscopique que produisait la lumière sur les arbres.

— ATTENTION ! hurla-t-elle.

Il vit une ombre immense, venant de la droite, traverser son champ de vision, il donna un coup de volant, droit sur l'ombre, et freina.

L'ombre fusa dans la lumière à quelques centimètres du capot. On aperçut des yeux immenses, dilatés par la peur, des ramures puissantes, comme au ralenti. La bête poursuivit sa course vers l'autre côté de la route, et se perdit dans l'obscurité de la hêtraie. C'était un magnifique cerf.

— Oh bon sang, on est passés tout près, dit-il en se rangeant sur le bas-côté.

— J'ai eu peur, tu peux pas savoir, souffla-t-elle.

— Et moi donc. Je roulais plus vite, on était morts. Avec sa taille, on se le prenait dans le pare-brise, décapités !

— Putain, j'ai eu trop peur ! Pourquoi t'as foncé dessus ?

— Si tu as le réflexe de braquer pour éviter la bête dans le sens de la course, t'es mort, c'est comme si tu allais au-devant d'elle. Faut faire l'inverse. Si tu cherches l'arrière de la trajectoire, avec sa vitesse, tu augmentes tes chances de passer derrière. Ça se joue à un dixième de seconde. Le contraire de ce que fait un chasseur quand il tire, il tire toujours devant.

— J'aime pas la chasse.

— C'est pas de la chasse, c'est de la balistique.

— Tu chasses ?

— T'es folle. Je ne déteste pas la chasse, je déteste les chasseurs. La chasse est vieille comme le monde. Je ne refuse pas l'histoire du monde. Je n'aime pas ce qu'on devient.

Elle se lova contre lui, il baissa la vitre, coupa le moteur. Les bruits de la forêt devinrent perceptibles. Une odeur de sous-bois pénétra dans l'habitacle.

— Tu sais, c'est un peu comme les piétons qui te déboulent dans les roues comme des poules sans tête, tu fonces sur eux.

— T'es dingue. Ils ont la priorité.

— Oui, et ils sont prêts à se faire tuer pour te le prouver. Tu n'as pas toujours le choix, ils s'engagent sans crier gare, t'as quelques fractions de seconde. Tu arrives par-derrière, ils ont le réflexe de s'avancer, toujours.

— Et s'ils reculent ?

— Dommage… Autrefois, j'ai traversé des forêts comme celle-là à deux cents à l'heure.

— Deux cents !

— Oui, c'était ma période de dingue. J'étais conscient du risque, c'était volontaire. Rien que d'y penser, j'en frémis. À cette vitesse, t'évites rien.

— Il y a longtemps ?

— T'étais pas née.

— Alors j'ai failli ne pas te connaître ?

— Oui, ma biche, ne t'avise pas de traverser devant moi.

— Et toute nue ?

— Encore moins.

Il se pencha sur elle, elle ouvrit les lèvres, ils s'embrassèrent longuement, sa main remonta entre ses cuisses, elle était chaude et désirante. Elle se dégagea gentiment.

— Allons, monseigneur, tante Marguerite nous attend…

*
* *

Tante Marguerite les attendait, en effet. La lumière brillait à l'extérieur, éclairant la silhouette biscornue d'une grande et haute construction, pleine de moulures et de corniches, surmontée d'un toit en zinc, d'où saillaient des chiens-assis et même une tour d'angle aux formes étranges.

— Dis donc, c'est le château de Dracula…

— Presque. Gare-toi là, à côté de la grosse, dit-elle en désignant un imposant Range Rover rouge.

Il manœuvra sur les instructions de Solène, devant une série de larges portes en bois, sous une sorte d'auvent avec un sol de briques, sans doute une ancienne écurie, attenante à la maison. Il y avait des plantes, et le vieux Range Rover qui dominait de sa stature une petite Mini Cooper, rouge elle aussi, à bandes blanches.

— Ta caisse ?

— Oui.

— Collector ?

— Exact. J'y tiens.

Elle eut à peine le temps de finir qu'un éclair de feu aboyant jaillit de la maison et vint se jeter sur sa portière.

— Non, Ingo, pas la voiture. Pas la voiture, j'ai dit.

Le chien obtempéra.

Il ouvrit sa portière, déjà Ingo avait fait le tour du véhicule et se jetait à l'assaut de Solène, lui débarbouillant le visage. Tandis que les effusions se déroulaient et qu'il s'extrayait, une grande femme sortait de la porte de service, seulement éclairée par deux torchères murales au-dessus d'elle, et elle demeurait là, les bras croisés sur sa poitrine. Tante Marguerite, sans doute.

Elle portait un grand manteau de léger tricot bleu clair, descendant à mi-mollet, sa chevelure blonde brillait sous l'éclairage, on ne distinguait pas son visage. Elle attendait qu'on vînt à elle.

Solène, accompagnée de son chien qui battait l'air de sa queue, mit un terme à l'attente, juste au moment où le chien allait lui donner un affectueux coup de museau dans les testicules.

— Tante Maguie, mon chevalier.

Tante Maguie tendit sa main au chevalier qui se ravisa et opta pour l'embrassement. Bien que vaguement surprise, tante Maguie ne se déroba pas. Il fut enveloppé d'un parfum capiteux.

— Bonsoir, dit-elle, je vous attendais, vous avez fait bonne route, pas d'encombrements ?

— Aucun, je vous remercie.

— Enfin, on a juste failli se prendre un dix cors dans le pare-brise.

— Oh mon Dieu ! Dans la forêt, j'imagine ?

— Mon pilote a une technique infaillible, il t'expliquera, plaisanta Solène.

— Ahh ! Bon, prenez vos affaires, entrez, installez-vous, tu lui montres ta chambre, Solènou. Viens, dit-elle à sa nièce, faut que je te raconte un truc.

Encombré de leurs deux sacs de voyage, il pénétra dans la maison, tandis que le chien lui apportait son jouet, en remuant la queue. Les deux femmes discutaient à l'écart, dans le couloir attenant. La pièce était haute de plafond et surmontée d'une verrière. La nuit interdisait de voir l'effet, sans doute grandiose, qu'elle produisait en plein jour. Un grand escalier s'élevait en une volée de larges marches en bois, à main gauche, vers les étages. Le bas de la rampe était orné d'une statuette de nymphe en cuivre. Dans l'espace arrondi de la cage d'escalier, une statue de Bouddha polychrome, à l'origine imprécise ; derrière, une jarre plantée d'une brassée de papyrus. Il prit le jouet du chien et le relança,

Ingo partit en dérapant sur le carrelage en grand damier noir et blanc.

— Ingo, suffit, stop ! hurla la tante.

Penaud, Ingo abandonna aussitôt et se coucha docilement, la gueule entre les pattes. Lui, il se tourna vers les tableaux qui ornaient le mur tout en lambris de l'escalier. Il pensa que tante Maguie n'aimait pas qu'on jouât dans la maison. C'était une première indication. D'ailleurs tout était impeccable.

En attendant, il s'assit sur un banc de bois sombre, sorte de bat-flanc d'église. Il reporta son attention sur un tableau accroché en hauteur dans l'escalier, une gravure, reproduction, lui sembla-t-il, d'un sujet s'intitulant *La Charge des cuirassiers de Reichshoffen*. Œuvre de Théodore Levigne peinte en 1878. Il y avait la même dans sa maison de famille. Il s'en souvenait, car, féru de stratégie militaire, il savait que l'hécatombe des cuirassiers français marquait la naissance d'une artillerie allemande qui sanctionnait l'avènement des outils de la guerre moderne. Le sacrifice et l'obsolescence des hommes l'avaient toujours marqué. Très jeune, il avait eu la prémonition de cette tragédie de l'obsolescence, aussi ne manquait-il jamais une occasion d'en noter les signes avant-coureurs.

Solène revint, délestée de son manteau, et chaussée de pantoufles jacquard d'un effet saisissant.

— Oh ! Solènou, tu nous as mis tes poulaines ?

— Te moque pas, on est super bien dedans. Pardon mon prince, j'ai pas pu l'empêcher de me raconter sa dernière embrouille. Une histoire de portail. Ça pouvait pourtant attendre... Une histoire de portail automatique qui ne marchait pas comme prévu, l'artisan ne voulait pas le reprendre. Tante Maguie n'est pas du genre à se laisser faire. Elle a réussi à ce que le gars lui change tout le boîtier électronique. Tu y auras droit, je ne t'ai rien dit.

Tante Maguie faisait des fixations sur des affaires de ce genre, et mieux valait l'écouter. Elle sollicitait des conseils, mais, finalement, n'en faisait qu'à sa tête.

— Allez viens, je te ferai visiter plus tard. Tante Maguie nous a préparé un festin. Tu vas voir. Laisse tout ça.

Elle l'entraîna dans un couloir qu'embaumait une odeur de viande grillée. Ils firent une halte dans la cuisine. Tante Maguie s'affairait près du piano : une grande cuisinière Rosières jaune. Elle sortait du four un gigot fumant sur lequel elle reversa le jus de cuisson avec une louche à sauce. Elle renfourna et se releva.

— Bon, allez on va prendre l'apéritif. Passez à côté, mes enfants.

Suivis d'Ingo, ils entrèrent dans une sorte de salon-salle à manger, occupé par une table recouverte d'une nappe blanche ; dans la partie salon, sur une table basse, des amuse-bouche au fromage et une belle bouteille dans un seau à champagne. Plus loin, un grand piano noir. Le fameux Bösendorfer.

Il fit mine de s'en approcher, Solène l'arrêta.

— Pas maintenant, au travail ! Débouche-nous ça, dit-elle, lui tendant la bouteille toute ruisselante. Mag, je peux t'aider ? cria-t-elle en direction de la cuisine.

— Tout à l'heure. Ouvrez le champagne, répondit celle-ci en entrant avec un plateau de tranches de foie gras qu'elle déposa sur la table basse. J'espère qu'il est bon, je l'ai fait pour vous.

— Il est splendide votre piano !

— Ah oui, c'était le piano de mon arrière-grand-père. C'est un Bösendorfer. Il l'a acheté en Allemagne, directement à la fabrique, à Seifhennersdorf. Il était chef d'orchestre.

— Il faudrait le faire réparer, tante Mag, il y a des touches qui ne répondent pas bien.

— Oui, chérie, il faudrait. Appelle donc Manfred.

— L'accordeur attitré. Jamais disponible, commenta Solène pour lui.

Le bouchon claqua. Il servit les coupes.

— C'est un petit producteur de nos amis, il ne fait pas mal.

Maguie leva son verre.

— Alors bienvenue à la Salamandre.

Ils trinquèrent. Solène marqua un temps pour capter son regard.

Le champagne était frais, excellent assemblage, rond, fruité, parfaitement équilibré.

— Oui, c'est vrai, délicieux, dit-il.

— Allez servez-vous. Solènou, sers ton ami.

Ingo, couché devant la cheminée, suivait tout d'un œil intéressé.

— J'ai hésité à faire un feu. On est tout de même en début d'été. Vous pouvez l'allumer, il est tout prêt.

— Vas-y chéri, l'encouragea Solène, c'est vrai qu'il ne fait pas plus chaud que ça dans ta maison.

— La maison a été fermée pendant tout le début de la saison, je suis allée rejoindre Sylvie en croisière. Cette maison est très bien pour l'été, on n'a jamais trop chaud, en revanche en début d'été, il faut souvent chauffer.

Il s'approcha du foyer accompagné du chien. Il trouva un allume-feu. Le feu était bien préparé, il apprécia. Il tenait le feu et quelques autres petites choses comme indispensables à l'éducation d'un honnête homme. Les jeunes générations ne savaient plus faire du feu, sinon des feux de poubelles ou de voitures.

Le bois craqua, les flammes montèrent. On resservit le champagne, les bulles claquèrent. Décidément, excellent, ce petit champagne, l'humeur monta d'un cran. Solène avait les yeux brillants.

Le foie gras se dégustait avec délice. Il en fit compliment à l'hôtesse. Il était poivré, cuit à point, fondant, avec un très léger parfum d'armagnac, il se ravisa, non, de vieux calvados. Osé, mais surprenant.

— J'espère que vous aimez le gigot ?

— J'adore le gigot, Mag. Je peux vous appeler Mag ?

Il fallait absolument la séduire.

— Tout le monde m'appelle comme ça. Je vous en prie.

Solène lui fit un clin d'œil, sans doute personne n'était-il dupe de ses efforts. Tout cela restait de bon aloi, le feu et le champagne faisaient le reste.

Tante Mag repartit en cuisine.

— Elle t'a soigné, je peux te dire ! glissa Solène avec un sourire complice.

— Tu veux que j'aille l'aider en cuisine ?

— Non, si elle ne te demande pas de découper, bouge pas, vieille école. Femme en cuisine, homme à l'usine. J'y vais.

Tiens, il ne la connaissait pas celle-là.

Solène disparut, l'abandonnant au silence douillet, et aux craquements du feu. Il remit une bûche, caressa le museau d'Ingo, ce chien lui plaisait, il brillait d'intelligence, son poil était doux.

— Tu sais que tu es beau, dit-il en lui caressant la tête.

Tout était doux ce soir-là.

Mag et Solène revinrent. Mag apportait une bouteille de bordeaux.

— À moins que vous préfériez rester au champagne, je vous propose un château-beychevelle.

— C'est une très bonne idée, lança-t-il.

— Rouge sur blanc tout fout le camp, Mag.

— Vous arriverez bien à remonter l'escalier, répondit-elle.

Tante Mag aimait bien picoler.

Tandis qu'ils dégustaient le gigot, accompagné de tendres haricots verts, de champignons et de pommes sautées, Mag voulut savoir pourquoi un créateur de son talent avait cessé de produire. Passage obligatoire d'un dîner ordinaire.

Il répondit qu'il ignorait s'il avait encore quelque chose à dire, peut-être la motivation lui était-elle passée.

Il ajouta que le système n'avait plus besoin d'artistes, mais de maîtres d'œuvre. La Révolution prétendait bien qu'elle pouvait se dispenser de savants. Les procédures industrielles avaient rattrapé le cinéma. Il pensait que bientôt cette société mettrait à prix la tête des créateurs. Entre les ligues de vertu, le formatage et l'autocensure, il ne restait plus beaucoup de place à l'artiste véritable. Quant à comprendre l'impuissance de l'artiste face à la création, tout cela était parfaitement vain. Répondre à de pareilles questions lui semblait insurmontable, et le soumettait au supplice. Il souffrait doublement, d'une part d'avoir à constater la situation, et d'autre part de ne pas savoir s'expliquer de manière simple. Il ne manquait pourtant pas d'occasions de perfectionner sa rhétorique. Il tâchait d'esquiver, d'exécuter une pirouette. Peu de personnes se contentaient d'une réplique imprécise, ou décevante. On le comblait d'encouragements et on finissait par exprimer la frustration provoquée par son absence. On l'attendait, mais oui, beaucoup de gens même. Si vous saviez, l'autre jour encore...

Finalement, il se résolvait à sortir l'arme fatale, il déclarait travailler sur un projet, mais totalement secret. C'était la meilleure solution, et il s'empressait de changer le sujet de la conversation avant que l'on n'insistât pour savoir de quoi traitait son histoire.

On parla encore de vacances, du chien, d'impôts sur la fortune, et de la Salamandre, l'étonnante maison qui les accueillait : elle avait toute une histoire. L'épisode du portail fut évoqué et il posa des questions qui complurent à l'hôtesse, elle déclara même qu'elle n'y aurait pas pensé.

Une mousse au chocolat vint clore les agapes. Comme l'aurait commenté Ingrid, il fallait que rien ne manquât. Le feu s'effondrait, la bouteille de bordeaux avait été sifflée. Rouge sur blanc, tout foutait le camp : Solène était pompette, Mag parlait fort et répétait toutes ses phrases, le chien s'en foutait et ronflait.

Solène se mit au piano. Elle esquissa quelques notes catastrophiques du *Clair de lune*. Il ne résista pas à la tentation de venir effleurer lui aussi le clavier d'ivoire. Merveille de la frappe précise et douce, sensation inégalable du toucher, mais ses mains et son cerveau n'étaient plus sur le même fuseau horaire. On décida qu'il était grand temps de monter dans les étages.

Ils aidèrent Mag à desservir, et on embrassa la tante. Elle prononça le mot « promenade », ce qui réveilla Ingo dans la seconde.

*
* *

Encombrés de leurs sacs de voyage, s'embrassant et se pelotant comme de jeunes amoureux, ils empruntèrent l'escalier. En haut, sur le palier, ils s'engagèrent dans un autre escalier, en colimaçon, qui montait dans la tour, lieu dévolu à Solène.

La chambre était immense, parquetée, à moitié nichée sous les combles, avec une grande salle de bains ornée de carreaux métro roses. Une bibliothèque courait d'un côté tandis que de l'autre, lui faisant face, des étagères conservaient toutes les épreuves des tentatives artistiques de Solène depuis l'enfance : sculptures, modelages, huiles, aquarelles, jusqu'à la taxidermie, représentée par une dame blanche et un épervier, tandis qu'un aquarium attestait peut-être une période « aquariophilique ». De hautes fenêtres ouvraient sur la nuit, voilées par de grands rideaux de toile écrue ; entrebâillées, elles laissaient pénétrer un souffle qui les gonflait de douces ondulations.

Solène ouvrit la fenêtre, et sortit sur un petit balcon à balustrade de pierre ouvragée, elle respira la nuit, longuement. Elle rentra, puis revint quelques instants plus tard dans une nuisette de soie bleu pâle, et plaçant un coussin sous ses fesses, elle s'assit et appuya son dos contre le mur. Finalement, il la rejoignit, vêtu d'un seul tee-shirt.

— Quand j'étais gamine, je m'installais ici avec une réserve de raisins secs et de noix et je lisais des heures, c'était ma cachette et mon salon de lecture. Même quand il pleuvait : je me construisais un abri sous une vieille bâche. L'été, pas l'hiver.

— Qu'est-ce que tu lisais ?

— La Bibliothèque rose, la comtesse de Ségur, Jules Verne ; après, des romans, Stendhal, Maupassant et des polars, Simenon, Patricia Highsmith, puis après des livres interdits : Miller, Apollinaire, Anaïs Nin. Je les volais dans la bibliothèque de mon père, histoire de le défier, il m'interdisait tout.

— Tu veux fumer ?

Il lui tendit le joint qu'il avait roulé avant de partir de Paris.

— La débauche ? dit-elle en le prenant avec un sourire.

La lumière du briquet éclaira ses épaules, sa poitrine haute, son visage, son entrejambe. Il eut encore plus envie d'elle.

— Dites-moi, mon ami, vous me paraissez en forme.

Il s'assit en face d'elle, repliant ses genoux pour cacher son érection.

Elle tira une longue bouffée, la nuit était fraîche et douce, il lui repassa le joint.

Ce genre de moments sont frappés d'une grâce subtile ; un lieu inconnu, une absence de repère, le vin, la nuit, le désir, l'amour.

Au-dessus du lit, un chien-assis dispensait une lumière froide.

— La chambre de tante Mag est de l'autre côté de la maison, dit Solène avec un clin d'œil.

Elle se laissa tomber à la renverse sur le lit, morte de rire ; elle remontait sa nuisette, découvrant son pubis.

Il se jeta sur elle, et elle ne fut pas en reste, avec cette passion et ce désir maladroits des gens ivres, avides de chair et de morsures, inconvenants et naïvement obscènes, sans retenue.

Ils usèrent d'une sauvagerie délicieuse avec des gestes d'affamés. Il était dur, elle, mouillée et offerte. Ils perdirent la tête, n'ayant bientôt plus aucun sens de la géographie du lit.

La nuit recouvrait tout, ils dormirent d'un sommeil apaisé, enlacés, humides et heureux.

*

* *

L'écho d'une volée de notes lointaines s'envolait au-devant des chants d'oiseaux. Un léger souffle d'air animait les grands rideaux, apportant des odeurs de nature mêlées de parfums de fleurs. Il se retourna dans le lit. Tout était blanc. Il faisait jour. Il considéra la place de Solène, vide, les draps en bataille. Il se décida à sortir de sa bienheureuse torpeur, se leva.

Dans le salon, Solène, en chemise de nuit, se tenait au piano. Ses mains couraient sur le clavier. Un reflet de soleil l'éclairait, la détachant du bois sombre des lambris. Dans un premier temps, elle ne le vit pas, tout occupée à son expression musicale. Il resta accoudé au chambranle de la porte, immobile, charmé. Elle releva les yeux, marqua un imperceptible temps d'arrêt, lui sourit, continua, le regard tourné vers lui. C'était vrai que ce piano avait un beau son, velouté, puissant, harmonieux, avec des basses profondes. Le *Clair de lune* en plein jour. Solène s'interrompit, vint l'embrasser.

— Allez, le petit-déjeuner t'attend, viens, je vais reprendre un café avec toi.

Elle l'entraîna dans la grande cuisine.

La table était servie : toasts, confitures, même des fraises et des framboises.

Il s'assit, elle lui apporta le café tout chaud, la vaisselle était en porcelaine blanche.

— Elle est où, Maguie ?

— Partie faire des courses.

— Et le chien ?

— Elle l'a emmené.

— Mince, il est tard, dit-il en apercevant la pendule, qui marquait dix heures trente.

— Eh oui, monseigneur. Tu as bien dormi ?

— Comme un loir.

Elle tenait son bol à deux mains, les genoux repliés sous le menton, selon son habitude.

— Dis donc, il est tonique ton café ! remarqua-t-il.

— Je le lui dis tout le temps, rien à faire. Tu veux des toasts ?

— Volontiers.

— Combien ?

— Deux, pour commencer.

— Allez, je t'en fais quatre.

La porte-fenêtre était grande ouverte sur le vaste jardin dont les confins se perdaient dans de somptueux arbres aux feuillages sombres. Des buis, de belle taille et bien verts, montaient la garde sur une pelouse taillée, agrémentée de rosiers. Les roses faisaient éclater leurs couleurs sur la verdure.

— Ils sont magnifiques ces buis, dis donc.

Il sentait l'odeur caractéristique de leurs feuilles.

— Ah ça, tu devrais le dire à Maguie, c'est une de ses fiertés. Elle les veille comme des trésors. Elle meurt de trouille avec la pyrale et je ne sais trop quoi.

— C'est horrible. Elle gagne de plus en plus.

— Elle passe sa vie à faire des pulvérisations et elle cherche des chenilles dès qu'elle a une seconde, tu vas la voir.

— Et alors ?

— Écoute, pour l'instant elle contrôle. Au château du coin, tous les ornements en buis sont cuits… une vraie catastrophe. En une année, tous les parterres, grillés. Si tu ne t'en occupes pas comme du lait sur le feu, c'est foutu.

— Tu connais Marqueyssac ?

— Non, quèsaco ?

— Des jardins suspendus au-dessus de la Dordogne. Une splendeur. Rien que des buis, tu imagines s'ils tombent malades.

— Maguie doit connaître.

— Si elle aime les buis, certainement !

Il étalait son beurre sur le toast avec délice.

— Confiture de fraises et d'abricots, maison, Maguie fait ses confitures.

— Allez, fraises. Elles ont l'air drôlement bonnes. Tiens, la voilà.

On entendit un coup de klaxon, et des aboiements. Le Range Rover promena sa puissante silhouette rutilante le long de la forêt en direction de la maison ; Ingo, à l'avant, sortait sa gueule dans le vent.

Maguie entra avec le chien qui se jeta sur Solène, lui lessivant le visage à grands coups de langue. Solène hurlait de rire, tentant mollement de le faire cesser.

— Mais arrête Ingo, arrête.

Plus elle le lui disait et plus il la débarbouillait.

Maguie déposa une pile de journaux sur la table.

— Je vous ai ramené *Libé*. Vous devez lire ça, je suppose, dit-elle en souriant.

— Pas que. Je lis tout, Maguie, même *Le Figaro*, surtout les pages saumon.

Il fit l'inventaire : *Paris Match*, *Le Figaro*, *Closer*, et *Ciné Revue*, sans oublier *VSD* ; *L'Express* fermait le ban.

— Il y a encore des choses dans le coffre, mes enfants.

— Tu connais les jardins de Marqueyssac ? lança Solène.

— Évidemment, pourquoi ?

*
* *

Ils partirent se promener dans la forêt. Le chien gambadait devant, la truffe au sol. Régulièrement, il revenait chercher une caresse auprès de sa maîtresse et de lui, il l'avait adopté. C'était vraiment un beau chien, se disait-il. Puissant, droit sur ses appuis, élancé, le poil brillant, vif. Avec ses cinq années, il était dans la force de l'âge, il avait une belle allure.

— Je ne connaissais pas cette race, dit-il. Comment ça s'appelle tu m'as dit ?

— Chesapeake retriever. On voulait éviter le labrador, c'est un cousin.

— Parce que tout le monde en a ?

— Non, un peu, oui, mais pas vraiment, ils en ont tellement fait qu'il y a de la consanguinité.

— Ah bon ?

— Il y a plein d'éleveurs pas toujours rigoureux ; le fric, mon vieux. On a préféré une race plus sûre.

— Il est magnifique.

— On voulait un chien d'eau. À cause de la mer, on part tous les étés pour le volcan.

— Le volcan ?

— Ben oui, on danse sur un volcan, tu ne savais pas ?

Elle l'embrassa en riant.

— C'est quoi ce délire ?

— On a une maison en Sicile, pas trop loin de l'Etna. Maguie l'a piquée quand elle a divorcé. C'est son mari qui l'a achetée dans les années soixante.

— Vous y allez tous les ans ?

— Maguie oui, elle y passe une grande partie de la belle saison. Et aussi l'avant-saison. Et on emmène Ingo qui adore. Tu seras peut-être invité, souligna-t-elle, provocante. Elle y a son atelier.

— Elle peint ?

— Non, elle sculpte. Tu verras, je te laisse découvrir. Elle n'a pas l'air mais c'est une artiste. Tu connais la Sicile ?

— Je n'ai vu que Palerme. Dans des circonstances assez marrantes d'ailleurs.

— Ah ?

— On convoyait un bateau depuis Athènes. Un truc de dingue.

Ingo changea tout à coup de comportement, il se mit subitement à aboyer, lançant des regards vers sa maîtresse, sautant sur place d'excitation.

Elle lui fit un signe du bras, il partit droit devant, comme une flèche, en aboyant comme un fou.

— Qu'est-ce qui lui prend ?

— Tu vas voir.

Elle l'entraîna sur la trace du chien qui avait disparu. Ils accélérèrent le pas, passant dans des taillis, ils remontèrent une petite butte.

Ils débouchèrent sur un monticule depuis lequel on dominait un étang. Ingo, en levant des gerbes d'eau, fonçait après des canards sauvages qui s'envolaient à tire-d'aile en rasant les flots. Dépité, il nageait de plus belle en direction d'autres canards qui flottaient plus loin, déclenchant des salves de caquètements d'alerte. Et le manège reprenait.

Ils s'assirent sur un rocher, au soleil.

— Tu comprends pourquoi on doit aller à la mer.

— En effet. Il a besoin de nager ?

— Oui, il peut faire ça des heures. Il est trop heureux. Mais il ne part pas si je ne lui en donne pas l'autorisation. Dès fois, j'attends le tout dernier moment. Il piaffe, comme un poulain de Grand Prix. Mais il reste avec moi. Il est fait pour ça. J'adore le regarder nager.

Ingo fendait les flots avec une puissance souveraine.

— Oh dis donc, il en a gaulé un !

— Tu crois ?

— Ben oui, on dirait, s'exclama-t-elle.

Ingo revenait comme une torpille dans leur direction. Il tenait quelque chose dans sa gueule.

Arrivé sur la berge, il se secoua, envoyant une gerbe d'eau dans les airs.

Il déposa devant Solène un oiseau, un oiseau sans vie.

— Oh, mais mon vieux, t'as attrapé un canard mort.

C'était un petit col-vert, du bout du pied, il le retourna.

— Regarde, il a pris du plomb.

— Il a été chassé. Les braconniers.

Ingo se secoua encore, les aspergeant de plus belle.

— Ah non, Ingo ! cria Solène. Ils sont complètement malades dans le coin. Si tu voyais les beaufs. Hein, mon chien, t'es pas un chien de beauf, toi. Ils font chier, je te jure.

— Oui, bientôt il faudra se balader avec des gilets fluorescents et des gyrophares sur la tête.

Elle lui flattait l'encolure. Il s'approcha du chien.

— C'est incroyable, on dirait qu'il est presque sec.

Il passait la main sur son encolure d'un poil épais, comme tissé de boucles serrées presque laineuses.

— Ben ça, c'est la caractéristique de cette race. Une protection contre l'eau et le froid.

Autrefois, quand ils travaillaient dans la baie de Chesapeake, dans le nord du Canada, ils étaient protégés du froid grâce à ce pelage particulier. Ils travaillaient des heures dans l'eau glacée. C'est un athlète, mon chien. Hein, mon Ingo que t'es un athlète ?

Ingo lui lécha le visage. Elle était ravie. Lui, il était impressionné par la fusion incroyable entre Solène et son chien. Il les regardait avec admiration. Avec son iPhone, il prit une photo, puis une autre.

Il faisait chaud au soleil. Solène fit tomber sa veste et s'allongea à moitié sur la pierre, se posant sur un coude. Il attrapa un bout de bois, le montra au chien, et le lança aussi loin qu'il put dans l'eau. Ingo bondit comme un missile, ouvrant une grande gerbe d'eau de son poitrail. Il s'étendit à côté de Solène sur l'autre coude, lui faisant face.

— Alors ton histoire de bateau en Sicile ?

— Oh, tu sais… Les histoires de mer, elles sont formidables à vivre, mais à raconter…

— T'avais qu'à pas m'en parler.

— On convoyait un bateau depuis le port d'Athènes.

— Le Pirée ?

— Oui, on remontait vers l'ouest, la pire route, à cause des vents contraires. Je ne rentre pas dans les détails.

— Ce sont les détails qui font l'histoire.

— Un jeune skipper m'avait proposé de l'aider à remonter le bateau, un voilier d'une dizaine de mètres. J'avais dit oui, comme ça. Je ne connaissais pas bien la Méditerranée, je n'avais navigué qu'en Atlantique.

— Qu'est-ce qu'elle a, la Méditerranée ?

— L'Atlantique, c'est relativement prévisible, massif, puissant, régulier. La Méditerranée, non ; enfin, je schématise. Elle est imprévisible, capricieuse. La galère. Le moteur tombait en panne tout le temps, et le mec, enfin le skipper, il plongeait dans le fond du cockpit dans le carré moteur pendant qu'on bouchonnait comme des malades dans des odeurs de gasoil. Le convoyage, c'est tout sauf de la croisière. Tu dois ramener le bateau au client le plus vite possible pour repartir sur un autre convoyage. Donc si tu as une panne de vent, tu mets au moteur. Lui, c'était un pro, il s'était trouvé un coéquipier gratuit. J'ai compris après.

Il était tout près d'elle, ils se faisaient à moitié face, posés sur les coudes, il voyait ses seins par l'échancrure de son corsage. Le chien détruisait avec conscience le morceau de bois qu'il venait de rapporter.

— Et alors ?

— Juste après le détroit de Messine, on a fait route sur l'île de Vulcano, la plus proche, pour y passer la nuit. On était sortis de Messine rincés, courant contre, vent contre, on était arrivés épuisés. Là, j'ai dit à mon pote que je ne faisais pas la seconde étape.

— Tu l'as largué ?

— En gros. Je l'avais quand même aidé sur la moitié du parcours.

— Tu ne lui avais pas promis d'aller jusqu'au bout ?

— Pas du tout, c'était bien entendu entre nous. Donc, on est repartis sur Palerme pour que je puisse prendre un avion. La nuit est tombée, au début pas beaucoup de vent, mais on avançait doucement, et puis plus rien, la pétole, donc : moteur, et bim ! Le diesel qui tombe à nouveau en rade. Peut-être pour la sixième fois. Il répare, on repart, et bim, à nouveau en rade. De panne en pétole, on y a passé la nuit.

— Vous saviez où vous étiez ?

— À peu près. On se repérait sur les phares de la côte sicilienne, mais, à un moment, notre observation ne correspondait plus aux cartes, aux instructions nautiques. Une vague brume s'était levée, et avec la fatigue, on a fini par douter de l'endroit où on se trouvait. J'ai ressenti une grande angoisse. Je ne sais pas pourquoi je te raconte tout ça. C'est pas un peu chiant ?

— Pas du tout. Pourquoi ?

— En fait, si je sais. Ça m'a fait comprendre quelque chose.

— Oui ?

— Sur le doute. Pas seulement en mer, le doute, en général. La remise en question de sa propre appréciation, quand on finit par ne plus savoir où on en est de quelque chose. Quand il y a conflit entre la logique et le ressenti, les faits et l'analyse, la déduction. Quand on ne sait plus si l'on doit se fier à des éléments logiques ou affectifs contraires. Je ne sais pas, mais cette histoire m'a marqué, et je sais que ça a déclenché quelque chose.

— Quoi ?

— Je ne sais toujours pas, j'ai eu l'impression de revivre souvent ce moment, comme un cauchemar récurrent. Dans des circonstances différentes. Et d'avoir ressenti la même gêne, une sorte d'angoisse, comme une faille, et je crois qu'elle se creuse avec le temps.

— Tu es en train de me dire que tu es quelqu'un qui doute de lui-même ?

— J'sais pas, peut-être. Anxieux, certainement.

— Il faut que rien ne manque.

— ?

— Lacan.

Solène poussa un cri.

— Oh, mais regarde ce chien, il bouffe tout son morceau de bois !

Au sol, Ingo avait fini de dépiauter la branche et les regardait d'un air innocent.

— Bon, faut qu'on rentre, Maguie va nous attendre. Elle n'aime pas qu'on soit en retard pour le déjeuner.

*
* *

Devant la maison, sur la terrasse, on déjeunait sous un grand parasol. Le soleil donnait. Ingo, allongé de tout son long, dormait. Maguie esquissa une levée de table.

— Ne bouge pas Maguie, j'y vais.

Solène se leva et entra dans la maison.

— Alors comme ça, vous aviez un bateau ?

— Oui, un rêve de toujours.

Solène revint avec un grand saladier qu'elle déposa sur la table. Elle se rassit.

— Je l'ai fatiguée. Servez-vous, annonça-t-elle.

— Dès que j'ai gagné assez d'argent, je me suis payé mon bateau, neuf, cash. Je me suis moi-même surpris de mon audace. Ce rêve était tellement ancien, inaccessible, que je doutais encore quand j'ai pris la livraison du bateau. J'ai tourné autour pendant des jours avant d'oser le sortir du port. J'inspectais chaque centimètre carré, je l'essuyais comme une relique, il était d'un blanc immaculé.

— Vous ne l'avez plus ?

— Non, je l'ai revendu, dit-il avec une nuance de fatalité.

— Vous avez revendu votre rêve, comment est-ce possible ? demanda Maguie.

— C'est compliqué.

— Explique, renchérit Solène.

— C'est difficile d'admettre qu'un rêve vous a dépassé.

Il disait déjà des choses qu'il n'avait pas envie de dire. Solène le regardait, et Maguie semblait surprise de son ton de confidence.

— J'ai vraiment passé parmi les plus beaux jours de ma vie sur ce bateau pendant plusieurs années, vécu des moments qui m'ont fait repousser les limites de ce que je me croyais capable de faire.

— Bon, sers-le, Solène, il ne va rien manger sinon. Mais alors, pourquoi l'avoir revendu ? Il vous coûtait trop cher ?

— Non, j'avais encore les moyens à cette époque. C'est un peu long à expliquer.

— Alors mangez d'abord, vous allez nous raconter au café.

Il trouvait qu'elle avait de drôles de façons. Il regarda Solène à la dérobée. Elle sembla lui dire qu'il fallait faire avec, et lui servit un verre du château-beychevelle de la veille. Il était encore meilleur.

Le café finissait d'infuser dans la cafetière en verre, il ne restait plus qu'à pousser sur le piston. Solène s'apprêtait à le faire. Il se précipita.

— Laisse-moi, s'il te plaît.

Elle lui abandonna la place avec amusement.

— Ma grand-mère avait la même, elle m'autorisait à faire passer le café, j'en étais tout fier.

On sentait l'expérience, il s'acquittait de la manœuvre avec calme et précision.

— Vous voyez ? Tout est dans la lenteur, la constance de la pression.

— Qu'est-ce que ça devait être sur votre bateau ! s'esclaffa Maguie.

— À peu près ça. On ne peut rien vous cacher. Une place pour chaque chose et chaque chose à sa place, confirma-t-il.

— M'étonne pas, dit-elle.

Solène servit le café.

— J'ai bien suivi l'étiquette, amiral ?

— Tu vois à quoi tu as échappé, ma Solène, dit Maguie en souriant. Pourquoi alors avez-vous vendu votre bateau ?

— Je sais pas très bien par quel bout commencer. J'ai le mal de mer. Un mal de mer endémique.

— Mais il y a des remèdes.

— Non, ou alors des trucs qui vous assomment, c'est bien pour prendre l'hydroglisseur

Douvres-Calais. Et encore. J'ai tout essayé, les patchs derrière l'oreille, les points d'acupuncture, tout, je lisais même les revues sur les découvertes scientifiques et la médecine de l'espace.

— Mais on ne s'amarine pas ? demanda Solène.

— Relativement, mais jamais complètement, en ce qui me concerne. Il n'y avait qu'à la barre que j'arrivais à maîtriser plus ou moins les symptômes. Mais tu ne peux pas rester tout le temps à barrer, il y a les manœuvres, la nuit, et les descentes à l'intérieur pour lire la carte, chercher des sacs de voiles, faire la cuisine. Ça n'empêchait pas des moments grandioses. Mais quand tu es le patron de ton bateau, cette infirmité est trop lourde à porter, surtout lorsque tu navigues presque seul avec une ou plusieurs personnes non amarinées. Ça me fragilisait, et je luttais en permanence contre ce mal. Ça me minait.

— Ça n'est pas drôle, votre histoire.

— J'étais un très bon marin, j'avais le sens de la mer. Et quelque chose se mettait en travers de mon rêve le plus cher. Je la connaissais depuis tout petit la mer, j'adorais les bateaux, toutes les formes d'embarcations, je passais ma vie à les regarder, et ce depuis mon enfance, mais j'étais malade sur le pont d'un navire. J'ai tout essayé pour conjurer cette malédiction, et malgré tout le bonheur que j'avais d'être en mer, j'ai fini par être vaincu. Je me souviens, lors d'une grande croisière, d'avoir décidé, pendant un long moment, de ne plus mettre le pied à terre tellement je voulais vaincre cet état. Je vous jure, j'ai tout tenté. Vivre en permanence sur le bateau, c'était l'unique solution. Je naviguais le plus possible, et pas des petites sorties à la journée comme la majorité des plaisanciers, non, des croisières hauturières, la navigation de nuit, par tous les temps. Seulement, mon métier s'était peu à peu interposé entre le bateau et moi, et il restait à quai de plus en plus souvent. Des gardiens étaient supposés en prendre soin. J'ai appris qu'il était devenu un lupanar. Les gens sortaient avec, mais le laissaient en vrac. Je ne pouvais pas abandonner mon voilier à la détérioration, chaque coin du bateau avait été une conquête sur l'amélioration, l'invention, l'expérience. J'ai décidé de le vendre… Un des actes les plus difficiles de ma vie. J'y pense souvent, comme à un paradis perdu. J'avais le sentiment de subir une malédiction, j'allais sacrifier ce qui m'était le plus cher. J'aurais offert n'importe quoi pour me guérir. Rien à faire. Bon, j'arrête.

— Quelle aventure mon pauvre, commenta Maguie. Vous allez venir sur notre volcan, il crache parfois du feu, mais il ne bouge pas trop, à la rigueur, il tremble.

Solène lui donna un coup de pied complice sous la table, elle l'accompagna d'un beau sourire. Il s'en voulait d'avoir dévoilé cette faiblesse. Il se vivait comme un marin défroqué. Cette pensée le mettait mal à l'aise, il n'y pouvait rien. Il se sentait infériorisé.

*
* *

Ils rentrèrent le soir sur Paris, regardant au loin grandir la tour Eiffel. Heureux et confiants. Amoureux, ils décidèrent d'aller dans leur restaurant japonais, un lieu hors du temps et de l'espace. Un endroit secret, sorte d'écrin à leur amour. Son Little Tokyo à lui.

8

Il avait effectué sa dernière injection en pleurant, parlant de Cunégonde à sa caméra, l'accusant de l'avoir mis dans cet état, d'avoir fait de lui une loque, d'être une salope qui se faisait baiser par un connard de vendeur de voitures. Il lui dit qu'il l'aimait et qu'il ne pouvait pas l'oublier. Il se demandait s'il regarderait un jour ces bouts de films. Ces moments d'autoflagellation grotesques. Faudrait-il encore qu'il les retrouve. Vu le soin avec lequel il archivait photos et films, rien n'était moins sûr. Comme toujours, assez vite, il oubliait dans quels dossiers ou sous-dossiers, dans quelle partition de son ordinateur ils atterrissaient. Peut-être qu'Albertine les trouverait après sa mort. Comment prendrait-elle cela, quelle image aurait-elle de son père ? Il se perdait dans les tentatives de rationalisation de ces actes.

Les résultats d'une nouvelle prise de sang lui apprirent que le traitement commençait à produire son effet. Le compte n'y était pas, mais son taux d'hématocrite avait remonté de quelques dixièmes, il se sentait vaguement mieux. L'étau se desserrait d'un tout petit cran, celui de sa dépression demeurait bloqué sur tristesse et mélancolie, telle l'aiguille d'un vieux baromètre grincheux. Il s'accrochait à son régime crétois, et ne buvait plus. Tous les jours, il sortait son tapis de yoga et faisait ses exercices sur la terrasse. Les nuits étaient lugubres et dédiées à la contemplation des photos de Cunégonde.

Il se repassait le film de leurs premières vacances dans la villa du volcan. Des dizaines de photos, des bouts de films faits avec son téléphone. À l'occasion de chaque cliché, il pouvait comprendre à quel point il avait aimé cette femme, combien il s'était efforcé, maladroitement, de faire surgir la femme idéale, de capturer l'instant qui révélerait son être le plus intime et son insolite beauté. Sa quête n'était jamais satisfaite. Il lui semblait chaque fois échouer. En détaillant ces centaines d'instants, il finissait par se dire qu'il était resté spectateur. Pourtant, cette mosaïque d'instantanés reconstituait de façon saisissante le portrait de Cunégonde.

Hélas, aucune photo n'a jamais emprisonné personne. Il n'aimait pas plus ses photos que la moindre de ses œuvres. Toutes ces créations, quelles qu'elles fussent, lui paraissaient n'être que d'imparfaites tentatives de formuler de fuyantes intentions, des mises en forme précaires. Il gardait l'amertume de celui qui avait l'impression de toujours revenir bredouille, auquel tout échappait. Cunégonde était la seule femme à lui avoir procuré une sensation de complétude aussi enivrante. Il s'émerveillait, chaque fois qu'ils s'accouplaient, de l'intensité de leurs étreintes, de leur plaisir réinventé, de cette floraison de nouvelles découvertes, de ces territoires de peau et de chair conquis. Il en avait presque oublié cette peur du bonheur qui le taraudait depuis sa prime enfance.

De cette tendre époque, il se remémorait l'odeur du sapin de Noël fraîchement installé dans le salon familial. L'effluve du mélèze l'envahissait, il l'emplissait d'une joie étrange à laquelle se mêlait une profonde vague de mélancolie. Il restait figé d'interminables instants, il se laissait absorber entre les branches, inhalait les puissantes exhalaisons de résine, comme pour s'en imprégner, mais inexorablement naissait en lui le pressentiment que tout cela ne serait pas de longue durée, ça lui donnait du chagrin. Quand il pensait à la fête de Noël, il voyait un arbre sec, mort, dont on balayait les aiguilles jonchant le sol. Et, avec les années, le spleen l'avait emporté sur la joie des célébrations. L'arbre de Noël était triste, et, par extension, toutes les fêtes. Et personne ne le savait, sauf lui.

*
* *

Cette première visite sur l'île l'excitait, Solène l'attendait, elle le lui avait dit quand elle était partie avant lui : « Je t'attends, viens vite. » Il brûlait de la découvrir dans ce nouveau décor de sa vie. Depuis l'avion, durant la descente, son regard s'était perdu sur les reliefs terrestres qu'il survolait, la masse de l'Etna, et la mer qui passait du turquoise au bleu d'outremer, de l'indigo au vert sombre.

Son cœur cogna, il la vit dès l'ouverture des portes. Elle était plantée, à la sortie des bagages, comme une jeune fille, déjà bronzée, un peu empruntée, presque timide, radieuse. Tante Maguie, avec sa haute silhouette, légèrement en retrait, mais bien là.

La nature de l'atmosphère tranchait avec celle laissée à l'embarquement, l'air était marin, humide, parfumé de senteurs de maquis, de genêt, de thym. Ils gagnèrent le parking pour s'arrêter devant un antique Toyota Station Wagon, qui avait dû être jaune ou peut-être orange, à l'ombre d'un massif de tamaris. On lui expliqua qu'à l'origine il était rouge et provenait d'une vente des domaines des pompiers. Il préféra ne pas imaginer le nombre de kilomètres. Ingo jappait dans l'habitacle dont les fenêtres étaient entrouvertes.

On enfourna bien vite la grosse valise.

À l'arrière, ils se partageaient la banquette tandis qu'Ingo, à l'avant, sortait sa tête pour humer le vent. Ils se tenaient la main et se lançaient des regards pleins de tendresse et de désir contenu. L'œil de Maguie était dans le rétroviseur.

La conduite de Maguie ne lui plaisait guère. Mais quelle conduite pouvait donc avoir grâce à ses yeux ? Il trouvait qu'elle prenait mal les virages, qu'elle freinait sans douceur, bref, il avait du mal à se détendre pour admirer un paysage méditerranéen de maquis, de monts et d'échappées spectaculaires sur la mer qui brillait au loin comme un miroir, l'espace d'un virage.

Oui, il avait fait bon voyage, non Paris n'était pas supportable avec la chaleur, oui il était très content d'être arrivé.

— Pourquoi tu prends pas la grande route, Maguie ?

Maguie avait tenu à prendre le chemin le plus sauvage, les amortisseurs du Toyota les envoyaient rebondir l'un contre l'autre sans douceur. La route était défoncée, étroite ; à un moment, ils se trouvèrent presque nez à nez avec un crétin bronzé en 4 × 4 BMW. Maguie lui envoya un coup de klaxon italien à arracher les plumes d'un bersaglier, et s'imposa au milieu de la chaussée. Vu l'état du Toyota, le gandin comprit qu'il valait mieux rabattre son machisme et se serrer sur le bas-côté, elle eut tout de même droit à une bordée d'injures impossibles à traduire.

— *Vaffanculo,* ponctua laconiquement Maguie, qui ne s'en laissait visiblement pas conter.

La villa imposait sa prestance dans son luxuriant écrin végétal, couleur pistache délavée, la pluie avait dessiné, par endroits, de surprenantes marques de ruissellement d'un vert plus sombre, des moulures jaune vénitien ornaient la façade, certaines fenêtres se protégeaient du soleil par des stores arrondis d'un ton écru. On dénombrait plusieurs terrasses. Il pensa à une construction des années trente, d'avant l'invasion touristique, une maison de villégiature. Imposante, sans démesure, elle s'étageait à flanc de colline, entourée d'une végétation en gradins, plantée de citronniers, de palmiers, de lauriers-roses et de tamaris. De grands cyprès s'élançaient vers le ciel comme pour donner à la villa davantage de prestance. De puissants eucalyptus montaient la garde le long d'une rampe assez pentue, pavée de briques, qui permettait d'accéder à la propriété. Un portail de bois, massif, fraîchement repeint d'un beau vert émeraude, en interdisait l'entrée.

Solène se précipita hors de la voiture pour l'ouvrir, suivie d'Ingo qui avait bondi à travers la fenêtre de la portière. Il la regarda courir, il aimait son air un peu dégingandé, mais toujours gracieux. Ce regard-là, dans cette action précise, allait devenir un rite récurrent qui ponctuerait chaque entrée et sortie du domaine. Elle s'était attribué ce rôle de portier, ne le lui déléguant que rarement. Un de ces nombreux instants d'amour où il l'admirait sans qu'elle s'en aperçût.

Dès le portail ouvert, comme par l'effet d'une entente tacite, Maguie appuyait sur le champignon, lançant le puissant moteur qui propulsait le vieux Toyota jusqu'à un terre-plein qu'entouraient les communs de la maison. Solène arrivait en courant, flanquée d'Ingo, ses sandales à la main.

Une fois que Maguie eut monté l'escalier, elle le prit dans ses bras. Elle le fit valser sur place, l'arrêtant face à la baie que surplombait la maison. Il avait rarement contemplé un panorama aussi sauvage et préservé. Bordé de rochers sombres, tombant à pic dans une eau bleu turquoise et cristalline qui laissait voir des fonds de sable et de roches, il s'agrandissait vers le large, s'ouvrant dans d'autres anses, plus ou moins grandes. De-ci, de-là, de petites criques ourlées de sable blond, une végétation de pins parasols, d'oliviers, de genêts, de mimosas, de lauriers, et de quelques modestes champs de blé.

— Alors, monseigneur ?

— C'est merveilleux ! ne sut-il que répondre. Quelle beauté !

— Stan, je t'aime, dit-elle, le regard plongé droit dans ses yeux.

Elle l'embrassa à pleine bouche, collant son bas-ventre contre le sien. Il s'appelait Stanley, mais n'aimait ni son prénom ni son diminutif. Stanley, il trouvait que c'était un nom d'explorateur.

*
* *

Ce fut un séjour de joie et de tendresse. De folie amoureuse sans nuages.

Certains jours, lorsque soufflait le vent du large, la baie recevait la visite de planches à voile. Elles venaient de la grande plage qui se trouvait au sud. Le soir, elles disparaissaient, un peu comme le faisaient les cigales, qui à l'heure donnée se taisaient dans un ensemble qu'on eût dit réglé par un mystérieux chef d'orchestre. Encore une chose qu'il regrettait de n'avoir pas pratiquée. Il fallait bien trouver des motifs d'insatisfaction. Pourquoi était-il passé à côté d'un pareil fun ? Incompréhensible. Vitesse, équilibre, sillage, griserie, aptitudes marines, vols planés au-dessus des vagues. Totalement incompréhensible.

Solène avait décidé de se baigner deux fois par jour.

Bien que l'accès à la baie ne fût pas aisé depuis la terre, ils avaient arrêté ce principe pour éviter les touristes. Un premier bain, le matin, très tôt, lorsque la mer était plate, le soleil à peine levé. Solène ressortait du garage une vieille Jeep bleue hors d'âge ayant appartenu aux forces américaines ; en d'autres termes, elle avait connu la guerre. Elle puait l'essence et l'huile chaude, mais elle marchait. Comme avec les vieilles motos de sa jeunesse, il fallait juste avoir le coup de pied pour la faire démarrer. Le chien sautait à l'arrière et hop ! on dévalait les routes poudreuses vers la crique.

Lui qui ne supportait pas qu'on le conduisît se laissait aller à la maestria de Solène, et surtout il en profitait pour l'aimer des yeux. Son regard descendait sur ses cuisses, et sur ses pieds nus qui jouaient sur les pédales de frein et d'embrayage. Elle aimait conduire pieds nus. Le soleil et l'ombre jouaient sur sa peau bronzée, et remontaient sur le bord de son paréo qui glissait vers le haut, si haut qu'il découvrait son entrejambe. Il ne s'en lassait pas, elle l'obsédait. Il jouissait de la voir se battre avec le grand volant, changer les vitesses avec autorité. Elle prenait un air farouche. Il s'amusait de son sérieux.

Comme beaucoup de gens, dans les virages serrés, et il n'en manquait pas dans ce pays,

Solène avait tendance à attraper à deux mains le cerceau, laissant celles-ci partir dans le sens du virage, et elle les laissait bloquées là. « Et si tu dois donner un coup de volant ? Rattraper ta trajectoire ? » « Ben quoi ? » s'insurgeait-elle, « Eh ben tu vas dans le décor », répliquait-il. C'était une façon de conduire qu'il ne supportait pas. De ses années de pilotage automobile il avait gardé les réflexes professionnels acquis sur la piste.

Il se mettait en devoir de lui montrer comment procéder. Elle s'agaçait un peu, mais elle voyait bien qu'il savait de quoi il parlait. Il faut dire que tante Maguie faisait la même chose, mais de là à donner des leçons de pilotage à Mag, c'était une autre paire de manches.

Il prenait la place de Solène au volant et commençait le cours.

— Regarde, quand tu tournes, avec tes deux mains, tu perds toute possibilité de te rattraper si jamais ça se présente mal. Tes mains sont coincées, là, en bas. Tu mets tes mains comme ça, lui montrait-il, les plaçant légèrement en haut du volant, de chaque côté. C'est valable pour n'importe quel véhicule. Quand tu tournes ton volant, la main qui va dans le sens du virage rejoint l'autre qui repart en glissant dans le sens opposé pour reprendre sa position, c'est continu comme mouvement, c'est comme un ballet, les mains glissent l'une vers l'autre, il y en a toujours une en mouvement. Comme ça, tu gardes parfaitement le contact avec ton volant et le contrôle de ton véhicule.

— Mouais, faisait-elle, sceptique.

— C'est un coup à prendre.

Elle avait finalement pris le pli et le résultat le satisfaisait. C'étaient des choses qui pouvaient sembler futiles, mais elles lui importaient. Apprendre des gestes nouveaux à Solène l'apaisait. Il lui offrait un peu de son savoir, sans vanité. Il y avait tant de gens qui bâclaient tout.

Hormis les jours de grand vent, où une génération spontanée de véliplanchistes venus des plages du sud faisait éclore des mouchoirs de couleur qui glissaient comme des fusées en traçant des sillages d'écume sur une surface d'émeraude liquide, ils étaient plutôt tranquilles.

Tous trois – il ne fallait jamais oublier Ingo – gagnaient une petite crique ourlée d'une jolie plage de sable fin. Les eaux turquoise et transparentes happaient littéralement Ingo qui connaissait parfaitement la suite du programme. Leurs jeux nautiques les amenaient vite à parcourir un ou deux kilomètres. Ingo, infatigable nageur, les accompagnait. On s'immergeait et on chaussait les palmes, il avait converti Solène aux palmes de nage. Elle avait été vite conquise. Grâce à cet accessoire, ils parcouraient aisément de bien plus grandes distances sans effort. La résistance qu'offraient ces nageoires de caoutchouc à l'eau faisait travailler les cuisses et les muscles des mollets, des pieds. Tout cela en souplesse et en douceur. La position idéale consistait à se mettre sur le dos et à nager le dos crawlé en regardant le ciel.

Dans cette position, en se redressant un peu, ils s'envoyaient la balle au-dessus d'Ingo, qui barbotait de l'un à l'autre. Au bout d'un moment, pour ne pas le frustrer, ils la lui expédiaient le plus loin possible. Infatigable, il revenait leur rapporter, attendant le prochain lancer. « Donne la balle Ingo, donne ! » lui commandait Solène. Il se faisait prier, la mâchouillant. Il était de bonne composition et se la laissait finalement reprendre. « Bien mon chien, allez ! » Et elle la lui relançait.

Leurs exercices nautiques se poursuivaient par des visites aux bateaux qui étaient au mouillage au centre de la baie. Ils en faisaient le tour, les détaillaient. Il lui décrivait les accastillages, les types de mâts, les modèles. Parfois, les occupants qui prenaient leur petit-déjeuner dans le cockpit les saluaient, s'étonnant que des nageurs accompagnés d'un chien viennent si loin.

Le soir, au couchant, ils reprenaient le chemin de la plage. Le soleil disparaissait derrière les collines assombries de bleu, juste en face. Après avoir nagé tout leur saoul, un peu groggy, nus, ils s'asseyaient au bord de l'eau, les pieds juste là où de minuscules vaguelettes, enflammées par les rayons du soleil, venaient échoir comme de douces caresses sans cesse répétées.

— Tu vois, je pourrais rester ici éternellement, et tous les jours venir m'asseoir ici.

— Vraiment ? lui demandait-elle.

— Oui, vraiment.

— Tu n'aurais pas peur d'une répétition ?

— Non, je ressens un tel sentiment de plénitude, je suis heureux. Et tu es là.

Il se penchait sur son épaule, léchait les gouttes d'eau de mer.

— Je ne sais pas si je pourrais, j'ai besoin de la ville.

— Je t'attendrais, tu viendrais me rejoindre.

Il savait que tout cela n'était que des rêves de vacancier, mais il ne voulait pas en faire état.

Bien sûr qu'elle avait besoin de la ville, et lui d'elle.

Le soleil disparaissait de l'autre côté. Les petites zébrures de lumière dans les vaguelettes s'éteignaient peu à peu. Ils reprenaient le chemin du parking. Elle marchait devant, dans son pagne, les fesses mouillées, altières, il l'appelait, elle se retournait, il la photographiait.

Chaque geste, chaque instant de cette remontée de la plage valait son pesant de bonheur. Les corps rassasiés par la mer, la peau mordue par le soleil, les membres repus d'exercices.

Elle lui laissait le volant, le chien sautait à l'arrière.

La route remontait vers le soleil. La conduite de cette vieille voiture lui procurait un plaisir immense. Conduire était sans doute une des choses dont il ne se lassait jamais, et ce depuis toujours. Il roulait doucement, comme pour mieux profiter du spectacle de la route. Ici un champ qui s'éloignait vers la mer et qui avait gardé son authenticité depuis la fin de la guerre, jusqu'au pylône électrique d'un autre temps qui achevait de rouiller et au pied duquel des meules de foin faisaient des taches de couleur ; là, une vieille coque de bateau à la peinture écaillée envahie par la végétation, plus loin l'entrée d'une maison qui laissait entrevoir du linge qui séchait. Et puis des virages et des virages, qui s'enchaînaient comme des triolets joyeux, le volant qui glissait entre ses mains fermes et douces, et le levier de vitesses dont le pommeau tenait bien dans sa paume, rythmant le passage des vitesses. Il cherchait l'harmonie dans sa conduite, slalomant entre les derniers rayons du soleil.

Solène s'amusait à le filmer, elle faisait un panoramique sur le paysage, revenait à lui, passait sur Ingo, improvisait une interview, ils jouaient les idiots. La route s'élargissait soudain, ils débouchaient au sommet de la montée, le soleil les éblouissait.

*

* *

La nuit dégringolait vite, Maguie n'aimait pas qu'on fût en retard pour le dîner. On filait sous la douche. Chacun son tour. Parfois il se glissait dans la salle de bains, et la prenait, enlaçant son dos savonneux, ses seins haut perchés, son ventre plat, se plaquant contre ses fesses luisantes et mouillées, mettant sa main entre ses jambes, la savonnant doucement. Elle se penchait en avant, le laissait entrer, aller et venir. Et puis soudain, elle le repoussait.

— Arrête, si Maguie entrait.

Il faudrait bien un jour que Solène se dégage de l'emprise de sa tante. On reprendrait plus tard.

Le premier sorti aidait à mettre la table dans le patio et à préparer l'apéritif. La tâche lui avait été dévolue. Ingo finissait de nettoyer sa gamelle à grands coups de langue, la poussant sur le carrelage avec un bruit infernal. Le patio donnait sur la cuisine, on y accédait par une large baie ouverte, le sol était recouvert de grandes dalles de terracotta. En fait, cette cuisine n'était autrefois que l'office. Dans la configuration primitive de la maison, la véritable cuisine se trouvait au sous-sol, elle était immense. Elle était devenue l'atelier et la chambre de Maguie. Un monte-plat reliait les deux niveaux. Maguie l'utilisait encore pour s'envoyer ou se faire envoyer son petit-déjeuner dans sa chambre, ce qui lui évitait de descendre l'escalier avec un lourd plateau. Solène le récupérait une fois le petit-déjeuner consommé. Maguie parfois ne remontait que très tard, ou ne remontait carrément pas.

Le sous-sol était son domaine. La partie chambre à coucher était aménagée de telle sorte qu'elle pût presque y vivre en autarcie. Toilettes, salle de bains, salon et vaste terrasse qui donnaient sur le jardin. Le reste était dédié à son atelier. Maguie, quand elle venait, à l'automne ou tôt au printemps, sculptait des bois flottés. Son côté athlétique et charpenté était en parfaite adéquation avec cet art manuel. On remarquait d'ailleurs dans la maison de monumentales sculptures de bois, poncées, cirées, ou cérusées. Elles avaient des formes très variées, mais c'étaient toujours des sortes d'êtres plaintifs, tendus, aux contorsions quémandeuses ou menaçantes. À côté des grandes tailles, de plus petites faisaient penser à des visages aux expressions grotesques, à des corps désarticulés. Enfin, c'étaient les explications qu'en donnait Solène ; lui, il voyait plutôt là l'expression d'une sexualité réprimée et des symboles phalliques.

— Mais qu'est-ce que tu dis ! lui répliquait-elle.

— Ben si, regarde ça, c'est une chatte et elle appelle une bite, là ! Ta tante est en manque.

— Obsédé.

— Mais non, c'est elle qui sculpte toujours la même chose.

— C'est malin. Bon, on prend quoi comme apéro ?

— Comme vous voulez, je vous fais pastis ou punch, Americano, peut-être ?

— Ah non, on n'a pas de Martini.

Solène penchait sa tête dans le monte-plat.

— Maguie, criait-elle, pastis ou punch ?

— J'ai racheté du rhum blanc. Et du Martini, entendait-on, hurlé depuis le sous-sol.

— Punch alors. Où il est le rhum ?

— En bas, dans le bas du placard, avec les croquettes d'Ingo.

— Quelle idée de mettre les bouteilles derrière les croquettes, je te jure !

— Bon, demain je vous fais un Americano, concédait-il, arrangeant.

Pourvu qu'on picole, qu'importait le breuvage. On sortait des grands verres et il confectionnait son punch avec des précautions de parfumeur.

— Mag, hurlait encore Solène, on fait du feu ?

— Oui, les côtelettes d'agneau sont dans le bas du réfrigérateur.

— Ben voilà, fallait le dire, merci, Mag.

Et on fonçait vers le coin patio-barbecue.

Le patio s'encastrait dans un pan de colline, à l'abri des vents du nord, en forme de demi-cercle, il était assez large pour contenir un mariage sicilien, et assez chaleureux pour offrir l'intimité à leurs trois personnes. Une grande table de bois massif était disposée sous une tonnelle, sur laquelle grimpaient en s'entremêlant une glycine et une vigne. La glycine commençait sa floraison. Le barbecue, d'une taille et d'une sophistication peu ordinaires, dispensait ses innombrables commodités. On pouvait y faire rôtir un cochon entier ou un sanglier, un mécanisme à chaîne et à crémaillère, mû par un moteur à clé, permettait de faire tourner l'ensemble pendant des heures. Il était équipé d'une grille murale, remarquablement agencée, qui laissait la double possibilité d'avoir les braises sur le côté et le loisir de travailler à l'horizontale, ou les deux en même temps, si nécessaire. À cela s'ajoutaient une plaque de cuisson au gaz, et à l'opposé, un large billot pour découper la viande. Une longue barre de métal chromé courait le long du foyer, toutes sortes d'instruments s'y accrochaient : couteaux à découper, trancher, désosser, piques, louches, pinces, etc.

Solène lui expliqua qu'une fois, avec des amis, ils avaient commencé à faire cramer le toit du barbecue avec un feu de graisse de côtelettes.

Mis devant le poste de commandement de cette machinerie à faire griller la viande, il avait ressenti un instant de flottement. Dieu merci, pas de sanglier à faire rôtir, seulement une dizaine de jolies petites côtes d'agneau bien roses qu'avait rapportées Maguie.

Cette fois, avec des précautions de vieil Indien, il alluma son feu à l'avance afin d'avoir le temps de prendre l'apéritif. La présence de Maguie le stressait vaguement, car elle était un peu « bossy », sous ses airs. Promu chef rôtisseur, il le devenait aussi. Il fuyait les confrontations, il ne désirait que s'offrir le temps de tout faire et de le faire bien. Il avait donc prévenu qu'il ne commencerait pas tant que tout le monde ne serait pas prêt pour l'apéritif.

— Je n'ai pas envie de courir entre le pastis et la fournaise.

Bien que l'on fût entre soi, Solène et Maguie ne pouvaient pas s'empêcher de s'apprêter pour le dîner. On avait vite fait d'hésiter sur un rouge à lèvres, un mascara, ou une paire de boucles d'oreilles.

Sa tâche répondait donc à plusieurs exigences. D'abord, préparer l'apériti, et ça ne se bornait pas à mélanger un doigt de pastis avec quelques mesures d'eau puis à ajouter des glaçons. Il avait une fâcheuse tendance à augmenter le nombre de doigts, il fallait que le mélange arbore cette opalescence laiteuse qui laissait à peine voir les glaçons. Ensuite, pas de bons apéritifs sans tranches de saucisson, finement coupées, des tranches trop épaisses pouvaient lui ruiner une soirée. Solène avait été éduquée. Des olives, noires et vertes, des petites tomates et ce qu'on trouvait localement.

Ils n'étaient que trois, mais Maguie faisait un plan de table : elle avait disposé tout le monde au bout de l'immense table de chêne massif, elle présidait tandis que Solène et lui se faisaient face. Il se tenait côté feu, pour mieux surveiller ses grillades. Pour l'heure, on attendait Solène qui finalisait la préparation de l'apéritif. Maguie avait une façon très particulière de diriger. Elle demandait : « Comment fait-on, qu'est-ce que vous en pensez, vous préférez ça ou ça ? » Pour terminer, elle faisait exactement ce qu'elle voulait. C'était parfaitement prévisible et agaçant.

Il avait donc obtempéré à son placement, mais quelque chose le chiffonnait. Après mûre réflexion, aussi bourrique qu'elle, il avait dit : « Maguie, cela vous dérangerait-il de vous asseoir à ma place, je prendrais le bout de table, ça serait plus commode pour moi de surveiller le feu et me lever. » Elle n'avait pas fait objection, elle n'était pas obtuse et avait un côté pratique, enfin, tant qu'elle n'avait pas une idée fixe en tête.

Un agréable tintinnabulement de glaçons annonça l'approche de Solène avec le plateau de grands verres de 51.

Maguie comme Solène avaient une bonne descente : l'apéritif, pour l'une comme pour l'autre, n'était pas un vain mot, et l'instant de l'apéritif était un grand moment. On trinqua, il fixa bien Solène dans les yeux. Il approcha son verre de son nez et flaira la forte odeur d'anis. Les autres buvaient avec recueillement.

Solène s'exclama :

— Dis donc, tu n'y as pas été avec le dos de la cuiller.

— Faut ce qu'il faut, répondit-il.

Maguie appréciait.

— Et votre feu ? demanda-t-elle.

— Il devrait être exactement prêt quand vous terminerez votre verre.

Il songea, en avalant sa première gorgée, qu'il n'aimait que les instants, et que sa vie n'était faite que de cela. Il adorait les instants, l'instant de l'apéro, celui du coucher, quand il n'y avait plus rien entre lui, la nuit et l'univers d'un bon livre, celui de se mettre à table. L'instant d'ouvrir le journal encore bien plié, quand les nouvelles n'avaient pas eu le temps de se défraîchir, celui du premier virage quand il avait fait démarrer sa moto, basculant dans l'apesanteur de l'attraction centripète.

— Alors votre feu ?

Maguie et Solène picoraient. Il se leva pour aller vers son feu.

Le prochain instant serait celui de l'étalement des côtelettes sur les braises et du crépitement des premières gouttes de graisse saisies par la fournaise. Solène refila en douce une tranche de saucisson à Ingo qui n'y avait pas droit, elle se pencha, il vola un bout de sein.

N'ayant plus d'avenir, ou pensant ne pas en avoir, il naviguait d'un instant à l'autre, comme ces petits cargos qui font du cabotage entre les ports et ne connaissent plus jamais la haute mer.

Et puis Solène était entrée dans sa vie. Le caboteur s'était senti pousser des voiles et son cœur s'était gonflé comme un spinnaker.

Les instants avaient changé de nature, Solène les habitait.

Elle déchirait de ses dents blanches une tranche de saucisson, une olive graissait ses lèvres, ses yeux brillaient.

Mentalement, il faisait tourner le présentoir des instants, comme des touristes choisissent des cartes postales. Il en piquait un, au hasard. Solène faisait glisser son tee-shirt par-dessus sa tête, se retrouvait en slip, elle dégrafait son soutien-gorge, libérant sa jolie poitrine, avec sa peau blanche et fragile, légèrement marquée par le soutien-gorge sous les seins. Elle se revêtait d'un long tee-shirt de nuit, faisait descendre sa culotte et l'enjambait. Une onde de désir le parcourait. Il mesurait la distance qui le séparait de son entrejambe et de ses seins, et cette promiscuité attisait son désir.

*

* *

Le feu était parfait, les braises avaient envahi tout le foyer, ça chauffait fort.

— Le temps que vous finissiez vos verres, c'est prêt, lança-t-il par-dessus son épaule.

Il ouvrit le paquet de côtelettes et à l'aide d'une longue fourchette les déposa, une à une et avec soin, sur la grille brûlante. Un végan s'évanouit quelque part.

— Comment vous les aimez ?

— Bien grillées, répondirent-elles en chœur.

— Et voilà ! dit-il en déposant sur la table le plat de côtelettes frémissantes d'odorante graisse d'agneau.

Un autre végan tomba en syncope.

Solène parlait à Ingo qui lui posait la patte sur la cuisse avec un air concupiscent.

— Non mon chien, tu sais bien que t'as pas le droit. C'est pas bon pour toi, les nonosses…

Ingo ne semblait pas du tout du même avis.

Un débat s'ensuivit sur la dangerosité des os cuits pour les chiens. Il frémit en songeant au nombre de fois où il avait glissé un os cuit aux divers chiens de sa vie.

— Bon, j'ai quelque chose à vous dire, annonça Maguie qui avait liquidé sa seconde côtelette et se suçait les doigts. Je vais vous réquisitionner.

— Ah ?

— J'ai regardé la météo, ils annoncent une grosse tempête.

— Ah bon !

— Pour la fin de la semaine.

Solène le regarda d'un air mystérieux et conspirateur. Elle devait savoir de quoi il retournait.

— Après la tempête et même pendant, on va aller aux bois flottés.

— Ah ! fit-il. Je vois.

En bon marin, il avait tout de suite compris.

— Mais c'est très excitant tout ça, Maguie, dit-il.

Très excitant, oui.

9

La mer était blanche, plus précisément bleue avec des rayures blanches qui couraient en biais comme des hordes de chevaux déchaînés à la crinière échevelée. Des rouleaux d'une taille prodigieuse se fracassaient sur la grève en un roulement continu de tonnerre.

Orientée sud-ouest, la tempête frappait de plein fouet. Le spectacle était d'une sauvage beauté, l'air saturé d'embruns, de sel et de lambeaux d'écume qui s'égaillaient de toutes parts.

La plage ressemblait à un no man's land. Hormis un Toyota vaguement rouge, incongru et téméraire qui s'était aventuré sur le sable à mi-distance de la végétation et de la mer en furie. Une remorque y était attelée. Trois personnes et un chien l'occupaient. Poussée par la rage des éléments, l'eau était montée de plusieurs mètres.

Maguie se tenait au volant, on l'apercevait à peine tant le pare-brise était constellé de sel, elle actionnait les essuie-glaces par intermittence pour permettre la vision.

— Voilà, on fait comme on a dit ?

— T'es sûre de ton coup ? La dernière fois, on est arrivés après la tempête, rappela Solène.

— Oui, les plus beaux morceaux étaient partis. On se donne rendez-vous ici dans trois quarts d'heure, et on avise.

— OK ! répondit Solène.

— Pas d'objection, lança-t-il en écho.

Les portières s'ouvrirent, on aurait dit qu'on venait d'enclencher l'ouverture d'une porte d'avion en plein vol. Ils durent batailler pour qu'elles ne s'arrachent pas.

Ils tenaient à peine debout. Il estima que l'anémomètre approchait les cinquante nœuds. Aucun surfeur n'avait osé s'aventurer par une telle tempête.

Et personne sur la longue plage, à part un chien hirsute qui aboyait dans le vent et trois crétins, inclinés contre les embruns avec des allures de culbutos, qui oscillaient au gré des rafales.

Marin, ce genre de conditions ne lui étaient pas étrangères, il se demanda si l'on n'aurait pas été mieux en haute mer plutôt que dans ces nuées de sable qui vous griffaient les yeux et le visage.

Solène et lui partirent d'un côté, en direction du premier bloc de rochers, tandis que Maguie choisissait l'autre. Ingo, après réflexion, opta pour Maguie. C'est elle qui lui donnait le plus souvent sa gamelle. Il restait prudent.

Leurs silhouettes s'amenuisèrent dans le brouillard d'écume.

*
* *

Le treuil du Toyota enroulait son câble, ramenant un énorme tronc poli et blanchi, aux formes tourmentées, qui laissait un profond sillon sur le sable. Maguie actionnait le treuil d'un air ravi. Il aida Solène à jeter dans la remorque plusieurs morceaux de bois de plus petite taille, qui rejoignirent ceux déjà accumulés.

Maguie arrêta l'engin quand le bois fut amené presque à l'aplomb de l'avant du 4×4. Elle décrocha le crochet qui encerclait le tronc, le rembobina, puis monta dans le véhicule qu'elle manœuvra pour amener la remorque à la hauteur du morceau de bois.

Solène et lui se regardèrent d'un air inquiet.

— Faut qu'on porte ça ? demanda-t-il en aparté à Solène.

— Je le crains. Attends, tu vas voir.

Maguie avait fait le tour du 4×4 et revenait en brandissant des sangles américaines.

— Avec ça, vous allez perdre vos mines de galériens. D'abord, on hisse l'avant dans la benne et ensuite on soulève l'arrière pour faire riper le tout. D'accord ?

— À vos ordres, dit Solène avec un salut militaire.

Lui arborait un air poliment sceptique.

Maguie passa les deux sangles sous la partie du tronc la plus proche de la remorque.

— Une de chaque côté, vous prenez chacun un brin et quand je vous le dis vous soulevez, moi je tire et on pose l'avant du tronc sur le plateau.

Il comprenait l'esprit de la manœuvre, mais intérieurement doutait de sa validité.

Maguie sauta dans la remorque avec son bout de sangle. Avec sa haute stature et ses bottes, on eût dit une pionnière égérie d'un kolkhoze.

— Vous les passez comme ça, sur votre épaule, c'est votre corps qui porte, vos jambes, surtout les cuisses. N'allez pas vous déplacer une vertèbre.

Ingo aboyait, mais c'était à peu près tout ce qu'il pouvait faire.

Maguie se pencha en arrière et tendit sa sangle. Chacun de son côté, Solène et lui s'arc-boutaient.

— Allez, attention, un, deux, trois.

Ils tirèrent tous ensemble. Les sangles se raidirent, ils soufflaient, poussaient sur leurs cuisses, mais le tronc d'arbre ne se souleva guère plus que de quelques centimètres. Ils se relâchèrent, c'était trop lourd.

— Le bois est plein d'eau, glissa-t-il à Solène en catimini.

— Maguie, ça pèse une tonne ton machin, enchaîna Solène.

— Maguie, je vous assure…

Maguie n'était pas du genre à baisser les bras comme ça. Elle redescendit de son perchoir.

L'équipe se remit en place.

— Allez, attention, un, deux, trois…

Cette fois, le bois se souleva d'une dizaine de centimètres, mais ils durent relâcher leur effort.

Tout retomba lourdement sur le sable avec un bruit mat.

Solène tirait la langue, il se frottait les mains, blanchies par la morsure des sangles.

— Vous ne voulez pas attendre qu'il sèche, votre bois, et on le reprend dans une semaine ?

— Mais je vais me le faire piquer ! Allez, on va y arriver !

— Maguie, vous avez un cric ?

— Oui, bien sûr !

— Maguie, votre méthode est parfaite, mais nous ne sommes pas assez forts, je vous propose de la perfectionner. Là, on va se briser les reins.

— Vous voulez vraiment un cric ?

— Oui !

Maguie revint avec un impressionnant cric rouge.

— J'ai même des cales en bois, si ça vous intéresse. Allez voir.

— Bon, l'idée c'est de faire monter le tronc à l'aide du cric et au fur et à mesure de mettre des cales pour l'amener jusqu'au plateau. Ensuite, on le fera glisser. On va se servir des autres pièces de bois qu'on a ramassées.

Il les regarda. D'abord surprises, il vit qu'elles étaient séduites par l'ingéniosité du procédé.

— Je ne vous dis pas que ça va être une partie de plaisir, mais ça devrait le faire.

L'opération commença, la tourmente n'avait pas cessé et le ciel s'assombrissait encore, des conditions parfaites pour ce genre d'amusement. Les deux femmes se penchaient pour suivre tandis qu'il œuvrait au sol, à quatre pattes, commençant à creuser le sable.

— Non Ingo, c'est pas le moment ! cria Solène à son chien qui s'était mis lui aussi à creuser comme un fou en les couvrant de sable.

Lui, il excava d'abord le sable sous le tronc vers son milieu, au niveau de la partie plus proche de la benne.

Maguie restait coite, attentive, elle n'avait pas entièrement saisi la subtilité de la manœuvre, il s'en délectait. Pour une fois, elle ne commandait pas.

Lorsque le trou fut assez large et profond, il déposa au fond une planche sur laquelle il disposa le cric hydraulique, il le positionna avec précision, le maniant d'abord doucement pour que le point de contact se fît avec le bois. Ensuite, il actionna le levier, et en quelques mouvements, le cric souleva le tronc d'arbre.

— Magique, je vous dis, magique, ricana-t-il.

Il continua jusqu'au maximum du débattement de l'engin. La charge était montée d'un petit mètre. Le bord de la remorque ne se trouvait plus qu'à quelques dizaines de centimètres.

Il se remit debout.

— Bon, ça, c'était le plus facile.

— Je vois, le cric ne monte pas plus haut, vous faites comment maintenant ? interrogea Maguie, vaguement provocatrice.

— Je vais le faire monter plus haut, dit-il avec un air de prestidigitateur.

— Ah, comment ? s'étonna Maguie.

— C'est moi qui ai construit les pyramides. Deuxième partie du « pestacle ». On rebouche le trou et on fait un tas de sable, un beau tas de sable, d'au moins cinquante centimètres, on place une cale au sommet, ensuite le cric et les Shadoks pompent pour atteindre la hauteur de la benne, même un peu au-dessus, si possible.

— Il m'épate, il m'épate ! clama Maguie.

— Et là, ultime séquence, Maguie se met au volant de sa voiture de pompiers et nous recule le tout avec doigté pour venir placer la benne sous l'arbre. Il ne restera plus qu'à redescendre le cric, et poser l'arbre sur les rondins que vous aurez positionnés pour nous permettre de rouler notre bille de bois vers le fond de la benne.

Les deux femmes désormais le dévisageaient avec admiration.

— Dites donc, vous avez fait les Ponts et Chaussées ?

— L'école de la démerde. Accessoirement du cinéma, mais il y a très longtemps.

*

* *

Le tas de bois occupait maintenant presque toute la terrasse de l'atelier de Maguie. Ils avaient finalement réussi la mission. Solène avait même dû prêter son foulard rouge pour l'accrocher à une extrémité de l'arbre qui dépassait largement de la benne. La sortie de la plage n'avait pas été une mince affaire, heureusement, pour une fois l'usage du 4 × 4 avait été utile. En roulant doucement, ils étaient parvenus à rentrer à la villa.

Maguie avait immédiatement fait appel au jardinier marocain pour les aider à décharger.

Elle voulait absolument que le chargement fût déposé dans son atelier, elle désirait se mettre au travail.

— Dis donc, quand elle a une idée en tête...

— Elle l'a pas ailleurs.

Les jours qui suivirent, Maguie passa le plus clair de son temps dans son atelier. On lui descendait ses repas par le monte-plat. On entendait des coups de marteau, des bruits de scie, de visseuse électrique, bref, ça usinait, et de la musique à fond, du baroque, essentiellement. Maguie était suffisamment éloignée dans la maison pour que cela ne fût pas gênant. On ne la voyait que le soir, pour le traditionnel apéritif, suivi du barbecue qu'il maîtrisait parfaitement désormais.

Elle leur racontait son travail, ses mains étaient pleines de blessures. Elle semblait contente. En fait, ce côté sincèrement artiste la sauvait de son naturel autoritaire et de ses manies ménagères.

Les moustiques avaient fait leur apparition, gâchant un peu les soirées. Maguie, avec ses idées bien arrêtées, tenait à ce que l'on répartisse des tortillons de produits chimiques allemands que l'on enflammait et qu'on laissait se consumer autour de la table. La fumée dégageait une odeur nauséabonde qui, si elle était supposée rebuter les moustiques, étouffait à coup sûr les convives. Pragmatiques, les moustiques passaient sous le nuage, et en rase-motte, s'attaquaient aux chevilles des convives.

— Pourquoi vous ne mettez pas des lampes grille-pain ? Maguie...

— On n'en trouve plus. Ils ont été dévalisés.

— Maguie, je t'ai dit d'en acheter il y a au moins deux mois.

— Oui, c'est toujours de ma faute.

— J'ai pas dit ça… Ça pue tes trucs, on va attraper le cancer.

Rien à faire, Maguie s'obstinait, comme elle s'obstinait à pas mal de choses.

*
* *

Solène était particulièrement agressive lorsque venait le moment de ses règles.

Il avait connu suffisamment de femmes pour savoir reconnaître les manifestations du syndrome prémenstruel. La nature était vraiment très inégalitaire dans sa répartition des fardeaux impartis à chaque sexe ; certains étaient plus ou moins complexes à analyser par le sexe opposé, ce dernier phénomène étant pratiquement hors de portée pour l'esprit d'un mâle alpha. Il pouvait au mieux comprendre, ou compatir, ou encore rester imperméable, mais jamais ressentir.

Le phénomène ne produisait pas que des effets négatifs. Solène lui avait confié que ses règles lui donnaient envie de faire l'amour, qu'elles avaient un effet aphrodisiaque.

Lorsqu'elle le chevauchait en proie à un plaisir grandissant, il voyait son membre teinté de pourpre entrer et sortir de sa vulve cramoisie et c'était un spectacle aussi fascinant que ravissant. Il l'aimait, rien ne l'aurait rebuté, au contraire, cette transgression décuplait leur plaisir. Ils jouissaient encore plus fort.

*

* *

Solène et lui partaient nager tous les jours, ils en profitaient pour visiter d'autres plages, leur donnaient des noms, établissaient un classement. Il y avait celle des parvenus, celles des Jet-Skis, des beaufs, il était assez frappant d'observer le tropisme qu'exerçaient les uns sur les autres. Ils s'agglutinaient comme des colonies de bactéries, copulaient, se reproduisaient en nombre et finalement se ressemblaient dans leur mépris pour la nature.

Sur leurs serviettes respectives, comme sur des radeaux de fortune, Solène et lui se livraient à des commentaires sans appel.

— Tu l'as vu là, le gros con, putain, il revient chercher une autre cagole, et c'est reparti pour un tour. Il va nous casser les oreilles, putain, s'énervait Solène.

Et le gros con remettait les gaz à fond, une pétasse accrochée à son dos, pour faire des tours dans la baie en slalomant entre les bateaux au mouillage, abrutissant des centaines de baigneurs, et couvrant le son des baladeurs. La plage était rayée de la liste.

— Quand on voit ça, on sait qu'on est entrés dans le processus final de la décadence. Pas un pour sauver l'autre. La frime, le bruit. On est foutus.

Alors ils partaient à la recherche de coins perdus, difficiles d'accès, où ils se retrouvaient presque seuls, comme il se doit pour des amoureux.

Il passait son temps à faire des photos d'elle. Il la désirait sans cesse. Elle se prêtait au jeu, s'amusait de ses déclarations de désir, en riant, en soupirant.

Il bandait tout le temps, une fois même, alors qu'ils nageaient, ils s'étaient reposés en s'arrimant à une bouée, il bandait dans l'eau, dur, fort ; profitant de l'apesanteur aquatique, il s'était glissé entre ses jambes, avait écarté son slip de bain pour la pénétrer, son envie d'elle était impérieuse. Jamais il n'avait réussi un tel acte, l'eau, le froid, mais là son désir était viscéral, un besoin de pénétration archaïque. Elle l'avait accueilli en elle. Malgré l'eau, leurs corps s'étaient noués comme des algues marines, ils n'avaient pas joui, finalement ; comme à regret, elle l'avait gentiment repoussé. L'eau de mer, les poissons, tout ça… ce n'était pas raisonnable. Plus le séjour avançait, plus il s'émerveillait de sentir combien il l'aimait.

Le soir, malgré la fatigue des journées de nage, ils faisaient encore souvent l'amour. Ou bien ils lisaient, côte à côte, commentant leurs lectures réciproques. Ou alors ils regardaient un film sur l'ordinateur qu'il plaçait entre eux. Ils le posaient sur un coussin et ils se rapprochaient, éteignaient la lumière. Souvent, elle s'endormait avant lui, le sommeil les prenait.

Il régnait une chaleur torride dans la chambre, et, à cause des moustiques, l'ouverture de la fenêtre était prohibée. Il avait banni les tortillons Bayer au profit de dispositifs à plaques antimoustiques que l'on branchait dans les prises. Un pis-aller.

— Tout de même, Maguie, elle pourrait mettre des moustiquaires aux fenêtres, tu ne crois pas ? se plaignait-il.

— Je lui ai dit.

— Et puis on meurt de chaud, c'est dingue d'avoir une maison pareille et de crever de chaud, non ?

— Elle dit qu'elle a fait des ouvertures, et que ça va.

— Comment ça, ça va ? Regarde, et il ouvrait la fenêtre, et sortait sur la grande terrasse qui dominait la mer. Viens voir, il fait dix degrés de moins dehors. Non, mais viens voir !

— Je sais, dors dehors.

— Je vais me faire dévorer.

— Si tu ne refermes pas la fenêtre, c'est sûr.

Elle rigolait.

— Demain, je vais acheter une moustiquaire et je dors sur la terrasse.

— Bonne idée, tu t'enroules dedans, et le tour est joué.

En rentrant dans la chambre, il croyait pénétrer dans un sauna et il devait refermer la fenêtre.

Ils éteignaient.

Ils s'embrassaient, les yeux se refermaient. S'il n'avait pas fait si chaud...

À peine dans le sommeil, le vrombissement retentissait : la bataille d'Angleterre commençait.

*
* *

Après le déjeuner, il y avait la sieste. Solène était capable de se mettre nue, sur un transat, et de lire à l'ombre de son livre. Comment pouvait-elle rester comme cela, en plein cagnard ? songeait-il, l'observant depuis son propre transat, abrité du soleil par les rameaux de la vigne et des lauriers-roses. Il détaillait son corps. Elle transpirait, la sueur dégoulinait le long de ses flancs. À la même hauteur qu'elle, il s'attardait sur le renflement pileux de son pubis, et ses seins qui rosissaient, les veines gonflées. D'une main, elle chassait une mouche, tournait une page, essuyait une goutte de sueur.

— Comment tu supportes cette chaleur ?

— J'aime, répondait-elle laconique, tournant une nouvelle page.

En vieillissant, il tolérait moins bien les trop fortes chaleurs, l'exposition directe au soleil.

— Ça va, ça te plaît ? demandait-il.

— Oui, c'est incroyable, tout de même, le destin de cette femme.

Il lui avait passé la biographie de Marie-Antoinette par Stefan Zweig qu'il considérait comme un géant de la littérature du XXe siècle. Cet écrivain au destin complexe, passionnant, si éclectique, à l'œuvre si vaste, le laissait perplexe, le fascinait. Son suicide le touchait profondément, lui laissant une impression de malaise, de tristesse, un peu comme s'il avait perdu quelqu'un de proche. Il pensait à ce couple, à cet instant où il prenait le Véronal, couché sur le lit, uni bientôt dans la mort. Étrange fascination. Zweig éveillait en lui une sorte d'écho à certains traits de son propre désespoir face à l'évolution du monde. Tout comme l'écrivain, il redoutait pour lui un funeste destin et souffrait de son impuissance à changer le cours de ce qu'il pensait inexorable.

Il aimait que Solène lût et qu'elle se cultivât. Au-delà, il éprouvait une sincère envie de la voir grandir, il avait besoin de l'admirer, et son intelligence, à ses yeux, valait bien autant que sa beauté. Il regrettait qu'elle ne se fixât pas définitivement sur une voie. Elle hésitait sans cesse sur la route à prendre, et multipliait les expériences. Elle lui faisait penser à une voile qui faseyait et claquait dans des vents tournants. Une risée venait, la voile se gonflait, le bateau prenait de la gîte et bondissait vers la vague. Et le vent tournait à nouveau.

Solène se cherchait en permanence. Elle avait rencontré en lui un simulacre de sécurité, dû sans doute à son âge, sa notoriété passée, son œuvre. Immanquablement, elle comprendrait un jour qu'il n'était qu'un vaisseau fantôme. Cette perspective le hantait.

La journée s'écoulait doucement, peu à peu le soleil abandonnait le corps de Solène, d'abord les pieds, puis l'ombre remontait sur les cuisses, un dernier feu illuminait le buisson vénusien, restait suspendu à la pointe des seins dressés comme des banderilles sur la poitrine d'une sainte, pour finalement ne plus éclairer que son visage et disparaître de manière dramatique. Elle rentrait dans l'ombre, se couvrait d'un pagne, puis elle se levait et allait prendre une douche. Lui, il posait son livre, lire à l'ombre était une des jouissances les plus grandes que l'on pouvait s'offrir, pensait-il.

Il suivait la retraite du soleil qui achevait de passer derrière les montagnes, l'heure de la baignade approchait, mais il restait encore dans ce moment tiède suspendu à méditer et se perdre dans les nuages, le bleu, les chants d'oiseaux, s'abandonnant à une paresseuse paréidolie.

C'était à peu près l'heure que choisissait un invisible pianiste pour son récital. Avec ponctualité, depuis l'une des villas dissimulées sous les végétaux, au sein des collines, il exécutait une singulière mélodie. Concert au charme indicible. Les notes s'insinuaient dans les vallons, modulaient en échos. Le phrasé de l'interprète, désinvolte, incertain, décomposé, ajoutait à la poésie musicale. Surcroît de beauté et d'insolite, l'instrument était vaguement désaccordé, d'une sonorité métallique, mais pas assez pour faire bastringue, il rendait une texture qui ajoutait du pittoresque à ces vagues de triolets égarées. Tout cela prêtait à la rêverie : proche et lointain, précis et tenu, l'enchevêtrement sonore finissait, de soir en soir, par exercer un doux envoûtement. Et il se prenait à l'attendre, à se languir, comme pour un rendez-vous amoureux. Ils en avaient parlé, Solène et lui, imaginant des scénarios.

Le pianiste avait-il conscience de l'effet qu'il produisait, qui était-il, était-ce un homme, une femme, ou encore un enfant ?

*

* *

Depuis un moment, un cotre l'intriguait, il l'avait fait remarquer à Solène. Un vieux gréement, ancré, un peu à l'écart, dont la silhouette blanche aimantait son regard. Le soir, seul, posé sur la ligne d'horizon, il revêtait les couleurs du couchant et se donnait des airs d'aventures. On se serait cru sous d'autres latitudes. Il l'avait plusieurs fois photographié, mais il ne disposait pas d'un appareil à l'objectif assez puissant pour en faire le cliché qui l'aurait satisfait. En grossissant au maximum, il n'obtenait du bateau qu'une idée, vaguement pointilliste, ou encore précisément staëlienne. Il avait envie de le peindre. Ce bateau le faisait rêver. Ils s'en parlaient, Solène et lui, imaginant un destin à cette embarcation. Leur imagination galopait, la sienne particulièrement.

— Tu sais, il y a des gens qui laissent leur bateau au mouillage, comme ça, des semaines, voire des mois.

On ne notait guère d'animation autour. Aucune annexe n'y était amarrée.

— On y va, on nage ? demanda-t-il.

— Ça fait loin, répondit-elle.

Elle se leva néanmoins, époussetant le sable de ses fesses.

Ingo n'était pas avec eux, resté à la maison avec Maguie, toujours cloîtrée dans son atelier. Le soleil descendait sur les montagnes, les ombres bleuissaient.

Ils se mirent à l'eau et chaussèrent leurs palmes.

— Doucement, on prend notre temps, dit-il.

Solène partait souvent fort. L'eau était lisse comme un miroir, fraîche, tiède et soyeuse à la fois. Ils alternaient les nages : dos, crawl, indienne, dans leur sillage s'élargissait une onde qui allait en s'évasant. La mer leur appartenait, cette coque blanche en point de mire s'apparentait à la quête d'un mirage. Ils s'éloignaient. Un instant, ils s'arrêtèrent, la côte était loin, ils n'étaient que deux points, perdus dans l'élément liquide, deux corps s'aimantant, flottant. Sur le dos, le ciel pour unique paysage, ils joignirent leurs têtes, se laissant flotter joue contre joue, formant presque une ligne droite.

— Totale immobilité, susurra-t-elle les yeux dans le bleu.

— Abandon parfait, répondit-il.

— Ça va ?

— Jamais été aussi bien. Tu sens la communication cosmique entre nous, là ? dit-il.

— Énorme. Tu penses à quoi ? dit-elle.

— Que je t'aime, que l'eau porte notre amour, que nous sommes en harmonie. Que nos esprits fusionnent.

Ils tournèrent au même moment la tête, leurs bouches se rencontrèrent, ils se donnèrent le baiser le plus inexplicable que l'on pût imaginer, un baiser d'eau, de mer, de sel, de soleil, de langues et d'abstraction. Pas le baiser le plus sensuel, mais le plus incroyablement original, cosmique et qui montait au cerveau et jusqu'aux nuages.

Ils atteignaient enfin le bateau. Au fur et à mesure qu'ils s'en approchaient, la proue s'avérait plus puissante et massive que la silhouette blanche vue de la côte ne le laissait supposer, elle arborait aussi les blessures que le temps et les éléments infligent aux vieux navires en bois. La carène avait vécu. Les bordées n'étaient pas lisses, mais déformées, disjointes et cependant bien calfatées, inégales, maintes fois repeintes. Une grosse chaîne d'ancre pleine d'algues plongeait, pesante, et arrimait le bateau au fond.

Les reprises de haubans sur les bordées laissaient deviner la rouille qui cloquait. Pourtant cette carène restait solide et bien posée sur sa ligne de flottaison. Ils en firent le tour. Le bateau s'appelait *La Croix des mers*. Le pont avec de larges lattes de bois lessivées et blanchies par les embruns faisait monter la courbure de sa proue vers le ciel. La poupe, plus basse, était large comme la croupe d'un cheval de trait. C'était un ancien bateau de pêcheurs, aménagé de manière fruste et débarrassé de ses espars de pêche. Un ancien thonier, un langoustier, il n'aurait su le dire. Il avait gardé quelques traits de sa primitive origine, son mât trapu, une bôme épaisse, son bout-dehors, de solides haubans et cordages, du rustique, du marin.

Il posa sa main sur les lattes du bordage. Le contact était doux et laissait une impression de force tranquille.

Solène toqua plusieurs fois à la coque.

— Y a quelqu'un ?

Ils entendirent comme un remue-ménage à l'intérieur.

— Merde, *damned* !

Ils se plaquèrent contre la coque à l'abri du dévers de la poupe.

Un homme hirsute apparut, se penchant par-dessus le bordage, se tordant le cou pour voir, allant d'un bord à l'autre d'un pas lourd. Il avait une vraie tête de pirate.

Il jurait dans un sabir d'italien incompréhensible. N'apercevant personne, il disparut dans le bateau. On entendit le capot du roof se refermer avec un claquement sourd.

Ils repartirent en loucedé, façon commando marine, avec des rires de collégiens pleins de bulles.

*

* *

Des rigolades d'adolescents, des comportements d'amoureux ou des jeux innocents agrémentaient les journées. Des siestes crapuleuses. Ils faisaient des courses en prenant des accents étrangers, imitaient les gens, prenaient des photos clandestines, Solène avait un don pour les remanier avec l'une des applications de son iPhone. Tout était si simple. Et les semaines passaient comme d'aimables nuages sans prétention traversant le bleu.

Maguie sortit enfin de sa retraite, elle réapparut comme ça, en fin de matinée, sa haute silhouette dépouillée de sa salopette informe, pimpante, les cheveux encore mouillés, revêtue d'une robe ample, bleue et flottante. Ingo gambadait à ses sandales.

— Fini ! déclara-t-elle.

— Ahh ! firent-ils en chœur.

— T'as fini ? hurla Solène.

Ils se retrouvèrent au sous-sol dans l'atelier devant une grande forme blanche, Maguie avait jeté un drap sur son œuvre, elle gérait ses effets.

— Je vous offre un verre, dit-elle en sortant une bouteille de champagne du réfrigérateur. Vaut mieux boire avant, on ne sait jamais.

— Ça va, t'as confiance, rigola Solène.

Elle remplit les verres, ils trinquèrent, sans oublier de souscrire à cette stupide convention des regards échangés qui faisait loucher tout le monde.

— Tu sais, dit-elle, c'est mon petit champagne, à moi... comment vous le trouvez ? lui demanda-t-elle.

— Mais très bien, répondit-il.

Il n'eut pas à se forcer, ce dont il se serait acquitté sans le moindre scrupule, mais le vin était en effet excellent. Bien balancé, équilibré, sec, juste la petite rondeur nécessaire.

Maguie tira sur le drap qui tomba en corolle. Solène et lui émirent un murmure de surprise.

— Ah oui !

— Superbe, renchérit-il.

Ils restaient bouche bée, allant et venant autour d'une reconstruction d'arbre meurtri et déstructuré.

— Il me reste encore du travail, mais en gros, c'est là.

Les épaves qu'ils avaient si durement arrachées à la tempête avaient retrouvé, entre les mains de Maguie, une forme déconstruite et démultipliée de ce qui avait été un arbre.

— Mais comment tu as fait ça ? Et les miroirs, d'où tu les sors ?

— Je les avais commandés et fait livrer cet hiver...

Maguie avait scié le tronc et les branches dans le sens longitudinal, comme des coupes anatomiques, qu'elle avait ensuite collées tantôt sur des miroirs, en réalité des feuilles de mirolège, tantôt sur des feuilles de Placo enduites d'apprêt blanc, de la chaux. Miroirs et feuilles de contreplaqué construisaient des quadrilatères. Et l'arbre était découpé selon ses formes naturelles.

— En fait, dans l'installation finale, les Placos seront remplacés par des feuilles de verre. Pour ainsi dire c'est encore une maquette, taille réelle.

— Et tu vas transporter ça sur ton dos ? demanda Solène.

— Nigaude, ça se démonte. C'est pour ça que je me suis cantonnée au Placo et au mirolège. Je ramène tout à la maison cet automne. J'ai une galerie que ça intéresse.

— Ah, mais en fait t'avais préparé ton affaire ?

— Si on veut. J'avais parlé du projet à Janine, tu vois ?

Solène opina, comme ça, sans plus.

— Je lui ai envoyé des photos, ils sont preneurs à la galerie.

— Eh bien Maguie, bravo, déclara-t-il, c'est vraiment réussi.

Il était sincèrement surpris.

C'était assez fascinant de considérer cette femme plutôt rugueuse, relativement froide, capable de faire de pareilles prouesses. Tourmentée, élégante, son œuvre témoignait d'une finesse d'exécution dont il ne l'aurait pas crue capable.

Probablement l'a priori qu'il avait contre elle avait-il joué dans son appréciation ? Elle demeurait un obstacle entre Solène et lui, il se sentait jugé. Sans en avoir l'air, elle veillait sur sa nièce, il sentait son ombre. Il n'arrivait pas à se départir de l'idée qu'elle aurait souhaité pour Solène quelqu'un de plus jeune, de plus comme il faut, un compagnon et mieux encore un mari qui lui offrirait un avenir plus classique et une descendance. Elle le tolérait, car il était tolérable. Il savait se tenir, à son âge, il avait la manière. Elle demeurait, en dépit de son côté créatif, ancrée dans des principes bourgeois, l'art l'autorisait à sublimer, son éducation la corsetait. Un corset dont Solène tentait de s'extraire. Depuis qu'il avait rencontré Maguie, il savait que leur relation n'irait pas au-delà d'une certaine limite. Leurs fibres artistiques ménageaient un no man's land autorisant leur rencontre. Ils s'observaient en chiens de faïence, se permettant quelques privautés, les fleurets étaient mouchetés. Solène était un enjeu qu'ils se disputaient.

Solène campait dans l'ambivalence à l'égard de sa tante, souvent, on sentait que cette puissance tutélaire lui pesait, elle cherchait à s'en affranchir, la force ou la détermination lui manquait, d'autant plus que la tutelle s'étendait aux finances. Solène ne gagnait pas un sou, sinon épisodiquement, mais elle était une fille de bonne famille. Cependant, le lien était plus occulte, profond, Maguie la reliait à ses géniteurs : sa mère disparue, et son père haï. Un héritage lourd à porter, complexe et dont elle avait du mal à se départir. Sans cela, estimait-il, il ne serait pas là. Il comblait un manque. En dépit de leur lune de miel, il était trop lucide, il s'était assez brûlé les ailes pour ne pas savoir qu'il dansait sur un volcan. Il se surprenait à établir un lien entre le paradoxe du comédien et celui du vieil amant. L'amour et la passion n'interdisaient pas de garder la tête froide. Le sentiment était étrange, comme si une part de lui-même vivait cette anxiété, et qu'une autre se laissait aller à la douceur d'aimer. Sa peur ressemblait à ces torchères qui laissaient échapper le trop-plein de gaz en le brûlant. Cette disposition d'esprit pourrait étonner, mais elle venait confirmer qu'il n'existait pas de bonheur absolu.

Lors du dîner, ce soir-là, Solène était particulièrement resplendissante, elle portait une robe qu'il ne lui connaissait pas. C'était un cadeau de Maguie, qui savait marquer son territoire.

Ils racontèrent leur histoire de bateau à Mag, elle se moqua de leur imagination, leur disant que ce devait être des marins qui pêchaient au lamparo. Ils dormaient le jour et la nuit partaient pêcher en mer. Évidemment, c'était moins poétique que des trafiquants de drogue ou des mafieux.

*
* *

Les jours passaient, Solène profitait de ses bains de soleil pour travailler un texte qu'elle apprenait depuis un moment. Ce texte à lui seul et les circonstances qui l'entouraient personnifiaient assez bien Solène et ses contradictions. À la suite d'un stage – Solène effectuait toutes sortes de stages –, elle avait rencontré une metteuse en scène coréenne adepte de la méthode d'un scénographe polono-moldave à laquelle elle avait mêlé certains principes du théâtre nô, voire des mouvements d'aïkido. Mettant l'acteur au centre de tout et prêchant une rigueur monacale, son approche prônait une exigence absolue. Selon ses dires, sa demande devait amener l'être, c'est-à-dire l'acteur, à accéder à un niveau de conscience supérieur à celui qu'il connaissait dans la vie. La scène sur laquelle un tout petit nombre de spectateurs avaient accès était un lieu d'osmose et de passage entre le travail du « laboratoire » et le public : théâtre dit pauvre, sans éclairage, sans décors, sans artifices, une sorte de défi implicite au théâtre bourgeois classique. Formidable élitisme par ailleurs, qui faisait des acteurs choisis des élus et selon les mauvaises langues les adeptes d'une dérive sectaire. Solène, toujours en recherche de l'épreuve et du dépassement de soi, avait été flattée lorsque Yuka, qu'on surnommait madame Y, avait jeté son dévolu sur elle.

Madame Why – on prononçait le Y à l'américaine –, après lui avoir fait passer un entretien particulièrement éprouvant par sa longueur et son caractère intime, lui avait offert d'interpréter un monologue, seule en scène, sous sa direction. Une véritable chance pour Solène. Lui, toujours adepte du doute méthodique, n'avait trop rien dit. Il se méfiait de ce théâtre qu'il avait bien connu à une autre époque de sa vie et des excès qu'il pouvait générer.

Le nom de Yuka, même si on le prononçait Why, ce qui symboliquement était pire, lui évoquait à nouveau cette Japonaise qu'il avait aimée d'un amour fou, cette passion fatale dont la blessure ne s'était jamais refermée. Yuka questionnait à front inversé son aventure avec Solène. Pouvait-il encore nier l'existence des signes ?

Le texte qui avait pour titre *Amour de guerre*, austère et exigeant, consignait la confession d'une femme européenne, émigrée aux États-Unis et qui échangeait des courriers en partie imaginaires avec un officier japonais, son amant et bourreau. Les lettres étaient déchirantes de passion et de douleur : mélange de dépit, de colère, d'amour et de haine. La situation était paradoxale, poignante, et, avouons-le, scabreuse. L'officier avait été l'un des bourreaux qui avaient mené cette opération de l'armée japonaise appelée commodément « Femmes de confort », édulcorante litote pour qualifier ce qui relevait purement et simplement de l'esclavage sexuel et de la prostitution forcée par l'armée nippone. L'héroïne de l'histoire s'était trouvée emprisonnée au milieu de femmes coréennes.

Cet après-midi-là Solène, qui lisait son texte au soleil, avait soudain interrompu sa lecture et s'était levée, drapant sa nudité transpirante dans un châle léger.

— Tu veux me faire répéter, s'il te plaît ? lui demanda-t-elle.

— Je croyais que tu ne voulais pas.

— J'étais pas prête, je t'ai dit.

Il y avait quelque chose de pressant, il ne discuta pas.

— Je fais une Italienne, je te préviens.

— Pas de problème.

Il comprenait que Solène produisait un effort surhumain pour se livrer à son écoute.

Après un silence, Solène entra dans son texte, sans effets, sans accentuer le ton, à plat. Le fait même de cette absence d'insistance dramatique mettait en relief la violence et la force des mots. Elle avait une façon de dire ses phrases, de pratiquer des césures, très personnelle.

Il était impressionné. Elle butait sur certains mots, se reprenait ; à la moindre velléité de lui souffler, de la main elle l'arrêtait, tentant de retrouver le mot ou l'enchaînement manquant, on sentait combien elle voulait y arriver. Il fallait n'intervenir que lors d'un vrai trou de mémoire, la marge était étroite. Elle pestait contre ses absences, tapait du pied. Lançait des « Attends, je le sais, une seconde, oh, je l'ai sur le bout de la langue, bon sang, attends, attends, je reprends, je vais y arriver » et autres « Putain, ça m'énerve ! » « Vas-y dis-moi », finissait-elle par concéder de guerre lasse.

Elle était belle, charmante.

Il lui relisait le passage, le mot. Il la sentait passionnée, ça l'émouvait, il éprouvait une grande tendresse pour cette prise de risque, son honnête prise de risque.

— C'est Why qui te fait travailler comme ça ?

— Comme ça, qu'est-ce que tu veux dire ?

— Cette diction précise et presque mécanique ?

— Oui, elle veut que ce soit tranchant comme la lame d'un sabre, comme elle dit. Elle revient sur chaque mot. Elle ne laisse rien passer.

— Mais, elle va vraiment la mettre en scène cette pièce, elle a un théâtre ?

— Pour l'instant c'est un travail de labo, mais oui, elle va le faire. Elle dit qu'elle va le faire, répéta-t-elle comme pour se persuader.

— Vraiment, avec toi ? insistait-il.

Il craignait tant qu'elle ne fût victime de son propre désir, ou des illusions d'une metteuse en scène. Il savait combien certains étaient prêts à engager la vie des acteurs dans leurs délires.

— Quand ?

— Je ne sais pas. Il faut que je sois prête.

— Comment ça, prête ?

— Ben pour l'instant, elle dit que je ne suis pas encore prête et qu'on doit travailler.

On repartait dans la lecture. Le soleil descendait, de nouveaux chants d'oiseaux emplissaient la végétation, on en oubliait l'heure de la nage.

Soudain, de la colline montèrent les notes du piano.

— T'entends ? Il est en retard ce soir.

— Ouais, Debussy.

— C'est ton air. Il l'a jamais joué.

— Je le joue mieux, s'enorgueillit-elle avec un petit sourire.

— Of course, *darling*. Bon, on va naaager, disait-il en traînant sur le a, imitant l'accent suisse.

— Pourquoi tu dis toujours naaager ?

— Oh c'est une histoire marrante... Quand j'avais mon bateau, je suis plusieurs fois allé sur l'île de San Pietro, tout au sud de la Sardaigne, encore très couleur locale à l'époque. Et on a fait connaissance avec deux Suisses assez sympas. Il y en avait un, il ne payait pas de mine, on aurait dit un petit employé de bureau helvétique. À une certaine heure de la journée, il disait : « Bon, allez, je vais naaager. » Et il partait comme ça, comme s'il allait acheter des cigarettes... Mais, en fait, c'était un grand malade. Il partait au large, avec ses lunettes de natation, et il ne revenait pas avant une ou deux heures, une fois on l'a attendu plus de trois heures. Tout le monde flippait. Lui il est arrivé, tranquille. « J'ai bien naaagé... » Comme ça, paisible, pas du tout stressé. « Mais tu te rends compte ou quoi, t'avais disparu, on a cru que tu t'étais noyé ! On allait appeler les carabiniers. T'es inconscient ? » lui dit son copain suisse. « Penses-tu, j'ai traversé la baie, c'est tout, j'ai naaagé. » Depuis je dis ça, j'ai l'expression dans l'oreille. Le mec était incroyable, je l'entends encore. Sans palmes, rien, juste des lunettes et un petit maillot de bain riquiqui dont tout le monde se foutait.

— Bon, si tu veux aller naaager, faut qu'on se grouille, Maguie va rouspéter si on arrive en retard au dîner.

— Putain, elle serait pas un peu psychorigide ?

— Allez le chien, viens, on va naaager. Dis pas de mal de Maguie, s'il te plaît, elle est comme ça.

Et ils grimpaient dans la Jeep.

Regarder le profil de Solène modelé par la lumière mouvante créée par la vitesse et les trouées dans les feuillages, sa blondeur flamboyante, sa belle poitrine sautant sous son maillot, était proprement hypnotisant. Il ne pouvait s'empêcher de songer encore à l'emprise de la tante. Désormais, à celle-ci, s'ajoutait celle de Yuka-Why. Il y voyait comme un continuum depuis le père haï. Il savait qu'il devait marcher sur le fil du rasoir : Solène une fois prise de passion n'écoutait plus. Il resterait en observateur, mais il était inquiet, prêt à lui porter secours. Solène se donnait à fond, elle voulait croire en ses rêves, sans retenue, elle ne se préservait pas, et se blessait. Des âmes noires en profitaient et se nouaient parfois de perverses relations.

Et puis Yuka – la sienne, son amour de Japonaise d'autrefois – le poursuivait, c'était si étrange de penser qu'elle réapparaissait par un chemin détourné pour prendre possession de lui à travers sa rivale par-delà les monts, les océans et le temps. Yuka, cette femme dont il avait pensé qu'elle était l'amour de sa vie et qu'il avait abandonnée.

De baignades en répétitions, de doutes en élans amoureux, le temps filait. Solène progressait dans l'apprentissage de son texte, il se tracassait de l'effet du rôle sur elle, c'était écrasant et à travers lui, il comprenait la féroce empreinte de Why sur Solène. Ce texte était mortifère et elle en faisait une arme de subordination. C'était tout de même une femme qui hurlait son amour à travers la haine d'un homme et se soumettait.

— Tu es sûre de Why ?

— Mais évidemment, qu'est-ce que tu veux dire ?

— Non, je trouve qu'elle t'en demande beaucoup.

Il savait de quoi il parlait, l'emprise des metteurs en scène sur les acteurs, il connaissait par cœur, cela avait fait partie de sa vie durant de longues années. Mais dès qu'il abordait le sujet, mettait en doute Why, Solène se cabrait, il fallait lui laisser faire sa propre expérience. Il sentait qu'elle n'était pas loin de penser qu'il cherchait à garder la main sur elle, qu'inconsciemment, il bridait son indépendance. C'était tout le contraire. Il se félicitait de l'opportunité que représentait ce rôle pour elle, c'était un cadeau, mais il était empoisonné.

Son expérience et son intuition le lui faisaient pressentir, il n'en était pas moins condamné au silence. Leur différence d'âge l'incitait sans doute à un supplément de besoin protecteur. Solène cherchait l'émancipation. Il savait le processus inéluctable.

Et puis, il l'aimait, il la trouvait encore plus belle dans ce personnage de femme bafouée, hurlante et enragée. Elle était vraiment à la hauteur. Il s'étonnait par moments des accents de tragédienne qu'elle prenait. Pourquoi avait-elle choisi une voie aussi douloureuse, une forme inavouée d'exorcisme ?

*

* *

Le moment était venu de repartir, quitter l'île. Il s'échappait le premier, des obligations le ramenaient vers la ville. Il avait l'impression de fuir l'Éden. La laisser lui déchirait le cœur ; plus l'heure du départ approchait, plus il souffrait. L'avion était en fin de journée, à l'heure douce où les couleurs se désaturent avec tendresse.

Tout le monde était réuni dans la cour des adieux. Les bagages déjà dans le coffre du Toyota, Ingo aux pieds de Maguie, et Maguie en salopette, campée dans sa prestance.

Il embrassa Maguie, qui lui souhaita bon voyage, l'invita à revenir vite, il lui dit qu'il y comptait bien, qu'il la remerciait mille fois. Il se dispensa de lui dire qu'elle devrait lâcher un peu sa nièce.

Maguie se ravisa au dernier moment.

— Ah vous ne savez pas, votre histoire de bateau, les *carabinieri* ont arrêté un réseau de passeurs de migrants… Vous voyez, vous avez encore de l'imagination, faites-nous un film.

— Je vais y penser Maguie, merci, ça fait déjà un début.

— Bon, allez Solène, partez… Sinon tu vas rouler trop vite.

— T'inquiète, Mag.

Il alla caresser Ingo qui lui mit les pattes sur les épaules pour lui débarbouiller le visage.

— Tu vas bien naaager, mon pote. Hein ?

Il adorait ce chien, littéralement, il se dégageait de cet animal tant de force, de bonhomie, d'affectueuse chaleur. Cette bête était la générosité même. C'est si rare chez les humains.

Dans le rétroviseur, la haute silhouette de Maguie au sommet de la pente lui rappelait celle du Commandeur, mais elle s'amenuisait tandis que la voiture s'éloignait. Sérieuse comme un conducteur de bus qui vient de passer son permis, Solène pilotait avec application. Il la dévorait des yeux, son cœur se serrait. Ils ne disaient pas un mot. Il posa la main sur sa cuisse, elle était chaude et lisse. Elle tourna son visage vers lui, et lui sourit avec une grande tendresse. Il serait parti pour une croisière en solitaire autour du monde qu'ils n'auraient pas été plus tristes de se séparer.

Le maquis était rose, bleu, terre de Sienne brûlée, ocre, une palette changeante sur laquelle les rayons du soleil jouaient de fugaces éclats. Vespéral, le paysage incitait à la méditation calme.

Ils semblaient vouloir, elle et lui, profiter de chaque instant, déguster le silence de l'habitacle accompagné du son rauque du puissant diesel.

Solène était droite, les mains bien posées sur le volant, juste à la bonne hauteur, lors d'un virage serré, elle les fit valser comme il le lui avait appris, sans commenter. Après, elle se tourna dans sa direction, ils partirent d'un éclat de rire, sans un mot. « Pourvu que ce voyage ne se termine jamais, priait-il. Que ce pays est beau, pourquoi retourner vers la grisaille ? »

Déjà apparaissaient les premières balises rouge et blanc du bout de piste. Son cœur battait. Aucun d'eux n'osait rompre un silence si habité, il posa la joue sur son épaule, elle la caressa.

Elle se gara, coupa le moteur, on n'entendait plus de bruit, ils restèrent un moment sans bouger, ils se tournèrent l'un vers l'autre, s'embrassèrent. Elle avait des larmes dans les yeux. Il les sentit couler sur ses lèvres. Comme c'était dur.

La valise roula sur le gravier, puis sur le macadam, et enfin sur le marbre de l'aérogare. Ils se tenaient par la main. L'avion pour Paris n'était pas encore arrivé. Ils allèrent s'enregistrer.

— Vous êtes seul à partir ? demanda l'hôtesse.

— Oui, répondit Solène, il m'abandonne.

— Je ne crois pas madame, monsieur n'en a pas l'air.

Muni de la carte d'embarquement, il n'avait gardé que son sac contenant sa liseuse et son appareil photo, ils allèrent s'installer dans un coin, le plus éloigné possible du monde. Il rapporta deux Perrier. Ils se regardaient, se tenant les mains par-dessus la table, les yeux dans les yeux. Deux amoureux de carte postale. Il avait vingt ans. Le temps s'était arrêté, des hirondelles volaient près de la verrière, elles poussaient de joyeux cris.

— C'était bien ! dit-il.

— Merveilleux ! répondit-elle.

— Pourquoi faut-il que ça s'arrête ?

— Pour que ça recommence.

Elle déposa un baiser sur sa main.

Un tonnerre remplit l'aérogare, l'avion de Paris se posait et inversait la poussée des réacteurs, tout tremblait. Il lui adressa un sourire triste.

— Tu vas naaager avec Ingo, hein ? C'est dingue cette histoire de passeurs...

— Complètement. Nous sommes des aventuriers. Pourquoi tu ne refais pas un film ? lui dit-elle avec douceur.

— Si tu arrives à m'expliquer... J'aimerais tellement te faire plaisir, si tu savais.

Une voix appela les passagers pour Paris à passer les contrôles de police.

Ils se levèrent à regret.

— Tu viens, je vais acheter *Le Monde*.

Il repensa à son grand-père.

« Ton grand-père me demandait toujours, lui disait sa grand-mère : "Clémence, rapporte-moi *Le Monde*", et puis le mercredi : "N'oublie pas le *Canard*." Ce jour-là, quand je suis revenue à l'hôpital, il était mort. »

« Clémence, rapporte-moi *Le Monde*. » Il avait décidément le chic pour trouver des *baselines* avant de prendre l'avion.

Ils gagnèrent la file des passagers attendant le contrôle. Elle resta avec lui le plus longtemps possible, toute proche, serrée, émue. Et puis vint son tour. Ils s'embrassèrent alors, follement, sans vergogne. Plutôt pudique en public, plus qu'elle, jamais il ne faisait ça dans la foule, les gens butaient sur eux, les contournaient, rien à foutre. Il avait tant de fois vu des amoureux insensibles aux regards des autres, à soixante ans passés, il aimait comme un fou une femme de vingt-sept ans plus jeune que lui et ils se roulaient une pelle d'anthologie. Tout arrive, c'est merveilleux. Ils se déprirent enfin.

— Prends soin de toi mon amour.

— Toi aussi mon amour.

— Je t'aime.

— Je t'aime, lui répondit-elle.

Il fonça vers la préposée qui l'attendait, une Italienne bien en chair. Il lui fallut fouiller toutes ses poches pour trouver sa carte d'embarquement et son passeport ; c'était un rituel, une sorte de TOC, mais là, l'émotion l'avait rendu totalement amnésique. La fille lui dit quelque chose en rigolant. Il comprit vaguement dans son patois sicilien que l'amour rendait aveugle. Enfin, ça devait être quelque chose dans le genre. Il franchit la porte, et se retourna sur

Solène, elle n'avait pas bougé d'un millimètre, elle le fixait. Elle semblait transformée en statue.

De l'autre côté, il passa le contrôle des bagages, une nouvelle vitre les sépara.

Il reprit ses affaires, renfila sa ceinture, elle le regardait toujours, immobile.

Sur la piste l'avion explosait de couleurs dans les feux du couchant, les passagers marchaient dans sa direction.

Il se retourna vers elle, elle fit un petit signe de la main, ce geste fit sauter son cœur dans sa poitrine, les larmes remplirent ses yeux, le flot des passagers passait, parfois on lui lançait un regard, des sanglots l'étouffèrent, irrépressible afflux de larmes qui inondaient son visage. Il lui envoya un baiser, elle y répondit, ils étaient aimantés l'un à l'autre à travers les cloisons vitrées, et ils vibraient de la même émotion. Jamais de sa vie il n'avait perdu la notion de l'espace dans un lieu public. Il recula doucement, d'un pas, puis, d'un autre, pivota, la regardant toujours. Un élève de l'Actors Studio n'aurait pas pu faire mieux. Pourtant, ni technique ni distanciation, son cœur, son âme s'arrachaient vers elle, Solène, la femme de sa vie. Se séparer d'elle lui tordait les tripes.

Il marchait sur la piste, le soleil rasait le béton tout chaud, il était le dernier. Il s'en foutait, il planait, paradoxe avant de monter dans un avion. Loin, derrière les vitres, la silhouette de son amoureuse n'avait pas bougé. Peut-être, ce jour-là, l'avait-il aimée comme jamais. Une plénitude douloureuse.

L'avion prenait de l'altitude. Il se laissait aller à la poussée des moteurs, il l'imaginait dans le Toyota les mains bien posées sur le volant. Essuyait-elle une larme ? Toutes ses pensées allaient vers elle. Il se dit que l'avion pouvait tomber. Il avait connu le grand amour. Il avait la certitude de la retrouver, où qu'il aille.

10

Le temps avait passé sur leur amour. Ils étaient retournés sur l'île, une fois même avec Albertine, elle avait adoré. Il ne fallait rien de plus à son bonheur, l'île apaisait leurs doutes, elle agissait comme un filtre. Ingo, dont la vie passait tellement plus vite que celle des humains, avait, peu à peu, cessé de les accompagner dans les grandes promenades nautiques. Avec le temps, il s'était dit que ce chien avait été le témoin de leur amour. Ses hanches commencèrent à le faire souffrir, il se déplaça avec difficulté, il était atteint d'une paralysie progressive de l'arrière-train. Le vaillant nageur n'allait plus à l'eau, il n'arrivait plus à naaager. Il les accompagnait le temps de quelques pas, au bord des vagues. Il s'ébrouait, mais c'était pour leur faire plaisir. Il les regardait partir, la gueule entre les pattes, l'œil triste, couché dans le sable. Bientôt, il ne vint plus. Il restait allongé sur l'une des terrasses, près d'un ventilateur. Lorsque Cunégonde le quitta pour rejoindre son lustreur de carrosseries à New York, Maguie l'emmena seule se faire piquer. Il ne pardonna jamais à Cunégonde cet abandon.

Leur couple tenait le coup, ils connurent encore de magnifiques moments : ils allaient au théâtre, au restaurant, visitaient des expositions, prenaient du temps pour cuisiner, partaient en week-end, lisaient toujours autant et partageaient leurs trouvailles.

Leurs étreintes étaient toujours aussi fortes et complètes, il s'étonnait que le désir ne faiblît pas.

*

* *

La relation de travail avec Why, la metteuse en scène de théâtre expérimental, comme il l'appelait, marqua un moment de crise. Solène continuait à travailler, cela s'avérait difficile. Chaque fois qu'elle revenait de ses répétitions, elle expliquait que Why avait encore monté son niveau d'exigence. Elle paraissait épuisée, elle se jetait sur le lit et faisait une sieste, pas moyen de lui sortir un mot. Why poussait Solène dans ses retranchements, il redoutait que le jeu ne devînt pervers et dangereux pour elle.

Il avait eu l'occasion de croiser Why, elle n'avait pas semblé vouloir s'attarder à lui parler plus que nécessaire, elle lui avait déplu d'emblée, le sentiment devait être réciproque. Le visage fermé, sévère, elle lui évoquait une sorte de Yoko Ono, à tendance arachnéenne, elle tissait patiemment sa toile autour de Solène, et la tenait sous sa coupe, elle exerçait son emprise sur elle. Celle-ci n'arrivait à formuler ni ses plaintes ni ses griefs, mais au moindre questionnement, à l'amorce d'une critique de son mentor, Solène se cabrait. Il comprit qu'il n'avait d'autre choix que de casser le morceau, ou se taire. Il se tut, pensant qu'elle devait aller au bout de son expérience. Il vivait une épreuve, car il pouvait tout aussi bien se tromper. Mais il craignait que tout cela ne fût néfaste et que Solène n'y laissât des plumes.

Lorsqu'il s'enquérait d'une date, d'un théâtre, une sorte de flou accompagnait la réponse.

— Elle ne t'a pas encore dit où et quand vous allez jouer ?

— Écoute, elle cherche une salle pour faire une lecture. Je crois qu'elle a des touches.

— Ça fait presque un an que tu travailles sur ce texte. Tu t'épuises.

— Elle veut savoir si je suis vraiment le personnage.

— Quoi ?

— Elle est très rigoureuse, c'est son école théâtrale.

Why avait fini par trouver une salle dans une annexe de l'Institut coréen, un prêt. Solène lui avait demandé s'il pouvait la filmer, il comprit que c'était une demande de Why. Bien qu'il eût remisé la plupart des outils de son ancienne vie, il s'était mis en quatre pour trouver un micro, ressortir une caméra. Il voulait tellement qu'elle réussisse, si ça pouvait l'aider.

Why avait l'âme d'un scalpel. Elle était aussi aimable qu'une pelote d'aiguilles de ravaudeuse.

Il souffrait de voir Solène subir sans broncher les diktats de la maîtresse. Why s'était enfin décidée pour un décor et une mise en place. Solène dirait tout son texte d'un seul tenant, assise derrière une table. Trois quarts d'heure de monologue.

Il avait opté pour un plan moyen, fixe. Il valait mieux ne pas avoir à faire les pieds au mur pour assurer une telle captation, il était seul. Il pourrait zoomer. Une seconde caméra reprenait la scène en plan plus large, fixe. C'était avant tout un moyen de garder quelque chose de la prestation de Solène, de l'aider à contrôler ce qu'elle faisait, qu'elle se vît. Il fallait qu'il l'aime pour se prêter au jeu. Il n'avait aucune envie de rendre service à cette femme, de plus, il savait bien qu'il profiterait moins de la prestation de Solène en la filmant. Son écoute ne serait pas la même, occupé qu'il serait à vérifier son cadre, et la netteté de la prise de vue.

Son rapport avec Why était ambigu, car si elle avait manifesté son intérêt pour une captation, c'était par le truchement de Solène, elle ne lui en avait jamais fait explicitement la demande. Peu importait, il ne pensait qu'à Solène.

Le silence se fit et il lança l'enregistrement sur les deux appareils.

Why, flanquée de son amie coréenne à faciès de pitbull, lui fit signe de commencer à filmer, elles se ramassèrent sur leurs sièges, prenant des airs concentrés. Il se demanda si elles n'étaient pas lesbiennes, plutôt fraction armée dure, tendance gouines rouges.

Solène se ménagea un long temps, un peu à la manière d'une pianiste qui s'apprête à jouer. Il la dévisageait intensément. Après un regard droit devant, elle entra dans son monologue. Il fut surpris par sa voix, son calme, sa sûreté, la profondeur de son timbre. Ses accents étaient ceux d'une tragédienne, il était surpris, ravi et décontenancé, il ne l'attendait pas sur ce registre, non qu'il ne l'en crût pas capable, mais il craignait d'être déçu et il l'avait placée inconsciemment à un niveau inférieur pour éviter cette déception. Il lançait de furtifs coups d'œil vers les deux femmes pitbulls. Elles étaient aussi impénétrables que des statues de sel.

Le texte était un peu abscons, complexe, suite d'adresses et de suppliques au soldat japonais qui l'avait bafouée. Ce texte n'énonçait pas à proprement parler une histoire ou une chronologie, mais exposait plutôt des sentiments, des états d'âme, ou encore des évocations discontinues d'une relation sadomasochiste contrainte puis admise et, par la suite, fantasmée. Solène, par son talent à psalmodier, finissait par insuffler un ton incantatoire, elle créait sa propre musique et il était sidéré par cette prouesse. Il se surprit à ressentir une certaine fierté.

Après la lecture, tout le monde partit au café. Why n'était pas plus causante qu'avant, sa copine et elle s'installèrent à l'écart, il trouva cela curieux, il vint leur demander si elles ne voulaient pas se joindre à eux, mais elles déclinèrent, elles désiraient parler.

— Alors vous êtes contentes ? leur demanda-t-il.

— Oui, globalement, mais il y a encore beaucoup de travail.

— Ah ? Moi, je trouve Solène vraiment juste, on sent passer une émotion très forte.

— Justement, il faudrait encore gommer.

— Bon, eh bien je vous laisse, vous êtes sûres de ne pas vouloir venir avec nous ?

Devant la tronche qu'elles faisaient, il n'insista pas. Décidément le théâtre pauvre pratiquait aussi le dénuement dans le relationnel.

— Alors comment tu m'as trouvée ? demanda Solène.

— Bien, vraiment bien, j'étais même ému, je te découvre tragédienne.

— Arrête de te foutre de ma gueule.

— Je me fous pas de ta gueule, tu fais passer quelque chose de puissant, qui vient de loin. Je ne pensais pas que tu étais capable de faire ça.

— Tu vois, tu n'avais pas confiance en moi.

— Pas du tout. J'avais peur, ce texte est tellement casse-gueule. Dis donc, tu vas pas débriefer avec Why ?

— Elle veut attendre d'avoir décanté, pas à chaud, elle m'a dit.

— Ah ? Mais elle t'a rien dit sur ton jeu ?

— Si, « bien », c'est tout, mais qu'il faudrait revoir des choses. Plus intérieur, elle m'a dit.

Il préféra ne pas commenter, Solène avait l'air d'accepter le verdict.

— Vraiment tu m'as trouvée bien ?

— Mieux que bien chérie, tu as du talent, de la présence. C'est cette profondeur dramatique que tu dégages qui m'a frappé. D'ailleurs, tu vas pouvoir te voir sur ce que j'ai filmé. On va chez notre japonais ?

— Oh oui, super.

Il avait besoin de boire du saké, beaucoup de saké, besoin d'échapper à cette pesante expérience qui lui avait mis les nerfs à l'épreuve.

*

* *

Lors d'une séance avec Belphégor, son psychanalyste, il s'ouvrit de ses doutes concernant la metteuse en scène et le rapport qu'elle instituait avec Solène.

— Quand même, elle aurait pu lui dire un mot, l'encourager, non ?

Belphégor eut un geste vague de la main. Il disposait de tout un arsenal de gestes et d'expressions faciales ou corporelles pour signaler le caractère évasif de ce qu'il pouvait penser, exprimer, sa bienveillante neutralité. Il se dit qu'il devrait en faire le recensement, mais pensa que ce serait encore une opposition stérile.

— Qu'est-ce que vous en pensez ? finit par lâcher Belphégor en croisant les jambes.

— Je ne comprends pas qu'on puisse traiter sa comédienne comme ça. C'est du pur sadisme.

— Elle semble s'en accommoder, dit-il, rajustant sa position dans son fauteuil de cuir, produisant le bruit caractéristique qui accompagnait tout mouvement et qui participait à l'ambiance sonore de la séance.

— C'est bien ce qui me gêne. Il y a une forme de masochisme chez elle, je veux dire Solène. Je crois que l'autre la sadise, je me demande si elle n'en tire pas un certain plaisir, enfin je ne sais pas, je trouve qu'elle ne se défend pas beaucoup.

— Bien, dit-il en prenant une grande inspiration, décroisant les jambes, signe parfaitement codifié d'une fin de séance.

Il détestait toujours autant cet instant. Et la frustration qui en résultait. Passé une certaine durée, il redoutait le moment de cette frustration. On n'avançait pas, pensait-il. À quoi tout cela rimait-il ? Pourquoi persistait-il dans cette démarche ? Il n'y croyait plus, au début peut-être. Depuis combien d'années avait-il sollicité l'aide d'un psy ? Des troubles d'éjaculation précoce, dans son adolescence... Il avait paniqué, s'était adressé à son père après avoir fait dix fois le tour de l'appartement avant d'aller frapper à sa porte. Son père n'avait rien su lui dire. Il était plus gêné que lui, enfin, c'était comme ça qu'il avait interprété les choses. Il s'était démerdé tout seul, tout était rentré dans l'ordre, mais son spleen ne l'avait jamais quitté. Il y avait prescription, cela remontait tellement loin. Au début, on relie cela au romantisme, on passe par une période de dandysme, on s'habille avec recherche, on s'enivre, on fume de l'herbe, on écrit des poèmes. Le mal serpente, se cache, disparaît, mais ne part jamais.

En sortant de chez Belphégor, il déambulait dans la rue, se posant toujours la même question : était-il mieux en sortant qu'en entrant ? Ça dépendait des jours. Toutefois, il y avait peut-être une vague légèreté, un soupçon fugace de gratification, la suppression d'un poids qui revenait quelque temps après. Légèreté ressentie, enfant, lorsqu'il sortait du confessionnal honni après avoir avoué à une silhouette grillagée qu'il s'était masturbé. Légèreté semblable à celle qui accompagnait la fin des séances avec l'instituteur du village pour ses devoirs de vacances auxquels son père l'astreignait. Tout cela en valait-il la peine ?

*

* *

Il s'installait dans un café, à l'intérieur ou en terrasse, aux beaux jours, et il ressortait le carnet noir et le crayon de papier qu'il taillait méthodiquement. Il avait commencé depuis quelque temps l'histoire d'un homme qui lui ressemblait et auquel il prêtait un destin étrange. Pas du tout un roman autobiographique, ni même autofictionnel comme on en lisait beaucoup. Non, une sorte de récit à l'histoire élastique, une suite de situations dans lesquelles il aurait pu se trouver, au gré de ses humeurs ou de ses fantasmes, des correspondances entre le réel et l'imaginaire. En l'occurrence, l'homme allait suivre la serveuse qui vaquait entre les tables avec ses hanches souples et sa poitrine renforcée. Il attendrait qu'elle ait fini son service et il la suivrait dans la rue. Voilà le genre de trucs qu'il écrivait, la filature serait purement fictive. C'était avant que la plupart de ses écrits ne soient consacrés à son dépit pour Solène lorsqu'elle le quitterait quelques mois plus tard et qu'elle deviendrait Cunégonde. Il mélangeait ses chroniques fantasmées à des remarques consécutives à sa dernière séance chez le psy. On pouvait dire qu'il pratiquait une forme non explicite de croquis, au lieu de dessiner, il décrivait des personnages de la rue, parfois s'inspirant des photos qu'il volait. Il avait remarqué que si ses séances ne lui apportaient pas de guérison notable, elles avaient au moins l'avantage de le faire sortir de chez lui et de stimuler un peu son envie d'écrire. C'était mince mais toujours ça de pris.

Hélas, ses écrits furtifs n'allaient pas plus loin, il se désolait de n'avoir jamais l'idée de quelque chose de pérenne, comme un roman ou une nouvelle, d'un aboutissement, c'étaient des trucs qui dérivaient dans sa tête, plus ou moins liés à des visions de passage, des gens qu'il croisait et qu'il projetait dans des bouts de récits sans lendemain. Dos Passos avait déjà fait ça, mais avec éminemment plus de talent. Il rangeait son crayon, payait la serveuse et sortait dans la rue. Presque satisfait. Il s'arrêtait chez le Grec et faisait une provision de caviar d'aubergines, de feta, d'olives et autres souvenirs hélléniques. Une façon de prolonger ses séjours de yoga.

Le carnet lui offrait l'opportunité de donner un vague sens à la vacuité de ses promenades. Ses marches dans le parc où il croisait toutes sortes de personnes. Il revenait sur les lieux de son enfance, rien n'avait changé, à part lui. Il tentait de donner une forme à tout cela.

Il retournait dans le coin du toboggan.

*
* *

Il reçut un coup de fil d'Ingrid, cela faisait un moment qu'ils ne s'étaient pas parlé. Lorsqu'elle partait en villégiature dans son île, il s'abstenait de la déranger. Une seule exception, une année, il avait loué la propre maison d'Ingrid. Ils avaient passé un mois d'août de rêve : Solène, Albertine et lui. Comme une famille. Il ne se lassait pas d'assister à l'évolution des relations entre Solène et sa fille, l'interprétant comme le symbole d'un lien qui cimentait leur couple.

Ils s'étaient baignés, abreuvés de cidre, gavés de crêpes, surtout sa fille, et avaient dégusté le poisson frais pêché du jour. Solène, dans ce paysage, livrait d'autres aspects d'elle et il souhaitait qu'elle devînt la seconde mère d'Albertine. Elle s'en occupait avec sérieux, humour et fermeté. Solène aimait les enfants, cette constatation n'était pas sans lui rappeler qu'un jour ou l'autre, elle en voudrait un à elle. Il était presque soulagé quand elle disait n'être pas prête. Il choisissait d'enfouir cette hypothèque qui pesait sur leur relation dans le fourre-tout de l'armoire aux « j'y pense et puis j'oublie ».

Albertine avait du tempérament. Douée pour la drôlerie et la comédie, elle avait un sens surprenant de la repartie, mais elle était insolente, et mentait avec un certain aplomb. Il voulait lui faire perdre cette sale habitude. Solène ne s'en laissait pas conter et Albertine le savait.

Un épisode inattendu vint prendre tout le monde par surprise. Alors que Solène et lui sortaient à peine d'une paresseuse étreinte matinale, Albertine surgit dans la chambre, l'air catastrophé.

— Le radiateur est tombé, papa.

— Comment ça, le radiateur est tombé ?

— Ben oui, il est tombé.

— Quel radiateur ?

— Dans la salle de bains.

— Bon sang, qu'est-ce que tu as encore fabriqué ?

— C'est pas de ma faute, papa.

À peine habillés, ils foncèrent sur les lieux du drame. Albertine n'en menait pas large. En effet, le radiateur était tombé, et bien tombé même. Il gisait, au milieu de gravats, seulement relié au mur par des fils électriques.

— Chérie, lui dit Solène, ça tombe pas tout seul un radiateur...

— Mais si je te jure, j'ai rien fait.

— Enfin Titine, tu n'aurais pas un peu tiré dessus par hasard ? lui demanda-t-elle affectueusement.

— Mais puisque je te dis que non, que j'ai rien fait. J'ai juste posé une serviette.

Ses yeux étaient inondés de larmes, elle offrait l'image de la désolation personnifiée.

— Bon, écoute, intervint-il, on va en rester là pour l'instant. Tu vas réfléchir. Je veux la vérité, Albertine. Attention aux fils électriques, tu touches à rien. Je vais retirer le fusible. En attendant, tu viendras chez nous, ajouta-t-il, perfide. Nous aussi on a un radiateur pareil, tu pourras t'exercer.

Albertine ragea.

— Méchant, papa, t'es méchant !

Elle tapa du pied sèchement.

— Oui, je suis le plus méchant des papas, tu le sais bien.

— Méchant, méchant.

Pleurant et tapant de plus belle.

Ils la laissèrent.

— Qu'est-ce que tu en penses ? demanda-t-il à Solène.

— Écoute, c'est elle.

— Elle a juré que non. C'est dur d'admettre que sa fille est une menteuse, murmura-t-il.

— Ben, elle a fait une connerie, elle n'ose plus revenir en arrière.

— Oui, sans doute, dit-il, presque rêveur.

Il se souvint que Solène avait une maîtrise en « spycologie ». Il rit intérieurement.

Il connaissait sa fille, elle grimpait sur tout ce qu'elle trouvait. Lorsqu'ils étaient arrivés par la route, en attendant le bateau, alors qu'il prenait un verre pour se reposer de la longue conduite et humer l'air iodé, Albertine était partie jouer près de la digue. Dix minutes plus tard, une dame la ramenait dans ses bras. Il l'avait crue morte. Elle était tombée de la hauteur de plusieurs marches de granit rose. Une énorme bosse avait conclu l'affaire. À n'en pas douter, Albertine avait fait l'ascension du radiateur par la voie directe. Les attaches s'étaient arrachées, elle avait dû se faire une sacrée frousse. Sa conviction dans la dénégation l'impressionnait. Était-il possible que l'objet ait été mal posé, une malfaçon ? Le style des finitions, pour un œil exercé, ne laissait aucun doute sur la qualité du travail. Inutile de convoquer les experts de la police judiciaire. Mais Albertine mentait avec un tel aplomb ! Ça le dépassait.

La boîte d'anis de Flavigny lui revint en mémoire, elle remontait du fond des âges. L'âge des bêtises. Elles infligeaient parfois de profondes blessures. On ne les diagnostiquait que beaucoup plus tard.

Une simple boîte de bonbons dans laquelle un enfant gourmand va puiser, et qu'il finit par planquer sous un meuble ou n'importe quoi, lorsqu'il s'aperçoit qu'il va avoir du mal à expliquer que le chat a bouffé plus de la moitié de la boîte. Pas vu pas pris. Larcin ordinaire, d'habitude sans conséquence. Malheureusement, la mère de famille, allez savoir pourquoi, après n'avoir obtenu qu'un « c'est pas moi » collectif de la fratrie, se plaignit au retour de l'époux de ne plus trouver ladite boîte, elle insista et ce fut le départ de tout. L'affaire se corsa, l'époux redevint *pater familias* et commença à interroger les enfants, du plus petit au plus grand. Interrogatoire public, dénégation générale. Le chat avait été innocenté dès le début de l'enquête, il avait un alibi. Ne restaient plus que les enfants. Devant l'unanimité du mutisme, le ton monta, le *pater familias* devint fouettard, et en fit désormais une affaire personnelle, l'honneur familial était en jeu : « Il n'y a pas de voleur dans notre famille. » Ça, c'était très mauvais signe.

L'ambiance vira au drame. L'équipage fut mis aux arrêts de rigueur, plus de télé, et bien qu'elle fût encore en noir et blanc, c'était une sacrée punition ; plus de cinéma et chacun de regarder l'autre, le soupçon au cœur. Le coupable n'en menait pas large, il s'était enferré et ne savait plus comment se dépêtrer de la situation, la culpabilité le rongeait, la honte allait grandissant. Ce qui n'était qu'un banal chapardage, en quelques heures, atteignait la dimension d'une affaire de famille. Le père, juriste de surcroît, avait élevé l'incident à la hauteur d'un crime et évoqué la filiation de l'œuf et du bœuf. La peine capitale existait encore à l'époque.

Le père de la petite Albertine revivait donc son crime avec douleur, refaisant le chemin de croix à travers sa propre fille. Il en souffrait pour elle, et, pourquoi ne pas le dire, pour son honneur.

Devant l'insistance inhabituelle et commune du père et de la mère, la situation était devenue intenable.

Il avait fini par avouer la rapine et la honte s'était abattue sur lui. C'était à cette même honte qu'il tentait de soustraire sa fille. Mais, tout comme lui, elle n'en démordait pas, emprisonnée dans le système qu'elle avait laissé s'installer dans son esprit.

Il n'endossa pourtant pas le rôle du juge. Ce fut Ingrid, qui était venue les rejoindre, qui enfila la robe rouge. Ingrid, qui toute féminine et lacanienne qu'elle fût, pouvait avoir un air de père sévère. Avec le regard d'une mer du Nord en colère, elle scruta Albertine au fond de l'âme. Elle s'adressa à la petite de sa voix éraillée de fumeuse mais calme, ce qui accentuait l'implacable discours. Pour Ingrid, il n'y avait pas d'affaire, Albertine s'était suspendue au radiateur. Plus vite elle en conviendrait et mieux ce serait pour tout le monde et surtout pour elle. En dépit de l'évidence, qu'elle pût condamner comme ça Albertine l'agaçait et il en souffrait. La lutte désespérée d'Albertine pour se maintenir dans la dénégation était pathétique et le peinait profondément.

Albertine finit par admettre qu'elle avait mis une serviette et que le radiateur était tombé, et puis, de fil en aiguille, qu'elle avait un peu tiré sur la serviette et finalement que oui, peut-être, elle avait monté un échelon, mais pas plus. Faute avouée à moitié pardonnée, elle en garda à l'encontre d'Ingrid une certaine animosité.

Cet incident devint un haut fait de cette parenthèse bretonne enchantée, tout comme la chute dans les marches de granit et les ballons envoyés chez la marâtre de voisine, de l'autre côté du mur, et qu'il l'avait obligée à aller chercher elle-même. Rien de tout cela ne parvint à gâcher le caractère heureux de l'escapade. Au fil du temps, l'affaire du radiateur acquit même la connotation pittoresque des belles histoires de vacances. Albertine, en revanche, n'oublia pas.

Ne voulant pas perdre leurs acquis pianistiques, Solène et lui avaient emporté le Clavinova et jouaient à tour de rôle. Albertine, qu'il avait mise au vélo très tôt, les suivait vaillamment sur les routes étroites de l'île. Et quand la chaîne sautait, ils attendaient qu'elle l'ait remontée comme il le lui avait appris. Albertine fit quelques colères, mais il ne cédait pas tant que la chaîne n'avait pas été remise en place.

Ils repartirent de l'île par un beau matin, sur une mer d'huile. Une sorte de paix intérieure l'accompagnait, il photographia Solène dans la lumière du matin et Albertine, toujours intrépide, se penchant sur le bastingage. Ingrid leur avait souhaité bonne route, et avait embrassé Albertine qui s'était laissé faire.

Ils ne revinrent jamais sur l'île, mais ils en rêvèrent. Et lui ne cessa d'en rêver comme un des plus beaux moments de leur amour. Un de ces espaces où l'on se laisse aller au fol espoir du bonheur de s'inventer une famille.

*

* *

L'automne était arrivé, précoce et impitoyable pour les marronniers qui roussissaient chaque année plus tôt que l'année précédente. Les citadins peu attentifs à ces détails vaquaient à leurs désirs immédiats, lui s'inquiétait. Les marronniers étaient malades. Il était en empathie avec les souffrances de la nature. On allait bientôt repasser à l'heure d'hiver. Invention technocratique dérisoire au vu de l'accélération des dégâts du réchauffement climatique. Si tout le monde s'entendait pour supprimer le changement d'horaire, on s'engueulait pour savoir s'il fallait choisir l'heure d'hiver ou l'heure d'été. Ses contemporains avaient le chic pour s'étriper pour des détails alors que le monde dansait sur un baril de poudre dont la mèche était allumée. Il trouvait l'humanité pathétique et une sourde colère lui rongeait de plus en plus les sangs quand il songeait à la bêtise humaine.

Ce soir-là, il lisait un article sur la controverse entre les climatosceptiques et les réchauffistes lorsqu'il entendit la clé dans la serrure et le « Hi ! » que ne manquait jamais de pousser Solène quand elle rentrait. Why, sa metteuse en scène, cherchait encore une salle pour donner le spectacle devant quelques personnes. Une sorte de répétition générale.

— Tu voudrais pas filmer ?

— Tu veux dire une représentation publique ?

— Oui, enfin presque, pas forcément beaucoup de monde, mais quand même.

Solène avait l'air paniqué et soucieux.

— Alors, elle t'a choisie, finalement ?

— Elle me dit rien, mais c'est quand même la preuve, non ?

Il ne répondit pas, réfléchissant déjà à la salle.

— Quand ?

— Le mois prochain, par là.

— Et tu voudrais que je filme ?

— Oui.

À l'approche de l'audition, la voix de Solène s'était altérée. Why continuait à la faire travailler sans relâche. Solène commençait à somatiser, elle attrapa une laryngite. Elle affichait un état déplorable.

— Fais voir ta gorge, lui demanda-t-il quelques jours avant l'audition.

Elle ouvrit la bouche, elle avait tout le fond de la gorge rouge, rouge sang.

— Mais c'est dingue ! Tu vas pas jouer comme ça. Pourquoi tu m'as rien dit ?

— Si, ça va aller mieux, il reste encore trois jours, je vais me soigner.

Elle consulta un otorhino qui lui prescrivit de la cortisone et divers traitements. Ce qui aurait dû être un plaisir devint un chemin de croix.

Le jour de l'audition arriva. Ils avaient investi la salle d'un petit théâtre aimablement prêtée. Quelques mandarines sur pied éclairaient la scène, elle-même occupée par un dispositif scénique simple : une table et, en fond, une image noir et blanc, granuleuse, représentant un visage de femme dans un ciel de bataille et de flammes. En arrière-plan, stylisé, le visage d'un officier japonais hurlant. C'était un agrandissement de l'affiche supposée du spectacle : *Amour de guerre*.

L'atmosphère était tendue, et sans doute vivait-il, par la personne interposée de Solène, le stress au centuple. Il avait les nerfs à fleur de peau.

Quelques spectateurs amis avaient été conviés par Why et sa clique. Lui-même avait invité quelques connaissances sûres. Les préparatifs prenaient du temps et Why à un moment manifesta son impatience à Solène.

Son sang ne fit qu'un tour, il apostropha vivement la metteuse en scène. Il lui demanda de bien vouloir ménager sa comédienne qui était fatiguée et faisait acte d'héroïsme en acceptant de jouer ce soir-là. L'apostrophe ne réclamait pas de réponse. Un silence de plomb tomba sur la petite audience.

La prestation de Solène fut éblouissante. Elle avait même réussi à rendre ce texte abscons intelligible, émouvant, et prenant.

Solène était épuisée lorsque cessèrent les derniers applaudissements. Why alla lui dire un mot, et elle sortit sans autre forme de procès suivie de sa cuadrilla. Décidément, cette femme avait la politesse chevillée au corps.

Quelques jours plus tard, Solène revint avec une pâle figure.

— J'ai vu Why, tu sais ce qu'elle m'a dit ?

— ?

— « On ne va pas y arriver. »

— Elle t'a dit ça ?

— Oui.

— Mais encore ?

— « On ne va pas y arriver », point barre.

— C'est tout ?

— C'est tout.

— Elle t'a dit : « On ne va pas y arriver » ? répéta-t-il, incrédule.

— Oui.

— Et ?

— Rien, elle s'est barrée.

— Dingue, même pas une explication ?

— Non.

— Tu n'as pas cherché à en savoir plus ?

— Non ; non, on ne va pas y arriver, ça n'est pas possible. Et voilà, deux ans de travail. De toute façon, je n'ai plus envie d'en parler.

— Merde, mais elle est folle ! C'est honteux ! Mais quelle conne ! Je l'ai jamais aimée cette femme, m'enfin putain, elle est venue te chercher, elle t'a fait travailler comme une malade, à la virgule près, en te demandant des sacrifices, pour te virer comme ça, sans un mot. J'arrive pas à y croire, c'est une perverse.

Solène était dévastée.

11

Il reprenait le récit de l'homme qui marchait dans la neige. L'homme taillait sa route entre les sapins, gravissant peu à peu la pente dans cet obscur sous-bois que seul le craquement d'une branche qu'il arrachait de sa manche venait troubler. Son haleine faisait un halo. De temps en temps, il s'arrêtait pour reprendre son souffle. Il levait la tête vers les cimes des arbres, le halo de lune. Il semblait savoir où il allait. Son ombre s'éloignait entre les ramures enneigées, auréolée de cette pâleur obscure, déclenchant parfois de petites avalanches de neige dégageant une poussière de nacre qui l'enveloppait et le faisait disparaître à la vue.

Il relevait la tête de son carnet, il n'avançait pas beaucoup, peu importait, la pointe de son crayon s'émoussait.

Il retaillait la mine avec une sage méticulosité, faisant apparaître quelques fines pelures qu'il laissait tomber sur le sol. Puis, il admirait la pointe de carbone, la fixant comme un pendule qui l'aurait magnétisé.

Son regard se voilait.

*
* *

Les nouvelles de la Faculté n'étaient pas bonnes. Il était fatigué, maux de tête, essoufflement. Son taux d'hémoglobine baissait. Il fallait le faire remonter, cela devenait de plus en plus difficile et coûteux. Il n'en continuait pas moins à s'acharner à enchaîner, en reprenant son souffle, quelques salutations au soleil sur sa terrasse. Ensuite, il s'allongeait sur le tapis et regardait le ciel, tentant de contrôler sa respiration. C'est une chose que l'on ne fait pas souvent en ville.

Il reprit rendez-vous avec le docteur Lamron, l'hématologue. Ce dernier affichait humeur égale, courtoisie, oui, c'était ennuyeux, il en convenait. On allait modifier le traitement. Il expliqua calmement que le Ritrex, cette molécule qui aurait fait monter le Tourmalet à un âne bâté, perdait de son effet.

Oui, cela arrivait, confirmait le docteur Lamron, oui, au bout de quelque temps. Il n'en était guère surpris. Il avait redouté cette évolution, pensant tout à fait extravagant de se sortir à si bon compte d'une pareille maladie. Il ne faisait pas son malin. Il lui avait quand même dit, lorsqu'il lui avait prescrit ce médicament, qu'il n'y avait pas si longtemps, sans cette molécule, sans ce damné Ritrex, la situation n'aurait pas été aussi joyeuse pour des gens comme lui. La situation n'était donc pas si joyeuse puisque les effets du produit miracle s'amenuisaient.

Avec calme, Lamron lui parla alors d'une autre molécule, la Mégalmide. Il se souvint que le médecin avait mentionné ce produit, au tout début, comme pour faire état d'un rassurant arsenal et calmer ses craintes face à la maladie. En fait, il ouvrait son jeu, mais sans en faire état. C'était assez habile et fait avec tact.

Le médicament avait toute une histoire, et franchement, elle était plutôt effrayante.

Utilisé dans les années cinquante, de façon assez répandue, comme sédatif et antinauséeux, surtout chez les femmes enceintes, ce médicament avait fini par attirer l'attention sur ses effets secondaires. On avait corrélé son usage avec des conséquences tératogènes. Des nouveau-nés naissaient sans bras, sans jambes, sans tube digestif : des monstres. Il avait été retiré de la vente, entraînant un scandale médical, et une affaire judiciaire retentissante. Un produit de sinistre mémoire. Un cas d'école qui permettrait de revoir les procédures mais n'empêcherait pas d'autres terribles et honteuses affaires où le profit, la combine et l'inconséquence feraient des morts.

Récemment, on s'était aperçu que dans des syndromes comme le sien, la Mégalmide agissait à la façon d'une sorte de booster du Ritrex, dont elle dynamisait, en général, les effets. On commencerait par de très faibles dosages. Il n'avait rien à craindre, lui affirma Lamron ; ensuite, si nécessaire, on augmenterait les doses. « L'engrenage », pensa-t-il... La perspective d'avoir à utiliser un tel produit était pour le moins angoissante.

D'ailleurs rien n'était fait pour rendre les choses faciles. L'emploi de cette molécule était précédé de mises en garde, précautions d'usage et explications alarmantes atteignant un tel degré de commination qu'elles auraient fait reculer le toxico le plus endurci.

La maladie lui apprenait, contrairement au chagrin d'amour, qu'on se faisait à tout. On s'endurcissait comme un vieux soldat qui finissait par manier les caisses d'explosifs comme des caisses de pinard. Passé la première émotion, un esprit averti comme le sien comprenait que le laboratoire voulait éviter le plus petit motif de procès ou de recours, alors il ouvrait non plus un parapluie, mais un dôme digne du sarcophage de Tchernobyl.

En gros, si l'on faisait commerce de la chair avec une femme en âge de procréer, il valait mieux faire l'amour par téléphone car on retrouvait la molécule jusque dans le sperme qui devenait potentiellement tératogène en cas de procréation.

Lamron rédigea avec calme sa prescription : une gélule dosée de Mégalmide à deux milligrammes cinq par jour, deux injections de Ritrex hebdomadaires, et contrôle des plaquettes tous les quinze jours, on voit comment ça fonctionne.

Pour augmenter la dramatisation, le médicament n'était pas délivré en pharmacie, mais dans un seul hôpital et il fallait aller le chercher muni d'un *Ausweis*, c'était du lourd. Pour un peu, il aurait envisagé d'y aller avec la Brink's. La pharmacie de l'hôpital était un endroit où l'on croisait beaucoup de femmes avec des foulards ou des turbans sur la tête, aucune n'était musulmane. Étrange, il finissait par se sentir privilégié.

Chaque fois qu'il sortait de chez Lamron, il marchait un peu moins vite que la fois précédente, comme s'il prenait son temps. Digérer, maturer les nouvelles, à quoi bon courir, fuir.

Il réfléchissait, une sorte de déambulation mesurée, comme ces curés du temps jadis qui marchaient sous les tilleuls en fleur en mâchant leur bréviaire. Cette manière de mettre un pas devant l'autre permettait à son esprit de vagabonder…

Ils en avaient tant connu, Solène et lui, des hôpitaux !

*

* *

Il entendait encore le cri de Solène, dans la cuisine, il revoyait le plat de céramique blanc qui se fendait en deux entre ses mains, le sang qui giclait, le son des fragments du plat qui se brisaient sur le carrelage, le sang qui jaillissait de plus belle, courait le long de sa main, de son bras. La phalange était largement entaillée, coupure nette, profonde. Il la comprimait le plus fort qu'il pouvait.

Il était dix heures du soir. Ils foncèrent vers les urgences les plus proches : son ancien CHU, celui où il aurait dû finir ses études de médecine. Albertine était restée à la maison ; aux admissions des urgences, il attendait, on ne l'avait pas laissé la suivre.

Il attendait, il l'attendait, comme il avait si souvent attendu les femmes dans sa vie. Elle c'était différent, il l'aurait attendue mille et une nuits.

La coupure, aussi profonde qu'elle fût, n'avait entamé ni tendon ni nerf, le doigt était mobile, il était presque sûr qu'elle n'avait subi aucune atteinte majeure.

Aux Urgences, c'était la cour des miracles. La salle était peuplée de damnés qui patientaient dans une semi-obscurité, on faisait des économies d'éclairage. Parfois des pompiers faisaient irruption, accompagnant un brancard. Après c'étaient les flics avec un type menotté. Un gars hirsute toussait sans discontinuer, allongé sur une banquette, une allure de sans domicile fixe, s'accrochant à un ballot. D'autres somnolaient. Une femme maghrébine tentait de calmer ses moutards hurleurs, sans conviction, ne quittant pas du regard l'écran de son portable. Au fond de la salle, un distributeur auquel il était impossible d'acheter quoi que ce soit délivrait une lumière glauque. Ça lui rappelait vaguement ces distributeurs de boissons qui égayaient les coins sombres des nuits d'été tokyoïtes.

Il espérait que la blessure de Solène ne lui laisserait pas de séquelles, il craignait qu'elle ne la gêne pour son piano. Les heures défilaient. L'attente.

Enfin, une silhouette se profila en contre-jour à l'ouverture de la porte des admissions, presque trois heures étaient passées. Solène avait les traits tirés, la mine des mauvais jours, elle tenait, telle une poupée malade, sa main gauche.

Ils s'embrassèrent, ne s'attardèrent pas. Ils rentrèrent directement dans une nuit déserte.

Il la fit s'asseoir à la table de la cuisine, et malgré de vagues protestations, alla chercher une très bonne bouteille. Il lui en restait encore quelques-unes à l'époque. Pas beaucoup, mais l'événement justifiait le breuvage. Albertine dormait.

— Tiens, mets-toi ça dans le cornet. Ça va te remettre les idées en place.

Elle émit un pâle sourire.

— Tu crois ?

Il remplit les verres. Rien qu'à la couleur, c'était ça, au nez on était parti pour de l'exceptionnel.

— Alors ?

— Ben comme je te le dis, j'ai attendu, attendu, finalement j'ai vu un interne débordé, il a nettoyé – sa main était colorée à la Bétadine – et puis rien. Ils n'ont rien voulu faire. Il a dit que je devais revenir demain.

— Mais, c'est dingue, ils te laissent sortir comme ça.

— Pas d'interne en chirurgie disponible. Il ne sera là que demain.

— Je cauchemarde, dit-il, c'est incroyable. Tout ça juste pour un pansement ?

— Ouais, sous-effectif.

— Pendant l'été, sous-effectif : débordés ! Durant l'année, trop de patients : débordés !

— Il a quand même dit qu'il n'y avait pas d'atteinte du nerf ni des tendons, mais il faut recoudre, c'est délicat, il a dit.

Elle mit le nez dans son verre, huma, le vin lui redonnait déjà des couleurs. Elle était jolie même dans sa souffrance.

Il la photographia. Elle réagit.

— Oh non, t'as vu la tête que j'ai.

— Justement, tu la regarderas quand ça ira mieux. Allez fais-moi un sourire. Pour *Gala* ?

De verre en verre, il avait sorti tout de même un petit foie gras, ils commencèrent à rire.

— Saloperie de plat, dit-elle. J'ai pas compris ce qui m'arrivait, il s'est brisé comme ça, sans prévenir.

— C'est ma faute, j'avais remarqué qu'il était fêlé, franchement j'ai pas pensé qu'il se casserait comme ça. La céramique, c'est pire que du verre. T'as remarqué, l'hôpital, c'est un peu comme le supermarché.

— Ahhh ?

— Ben oui, tu vas faire tes courses aux heures creuses pour éviter la foule mais ils enlèvent une caissière sur deux et tu fais la queue. Toutes les caissières sont là aux heures d'affluence et tu fais la queue. Quoi que tu fasses, tu fais la queue.

— Oui, t'as raison.

— Demain, je t'emmène à la clinique de la main, dans l'affolement, j'ai complètement zappé. On aurait dû y aller direct.

Le lendemain, ils embarquèrent Albertine avec eux. Albertine ne voulait pas venir. Il se fâcha.

— La famille, c'est la solidarité, tu comprends chérie, quand un membre ne va pas, on se serre les coudes, on reste soudés, on l'abandonne pas. Tout le monde sur le pont.

Dieu, comme il voulait y croire, à leur famille…

Malheureusement, la loi des séries prenait son dû, elle frappa à nouveau.

Un autre soir, il proposa un plan sushis et saké de dernier moment chez Yamato. Solène sauta de joie. Ils roulaient à vélo. Parcours tranquille, paisible, sans se presser, sur la partie réservée aux cyclistes.

Il laissait Solène pédaler devant, elle donnait le rythme, elle trouvait qu'il roulait toujours trop vite. Ils étaient presque arrivés quand soudain, alors qu'elle contournait un véhicule de la fourrière garé en double file, en une fraction de seconde, il vit la portière s'ouvrir à la volée et percuter Solène qui valdingua sur le bitume. Sa tête alla heurter le sol. Solène cria, se releva en se tenant la tête. L'attroupement fut immédiat, elle était en état de choc. Rien ne pouvait la calmer.

On l'assit sur le bord du trottoir, les badauds se penchaient pour voir le sang, et comme il n'y en avait pas, ils se détournaient, déçus. Elle réclamait une poche de glace. Comme il ne voulait pas la laisser, il demanda que quelqu'un aille chercher des glaçons au café du coin, rien n'y fit. L'abruti à tête de con de la fourrière, encore un type payé à la tâche, semblait à peine se préoccuper de ce qu'il venait de commettre. Il continuait à tirer sur les chaînes du palan pour remorquer la voiture du contrevenant. Il avait envie de lui péter la tête à coups de démonte-pneu. Il faut dire que l'abruti se sentait fort du tacite soutien d'un triolet de flics qui s'excitaient sur les contredanses, il ne fallait pas en manquer une.

Il sentit vite que pour un peu, ils allaient faire figure de coupables.

Il se prit la gueule avec une fliquette, du genre qui n'avait pas de genre et qui, en une fraction de seconde, pouvait transformer l'homme le plus aimable en misogyne à vie. En plus, il ne fallait pas se forcer pour l'imaginer votant Front national.

— Elle pouvait pas faire attention, la jeune dame, faut regarder devant soi quand on fait du vélo, et patin couffin.

La colère le prit.

— Vous pensez qu'à foutre des contredanses, c'est l'autre qui a ouvert sa portière sans regarder, voilà ce qui arrive quand on ne pense qu'à faire du chiffre au lieu de protéger les citoyens. Faudrait pas inverser les rôles, ce type est un criminel, vous n'avez pas vu comment il a ouvert sa porte, il l'a balancée, vous étiez trop occupée à foutre des PV. Et puis ne vous adressez pas à moi comme ça, ajouta-t-il avec un regard lourd de menace. Il faut toujours se méfier, on ne sait jamais à qui on s'adresse.

Et il cita le nom d'un commissaire de police qu'il connaissait. Elle se calma d'un seul coup.

Deux hommes sortirent spontanément de la foule et vinrent lui donner leur carte, prêts à témoigner en faveur de Solène. Ils avaient tout vu, ils étaient furieux du comportement des flics et du conducteur de la fourrière. Les pompiers arrivèrent.

Solène, en apparence, semblait indemne. Il savait bien que les blessures qui ne saignent pas ne sont pas nécessairement moins dangereuses. Elle n'avait pas perdu connaissance, mais elle craquait complètement, elle engueulait les pompiers qui n'avaient pas de glaçons, il tentait de la calmer.

— Écoute, c'est pas grave. Ils vont t'emmener tout de suite.

Elle faisait une vraie fixation sur ses glaçons. Il essayait vainement de lui expliquer que ce n'était pas leur rôle d'aller chercher des glaçons. Il avait demandé à une passante, mais elle ne revenait pas.

Tout s'enchaînait trop vite. Il eut à peine le temps d'attacher les vélos. Ils durent monter dans le véhicule rouge, les portières claquèrent. Solène faisait une crise de spasmophilie. La sirène retentit, l'ambulance démarra. Il lui tenait la main, tâchait de lui expliquer à nouveau que les pompiers ne s'occupaient que des dégâts les plus urgents, ils étaient un peu rudes.

— Ils font ça toute la journée, tu sais, faut aussi les comprendre.

— Les comprendre ? Mais merde, tu rigoles, c'est le monde à l'envers, c'est moi qui me suis fait balancer par un connard, c'est moi la victime, pas eux, je rêve.

Le pompier lui demanda rudement de se calmer.

Lui intervint en faveur de Solène :

— Vous voyez pas qu'elle est choquée ? Ne vous énervez pas, ça ne va rien arranger, dit-il.

La remarque ne sembla pas atteindre l'homme du feu. Du moment qu'elle n'était pas couverte de sang, le reste, il s'en foutait.

Compte tenu de la localisation de l'accident, il devina tout de suite où ils allaient, il ne dit rien. Rebelote, retour à la case départ : hôpital du doigt coupé. Ils auraient dû prendre un abonnement.

Solène se calmait doucement. Avantage sur la fois précédente, les pompiers feraient l'admission, elle n'attendrait pas.

Ainsi prit fin, au moins pour Solène, la série noire.

*
* *

Depuis peu, il y avait des moments de tension entre eux, mais ça ne durait pas. Il s'imaginait que Solène ne comprenait pas qu'il ne l'aidât pas dans sa carrière, ou quelque chose comme ça. Il la trouvait injuste, il lui expliquait qu'il ne pouvait rien, et que d'ailleurs il fuyait ce milieu.

— Je ne suis plus dans le bain. Mais alors plus du tout.

Et il ajoutait qu'il se voyait en has been. C'était le genre de chose à ne jamais dire à une compagne qui voulait devenir artiste elle-même. L'ennui, c'est qu'il le pensait vraiment, ce putain de métier l'ayant privé de la moitié de son amour-propre, la bêtise de ses contemporains de l'autre.

Il se souvenait de ces cap-horniers, ces hommes de la marine à voile qui avaient un jour vu les mers s'empanacher des fumées des steamers. Certains n'avaient pas su s'adapter. Depuis ils regardaient l'océan de leur yeux bleus délavés, assis sur un banc. Parfois, une larme coulait, comme une voile qui passait à l'horizon.

L'amour de Solène était la seule chose qui lui restait dans sa vie, avec sa fille, Albertine. Sa fille déjà adolescente et qui partirait, elle aussi.

Bien sûr qu'il voulait aider Solène. Depuis qu'elle avait joué devant lui, il restait frappé par son talent, par la profondeur de son registre, encore fallait-il qu'elle choisisse vraiment cette voie, qu'elle s'y consacre totalement. Elle changeait sans cesse d'orientation, Solène zigzaguait dans la vie. Et lui, la vie l'ennuyait.

Elle lui annonça qu'elle avait un stage de théâtre en vue.

— Pourquoi tu ne prends pas un agent ?

— Ah et tu crois qu'un agent te trouve du boulot ? C'est nouveau ça.

Il préféra ne pas répondre. Il s'en voulait, ayant déserté ce milieu, et d'ailleurs n'ayant jamais rien fait pour le courtiser, il s'en voulait de ne pas pouvoir faire quelque chose d'immédiat. Solène n'aimait pas solliciter, l'idée même lui était difficile. Elle faisait preuve d'un orgueil démesuré. C'était bien un trait de caractère qu'ils avaient en commun.

« Trouve-toi d'abord du boulot, pensait-il, ensuite tu trouveras un agent. » Elle avait raison, mais ça n'était pas une raison. C'était un sujet d'accrochage.

Pour l'anniversaire de Solène, alors que six années s'étaient écoulées depuis leur rencontre, en s'y prenant discrètement et longtemps à l'avance, il réserva dans un restaurant japonais très couru, qui servait une sorte de nouvelle cuisine nippone. Les commentateurs parlaient d'une audacieuse « relecture » de l'art culinaire nippon, bref, un endroit très chic, et supposé succulent. Il voulait la surprendre. À l'annonce du programme de la soirée, Solène sauta de joie et dans sa plus belle toilette. Quand elle s'habillait, elle devenait une princesse.

Pour une fois, il avait dérogé à sa tenue habituelle et enfilé veste et tee-shirt noir, pour lui summum de la concession vestimentaire. Elle portait un chemisier de soie noire, et une sorte de châle en résille de même couleur, le chemisier s'échancrait largement, mettant en valeur son dos et son cou de Léda. Ils formaient décidément un très beau couple, il était au comble du bonheur.

Ils avaient pris place autour du comptoir central au milieu duquel officiaient le jeune et célèbre cuisinier et ses aides en un ballet ordonnancé au cordeau. Ils commandèrent la totalité du menu. Chaque plat était accompagné d'un vin propre : c'était un piège.

Les hostilités débutèrent par un apéritif, elle se fit servir un verre de puligny-montrachet et lui, un whisky japonais finement tourbé. Ils trinquèrent, les yeux dans les yeux.

— C'est étonnant, non ? remarqua-t-il tandis qu'elle dégustait du bout des baguettes des sushis de foie gras légèrement frits. Ça te plaît ?

— Oui, beaucoup, j'adore l'atmosphère, c'est d'un suprême raffinement. Je ne connais pas la moitié des trucs qu'on a commandés.

Ils savourèrent ensuite à bouchées mesurées une préparation de flancs d'oursins. Sublime, totalement sublime.

— Dis donc, il expérimente le chef, dit-elle. C'est pas banal comme cuisine.

— Je te rassure, je ne sais pas beaucoup plus que toi ce qu'on mange. Ce sont des variations sur des recettes traditionnelles.

— Loin de leurs bases, quand même, commenta-t-elle d'un sourire.

— Je suis content que ça te plaise.

Solène était ravissante, il était fier d'être à ses côtés.

— Je te trouve très belle, chérie.

— Vous n'êtes pas mal non plus, mon prince, lui répondit-elle en lui donnant un petit baiser.

Il considérait les autres femmes, aucune ne rivalisait avec la beauté si singulière de Solène. Autour du comptoir ouvert, des clients de qualité, faune cosmopolite de jeunes gens chics et d'étrangers friands de circuits gastronomiques. Une bande d'*office ladies* semblait fêter une quelconque promotion. Comme tous les soirs, l'établissement affichait complet.

Par la suite, il se régalèrent d'ormeaux en tempura, de betteraves caramélisées, et de petits éclairs qui constituèrent le point d'orgue de ce menuet culinaire. Ils avaient bu du whisky, du vin blanc et du saké.

À la fin du repas, il déposa devant Solène un paquet noir avec un ruban jaune.

Elle lui lança un regard de surprise.

— Bon anniversaire, ma chérie.

Deux coupes de champagne leur furent servies.

Avec délicatesse, elle ouvrit le paquet et la boîte, dont elle sortit un stylo, un Namiki Empereur laque vermillon. Il lui tendit un petit étui.

— Pour pas l'abîmer.

Elle lui sauta au cou, l'enlaçant et l'embrassant sans retenue.

Il faisait frais dehors, mais ils avaient chaud. Ils étaient venus à pied, cette précaution se révélait parfaitement salutaire, ils étaient tous les deux dans un état d'ébriété avancé. Ils en rigolaient. Ils étaient joyeux, d'une ivresse complice et heureuse, et tout leur semblait beau et digne d'amusement. Ils prenaient prétexte de n'importe quoi : un petit automate cordonnier qui tapait sur une chaussure sans discontinuer, par exemple.

— Dis-donc, toi, tu devrais pas travailler à cette heure. C'est du travail au noir, ça, s'esclaffèrent-ils.

Un peu plus loin, ils tombèrent en arrêt devant un chat chinois qui faisait des saluts de son bras dans une onglerie. Ils se mirent à chanter.

— Quand un ongle rit dans/en l'onglerie tous/ous, les ongles rient dans l'onglerie… hi hi hi hi !

Ils jouaient à cache-cache dans les Abribus. Ils mirent plus d'une heure pour rentrer alors qu'ils n'habitaient pas loin. Ils faisaient des photos à qui mieux mieux, commentaient les affiches…

Quand ils furent rentrés, Solène mit délicatement son stylo sur la table de nuit, de son côté du lit, ils allumèrent un pétard et firent l'amour avec tendresse. Il s'endormit comme un bienheureux, enlaçant son amoureuse en lui caressant l'épaule, rêvant que leur amour s'apparentait au mouvement perpétuel.

*
* *

Leur relation n'allait plus durer qu'une année à peine. Comme toujours, la flèche qui vous tuait ne s'entendait guère.

Solène avait encore déménagé. Durant leur liaison, elle avait épuisé au moins quatre résidences, il y avait toujours quelque chose qui n'allait pas. Il l'accompagnait dans cette phase d'errance et chacun des lieux marquait une part de leurs amours. Finalement, s'il ne comprenait pas toujours ce besoin migratoire, ça finissait par l'amuser. C'était l'occasion de découvrir de nouveaux endroits, lui qui n'avait jamais durablement quitté la rive droite et son quartier d'enfance.

Donc, il se partageait entre son appartement et les demeures de Solène.

Ici, c'était un petit nid d'amour dont la fenêtre donnait sur une charmante cour intérieure. Le lit prenait presque toute la place, et l'on avait du mal à ouvrir la porte de la salle de bains. Mais il y avait des fuites, et les plombiers étaient des incompétents et des menteurs. De toute façon, il y avait toujours quelque chose qui clochait avec l'un ou l'autre des proprios. Solène avait raison, mais il ne comprenait pas qu'elle se focalise sur des choses qui n'en valaient pas vraiment la peine.

Chaque fois que Solène déménageait, ils prenaient d'autres habitudes, ils découvraient de nouveaux restaurants et finalement ils devaient convenir de l'effet aphrodisiaque de ces couches de dépaysement.

Là, ils s'étaient saoulés un soir comme des Polonais, allant jusqu'à rechercher des bouteilles d'alcool supplémentaires au drugstore en pleine nuit. Une cuite monumentale qui n'avait fait que décupler la sauvagerie de leurs étreintes.

Là, au fond d'un passage, dans une autre maison, ils s'étaient confectionné des petits dîners d'amoureux, elle commandait des sushis, lui, il apportait une bouteille de blanc, ils regardaient des films sur une minuscule télévision.

À chaque déménagement, Solène effectuait une recherche de mobilier, souvent avec l'aide de Maguie, qui bien entendu payait tout. C'était l'occasion d'acheter une table de nuit, un miroir, quelques ustensiles de cuisine. Elle lui demandait des conseils, il regardait, donnait son avis, mais ne s'expliquait toujours pas cette bougeotte.

Une Solène différente apparaissait à chaque changement de décor. Une nouvelle Solène à aimer.

L'avant-dernier appartement qui avait tenu assez longtemps avait finalement été disqualifié, car la voisine du dessus avait des orgasmes trop bruyants. Lui, ça le faisait plutôt rire. Elle pas du tout, il n'arrivait pas à comprendre, au-delà de la gêne sonore, ce qui la dérangeait vraiment. Il avait essayé de savoir, mais Solène s'était mise en colère et l'avait traité de psychanalyste de bistrot. Il regretta l'endroit, on pouvait garer les vélos dans un jardin, c'était proche de son appartement, le lieu était dépaysant.

Quand le soir venait, un SMS de Solène interrompait son travail : « Mon prince m'honorera-t-il de sa présence ce soir ? » Son cœur bondissait et il courait la rejoindre là-bas. C'était un petit nid d'amoureux, un no man's land. L'hiver on respirait la fumée du chauffage au bois, l'été, les hirondelles volaient dans le ciel, ça sentait la soupe, ou la friture, toujours le salpêtre et une odeur de vieil escalier.

Le charme de l'immeuble lui rappelait la bohème de sa jeunesse quand il habitait le quartier, tout en haut, avec une fille étrangère plus âgée que lui, une belle rouquine. Le monde lui appartenait, il commençait tout juste une carrière dans un des métiers les plus courus : le cinéma.

Sans qu'elle le sache, Solène lui faisait retrouver un peu du pittoresque et de l'authenticité de ce quartier.

Hélas, il avait tellement changé que ce n'était qu'en poussant des portes, au fond d'arrière-cours secrètes, que l'on retrouvait des strates archéologiques des temps anciens, la vérité des époques bancales et des façades de guingois. Il faut dire que depuis ce quart de siècle où ses jeunes jambes d'athlète propulsaient son vélo en haut de la Butte sans qu'il mît pied à terre pour retrouver son amante orientale, les choses avaient changé. Les décors des peintres de la Butte avaient été ripolinés, la patine s'était fait la valise, et les pavés avaient perdu de leur grâce disjointe. Les devantures avaient été refaites, des spots éclairaient des showrooms standardisés. L'âme du quartier n'était qu'une peau de chagrin qui s'amenuisait à chaque vague de touristes. Montmartre se muait en décor et ses vieux habitants en figurants. Les vétustes appartements étaient aménagés par de jeunes propriétaires qui venaient de la finance ou du showbiz, les boutiques d'artisans fermaient, remplacées par des officines à colifichets, on vendait des gaufres et des crêpes, et même des kebabs, et les franchises pullulaient, les cafés faisaient des menus formules pour les touristes, quelques-uns tenaient le cap, mais si peu. On gardait les apparences, mais c'était du toc.

*

* *

Solène lui avait incidemment parlé d'une envie d'aller faire un stage à New York, un vague projet.

— Ça n'est pas une mauvaise idée, mais tu sais chez qui tu veux aller ?

Elle avait répondu qu'elle avait une piste. Rien de plus précis.

— Tout dépend de chez qui tu vas. Il y a des centaines de cours à New York, faut trouver le bon.

— C'est quelqu'un que j'ai connu par l'entremise de Why.

— Why ? Ça t'a pas suffi ?

Elle éluda, répondant que c'était de la même école, mais pas pareil, rien à voir. On était bien avancé.

— De toute façon, c'est pas pour tout de suite.

On n'en avait plus parlé, le sujet était clos.

Solène s'occupait pour l'instant de régler une histoire de création de société. Elle s'était mis dans l'idée, avec une copine, de vendre des savons par Internet, des savons au miel, entre autres ; l'affaire était sérieuse. Sans le vouloir, il était involontairement à l'origine de l'initiative. Il avait un faible pour les savons, les savons de qualité, et notamment les savons au miel, allez savoir pourquoi, une sorte de réminiscence sensuelle, sa mère adorait les savons. Il cherchait, souvent en dilettante, de nouveaux produits, au hasard des magasins, ou d'Internet.

Dans ces déambulations, il avait repéré une coopérative de province qui produisait des savons artisanaux. Il avait réussi à s'en procurer, non sans difficulté.

— Les savons sont exceptionnels, une sorte de révélation des sens, tu vois, un parfum tenace et envoûtant, le miel domine mais il y a des senteurs de bois de santal, d'encens, une mousse crémeuse, aussi bien qu'un savon Guerlain.

— Tu places la barre assez haut, s'amusa-t-elle.

— Je ne plaisante pas, essaie, je te fais un massage au savon, en prime ?

Les choses dérapèrent un peu et ils se retrouvèrent sur un banc de musculation accouplés devant un miroir.

Le fabricant n'avait guère de visibilité. De fil en aiguille, ils s'étaient rendus, Solène et lui, à la fabrique.

Solène avait sympathisé avec la jeune femme qui dirigeait la petite entreprise. Cette dernière cherchait à diffuser, Solène s'était proposée, elle avait une copine avocate. Une petite boulotte, Olympe, assez entreprenante. C'était parfait.

Solène s'était mise en devoir de créer un site, site rudimentaire, à la *one again*, avec l'aide d'un logiciel ad hoc...

Plus facile à dire qu'à faire, les deux associées *brainstormaient* sans trop de succès sur un nom et un logo. Affalées devant des feuilles de papier sur la table du salon, elles ne trouvaient rien. Plongé dans les *Mémoires* de Churchill, lui, il se faisait tout petit.

— Chéri, tu veux pas nous aider ?

Il voyait le coup arriver depuis un moment.

— C'est pas trop mon truc, tu sais.

— Toi qui est peintre, et puis, t'as fait de la pub !

— Je donnais juste des idées. Je réalisais des films.

— Eh ! Tu te fous de ma gueule, tu m'as dit que tu avais conçu des boards.

— C'est pas pareil. En plus, j'ai laissé tomber, ça m'a paru immoral au bout d'un moment.

Après s'être creusé les méninges, et s'être fait retoquer plusieurs idées, en tout dernier recours, il lança, un peu comme une bouée à la mer : eBeeSoap.

— eBeeSoap ! crièrent-elles en chœur. Ah mais c'est pas mal, ça le fait, yessss ! eBeeSoap !

— Vous aimez ? Vraiment ?

— Ben on dirait que t'as été directeur artistique toute ta vie ! Hein, Olympe ?

— Ma foi, on dirait… finassa celle-ci.

— Tant que tu y es, tu nous dessinerais pas un petit logo ? ajouta-t-elle en rigolant.

Et il dessina un logo : une abeille qui surfait sur un savon. Bien qu'il redoutât que cela pût sembler rock'n'roll pour de l'artisanat de luxe, elles trouvèrent, au contraire, le titre et le dessin géniaux, modernes, marrants et tout. En avant pour eBeeSoap. Ça sonnait pas mal tout de même.

En fait, Solène avait parfaitement procédé, il ne fallait pas lui laisser le temps de réfléchir. Sinon, il disait non.

— Suffit de demander, galéja-t-il.

C'est vrai qu'autant il lui semblait n'avoir jamais d'idées pour ses propres projets, autant, en revanche, sur commande, il connaissait une heureuse stimulation. Son premier film n'était-il pas le produit d'une commande, un résultat qui avait dépassé toutes les espérances, surtout les siennes ?

Il avait quand même essayé de dissuader Solène de créer sa société.

— Tu te rends pas compte des emmerdes, lui avait-il dit.

Avec son air d'étudiante attardée, Solène lui sourit.

– T'exagérerais pas un peu ?

— Non, t'imagines pas les responsabilités, la comptabilité, même réduite. Enfin, tu fais comme tu le sens.

— Mais non, c'est une mini-société de rien du tout. Et puis Olympe va s'occuper de tout. Ça va rien coûter, renchérit-elle. C'est une auto-entreprise.

Il se marra, pensant à auto-tamponneuse.

« Peut-être que les procédures ont changé », se disait-il. Et puis, il s'accusait intérieurement de ramener les choses à lui. Peut-être que les autoentreprises offraient des configurations allégées, plus souples que celles d'une production cinématographique. Certainement même. Parce que ça, c'était le pire, particulièrement quand on ambitionnait de cumuler la création et les affaires.

Brièvement, passèrent en revue dans son esprit les images de la catastrophe qui avait résulté de sa propre expérience dans l'entreprise cinématographique. En dépit des succès réels de ses œuvres, il se rappelait comment sa société de production, à cause des obligations et des charges qu'elle impliquait, avait, au contraire, finit par le ruiner, lui faire perdre la tête et avoir raison de sa carrière artistique et en partie de son inspiration.

Le toboggan.

Cette expérience, vécue avec la plus grande sincérité, un engagement total, de chaque instant, s'était révélée être un marché de dupes, sans doute parce qu'elle reposait sur un raisonnement faux, une interprétation erronée, un rêve et une vision romanesque fondés sur une mythologie du réalisateur producteur. À moins qu'il n'eût pas su s'organiser pour rendre viable l'aventure, qu'il ne se fût mal entouré, qu'il n'eût manqué de lucidité.

Cette équation irrésolue roulait de manière récurrente dans son esprit.

Solène l'interrogeait souvent sur cette impuissance à créer, lui demandait s'il n'avait pas envie de s'y remettre, de tenter un come-back. Il biaisait. C'était trop difficile à faire comprendre, trop complexe.

Tel un général vaincu, il brassait encore et toujours dans sa mémoire les phases de la bataille, revivant le combat, cherchant l'instant où les choses avaient mal tourné, essayant de comprendre l'enchaînement du destin. Il savait la vanité de l'interrogation.

À quoi bon revenir sur les vestiges d'une illusion brisée ? Il avait lâché prise, quitté la table de jeu, payé tout le monde et même laissé un pourboire : « Personnel ».

Autant vis-à-vis de lui-même que pour ne pas perdre la face vis-à-vis de Solène, sans doute par défi, il avait ressorti un projet qui l'avait galvanisé lorsqu'il en avait pris connaissance quelques années auparavant. Obéissant à une impulsion, il l'avait remis en route. L'état du monde lui paraissait de plus en plus dément, l'absurdité de certaines activités humaines le mettait en rage, réveillant une sourde colère, une forme de militantisme et de révolte. Il ne supportait plus l'aveuglement de la cupidité humaine et les systèmes qu'elle avait engendrés, il se cabrait devant l'absurdité et la bêtise.

Il n'avait plus, hélas, tout à fait les moyens de sa révolte.

Tandis que Solène et son avocate s'engageaient dans leur entreprise de savonnerie Internet, lui, il préparait son enquête filmée. Au fil du temps, son projet avait pris une envergure dont il voyait grandir l'ampleur. Solène percevait son inquiétude à l'approche du tournage.

— Tu es sûr que ça va aller ?

— Oui, t'inquiète, répondait-il.

— C'est dommage que je ne puisse pas t'accompagner.

— J'aurais aimé.

*

* *

Son projet, dont personne n'avait voulu, ambitionnait de faire connaître le lupin, une légumineuse riche en protéines végétales, alternative sérieuse au soja brésilien tout-puissant. Les écologistes mis à part, personne ne parlait de cette plante, le lupin restait un inconnu. Il voulait le révéler au grand public et, par rebond, contribuer à faire éclater le scandale du tout-soja.

Le monde, et notamment l'Europe, s'adonnait, par le truchement d'un véritable pont maritime, à cette drogue dure qu'était le soja. On nourrissait porcs, volailles et bovins des produits issus de la transformation de la légumineuse.

Le schéma de travail de son film visait à établir que le soja était au cœur d'une industrie tentaculaire et hégémonique. Le choix du tout-soja était une conséquence du plan Marshall. Les États-Unis s'étaient réservé la culture des plantes riches en protéines végétales, tandis qu'ils laissaient à l'Europe les céréales.

Le lupin était tombé en désuétude. Dans les années quatre-vingt, quand le ministère de l'Agriculture français avait pensé à revaloriser sa culture, l'avancée du soja était telle qu'il était trop tard. On avait officiellement abandonné la filière lupin.

Le timide retour en grâce du lupin était désormais le fait d'une mouvance écologique et d'une poignée d'agriculteurs courageux et épris d'indépendance. Son scénario projetait d'interviewer un certain nombre de cultivateurs, d'ingénieurs agronomes et d'historiens qui raconteraient l'aventure du lupin.

Le dossier du lupin lui avait été révélé par un jeune Brésilien qui lui avait, documents à l'appui, fait connaître l'emprise de la culture du soja sur l'agroalimentaire au Brésil, et les terribles conséquences qui en avaient résulté : déforestation, culture intensive, expropriation d'autochtones, crimes contre ceux qui résistaient, vertigineux enrichissement de toute une classe qui tenait les banques, le matériel agricole, les semences OGM, les produits phytosanitaires et finalement le pouvoir politique, instrumentalisant une partie du Brésil pour son seul avantage. La galaxie du soja était un crabe tentaculaire qui dévorait tout et en voulait encore plus et toujours davantage. Les riches ne sont jamais assez riches. Et l'Europe était dépendante du soja brésilien.

Le sujet était aussi passionnant que solide mais, avec le courage qui les caractérisaient, les chaînes institutionnelles et les autres avaient fait la fine bouche. Les gens n'étaient pas au fait de cette culture du lupin, il ne fallait pas attiser les passions. « Pas de vague ! » Tel était le leitmotiv qui gouvernait tout, depuis l'agroalimentaire jusqu'au port du voile en passant par les réseaux mafieux. Toujours un train de retard, quitte à prendre en voltige la correspondance quand le sujet serait à la mode et qu'il serait trop tard.

L'envergure du projet était inversement proportionnelle au manque de moyens dont il disposait, il avait dû faire les choses à l'économie. Tout s'était enchaîné trop vite, et la préparation en souffrait. Beaucoup de détails restaient à régler, de plus, il avait eu du mal à réunir une équipe. Il était sous pression, stressé. Pour finir, il arrivait au bout de ses ressources financières. Il avait vaguement conscience de mener comme un dernier combat. Une sorte d'ultime baroud.

Sur les lieux du tournage rien ne marchait comme il le voulait. Il s'était retrouvé en compagnie d'une équipe de soiffards qui, dès le dernier plan en boîte, émigraient au café.

Le régisseur s'était vanté, pour les repas du soir, d'avoir obtenu des prix sur les boissons. « On peut y aller ! » Il avait dit ça comme un cri de victoire, et il n'était pas le dernier à lever le coude.

Par mesure d'économie, l'équipe résidait dans un gîte, et l'endroit ressemblait à un antre de sorcière. En pénétrant dans sa chambre, il avait été assailli par une armée de poupées hideuses, il y en avait partout. L'idée de dormir dans cette chambre ne lui parut acceptable qu'une fois qu'il eut retourné contre le mur et fourré dans divers tiroirs une bonne partie des petites monstresses.

Par SMS, il avait raconté son aventure à Solène, ça l'avait fait rire. Elle lui avait ironiquement souhaité bonne nuit, et envoyé un baiser.

Le lendemain, on s'était aperçu que les rendez-vous n'avaient pas bien été verrouillés, certains témoins s'étaient rétractés, d'autres ne désiraient plus être filmés. Très vite, il comprit qu'en France même, il existait une pression occulte de la part d'agriculteurs traditionnels vis-à-vis de ceux qui voulaient promouvoir des pratiques alternatives. Le terrain était miné. La situation avait fini par l'angoisser.

Ils avaient un rendez-vous avec un jeune agriculteur qui faisait du bio et espérait mettre en culture du lupin pour nourrir ses vaches. Quand ils l'accueillirent, visiblement choqué, il ne voulait plus être filmé. Ils apprirent que la veille au soir, deux agriculteurs voisins s'étaient invités à sa table, pour lui faire comprendre qu'il ne fallait pas parler. Ils avaient insinué qu'il n'était pas le bienvenu avec ses nouvelles pratiques qui foutaient tout en l'air. Et puis c'était quoi toutes ces conneries de pas vouloir faire comme tout le monde ? On n'avait pas besoin de gens comme lui dans le coin.

Le jeune type était encore secoué, sidéré par l'audace de ses voisins, la violence contenue de leur intrusion. Après des palabres, il s'était ressaisi et avait accepté de répondre à l'interview. Ça promettait.

Un soir, lors d'un dîner avec l'équipe, il avait ressenti les premiers vertiges. Il était passé outre.

Le lendemain, dans la rue, il tomba nez à nez avec l'ingénieur du son, il était au milieu de la chaussée devant sa voiture, l'air navré.

— Qu'est-ce que tu fais là ? T'es pas au café ?

— Ben non, regarde.

Le gars lui désignait son break Peugeot. Les deux pneus, côté rue, étaient crevés.

— Ben dis donc, dit-il, t'as dû rouler sur un drôle de truc...

— Plutôt, oui.

Il lui montra les flancs des pneus, chacun présentait une longue estafilade.

— Ah oui, là on peut difficilement invoquer la malchance.

Il se dirigea vers sa propre voiture.

— Viens, on va à la gendarmerie. On porte plainte.

— Je venais de les changer, dit l'ingénieur du son.

— Oui, t'inquiète pas pour les pneus, je vais m'en occuper.

— Tu sais où ça finit les plaintes ?

— Oui, mais je veux qu'on laisse une trace. Faut que ça se sache. On n'est pas les bienvenus dans le coin. Si on se laisse faire, demain on va retrouver de la mort-aux-rats dans la soupe. Faut porter plainte. Et tout de suite, viens, on y va.

Ils prirent la direction de la gendarmerie.

— Je ne pensais pas qu'on touchait à quelque chose d'aussi délicat, dit-il tout en conduisant.

Il fit halte à un stop, une voiture venait sur la gauche, mais elle était encore loin. Il jugea qu'il avait le temps… Il accéléra fortement. L'accélération produisit une soudaine sensation de vertige alors qu'il croisait plusieurs véhicules qui venaient en sens inverse. Durant une fraction de seconde, il pensa qu'il allait percuter un camion. Il réussit à maintenir sa voiture sur sa trajectoire, et vint se garer sur le bas-côté. Il coupa le moteur et baissa la vitre. Son passager n'avait rien perçu.

— Tu t'arrêtes ?

— J'ai failli nous tuer tous les deux.

— Quoi ?

— À l'instant. Je sais pas comment on s'en est sortis. J'ai jamais connu ça. Quand j'ai accéléré, j'ai ressenti un voile, un vertige, je sais pas. Prends le volant s'il te plaît.

Tandis que son ami reprenait les commandes, il se dit que c'était le moment de raconter son histoire. Il lui expliqua la teneur de son malaise et puisqu'on y était et qu'il avait de l'amitié pour ce technicien discret et capable, il lui raconta l'épisode de la veille au soir, lors du dîner. Il conclut :

— Je ne sais pas ce qui m'arrive.

— Tu veux qu'on aille voir un médecin ?

— Non, ça va, je me sens bien maintenant.

Le panneau *Gendarmerie* s'affichait sur le fronton du bâtiment.

— Tu te sens ?

— Je me sens.

Le gendarme préférait qu'on laisse une main courante pour une petite chose comme ça. On n'allait pas s'embêter pour des pneus crevés.

— Et nous on préfère porter plainte. Pardon d'insister mais j'aimerais mieux.

— Mais vous n'êtes pas le plaignant, c'est monsieur qui est la victime, enfin le propriétaire du véhicule, vous êtes qui au fait, vous ? lui demanda le gendarme.

— Je suis l'employeur de monsieur, répondit-il, déclinant son nom et le nom de sa société. C'est un voyage professionnel que nous effectuons dans votre région, et nous pensons que ce geste inamical est lié à la teneur de notre reportage.

— Ah, vous pensez ? Il a peut-être roulé sur un clou, le monsieur ?

— Deux entailles sur le flanc, c'est des clous sauteurs ? Avec le réchauffement climatique, on voit de drôles de choses...

Le gendarme eut un geste évasif.

— Allez savoir, on n'est plus sûr de rien aujourd'hui. Et c'est sur quoi votre reportage, sans indiscrétion ? demanda le gendarme d'un air circonspect.

— Le lupin.

— Quèsaco ?

— Le lupin.

— Le lupin, comme Arsène Lupin ?

— Oui, ça s'écrit pareil. Mais pas vraiment, enfin remarquez si ça continue... Le lupin est une plante oléagineuse très riche en protéines, ça permet de nourrir les animaux mieux que le soja qu'on leur donne ici. Il y a des agriculteurs qui aimeraient cultiver ça en France. Et il y en a d'autres qui n'en ont peut-être pas envie.

— Vous m'en direz tant, et vous êtes venus ici pour quoi, alors ?

— Pour savoir ce que les gens en pensent.

— En pensent de quoi ?

Le gendarme semblait dubitatif.

— Du lupin, enfin comment ils voient l'évolution de l'agriculture. On voudrait faire valoir une culture alternative au soja. Pour nourrir le bétail. Vous voyez ?

« Culture alternative »... Le pandore tiqua :

— Oui, je vois. Vous êtes venus pour foutre le souk.

— ??? Ça pose un problème ?

— Oh vous savez nous, on n'a pas de point de vue, on constate, on enregistre, on fait respecter la vitesse imposée, souffler dans le ballon, on vérifie les permis de chasse, et on ramasse la viande froide au bord des routes. Pour le reste, on se mêle pas trop, on tâche de garder l'équilibre. Moins on bouge, mieux que ça vaut. On se mêle pas. Sauf s'il y a trouble de l'ordre public. Ici, les gens sont plutôt conservateurs, si vous voyez ce que je veux dire, ils aiment pas trop qu'on change leurs habitudes. Si vous voyez ce que je vois...

— Un peu, on va quand même porter plainte.

De mauvaise grâce, le gendarme prit la plainte.

*

* *

Le lendemain, et le surlendemain, les vertiges reprirent de plus belle. Solène fut obligée de descendre en catastrophe pour le ramener à Paris. Un otorhinolaryngologiste constata un décalage involontaire entre les mouvements de ses yeux et ceux de son corps, on appelait cela un nystagmus. Les causes étaient si nombreuses qu'il fallait investiguer.

Il passa un scanner de la tête, son cerveau n'était pas plus mité que celui de n'importe quel pékin de son âge. Bref, il n'y avait rien de bien net, mais on ne pouvait pas non plus dire qu'il était net : il faisait des malaises vagaux, lui dit-on. C'était vague. Guère rassurant non plus.

Il s'acharnait toujours à envoyer des messages à son équipe restée en province. « Tout se passe bien », lui disait-on, mais il n'en croyait rien, il se faisait un souci d'encre. Solène, alors, lui intima l'ordre de lâcher prise, ils finiraient bien sans lui. Il imaginait le film en péril, et sa société par la même occasion.

En fait, il ne le comprendrait que plus tard, le stress généré par la crainte de la faillite de son entreprise et de son film allait l'entraîner dans une phase maniaco-dépressive qui ne serait pas étrangère à sa rupture avec Solène. Si Solène était une gosse de riche, une chieuse à ses heures, elle n'en continuait pas moins à s'occuper de lui avec affection, sans trop comprendre ce qui se passait.

Il avait fini par échouer chez lui, sur le canapé, et y resta. L'ennui, c'est qu'il ne le quitta pas d'un très long mois.

Il y demeurait comme un naufragé réfugié sur son radeau, avec comme seul horizon le poste de télévision. Il n'avait plus faim, la nourriture l'écœurait, il maigrissait, quatre kilos s'évanouirent. Il ne pouvait plus boire de café, lui qui en descendait deux grands bols tous les matins. Chaque fois qu'il se levait – il fallait bien satisfaire ses besoins naturels –, il tanguait, il se recouchait, ça s'arrêtait. Les nuits étaient agitées. Mais il avait toujours envie de Solène et ils faisaient encore l'amour.

Il devenait malheureusement agressif et ne comprenait pas qu'on le lui fît remarquer. Il disait des insanités, des grossièretés, tenait des propos de salle de garde, un peu comme les patients atteints du syndrome de La Tourette. Cela mettait Solène hors d'elle, et sa fille prenait fait et cause pour elle.

— Papa, tu ne devrais pas parler comme ça !

— Ben quoi elle a un sacré beau cul cette fille, on doit être bien dedans, commentait-il en désignant la présentatrice du journal d'une chaîne info. Arrêtez de vous liguer contre moi. Je fais rien de mal.

— Ça suffit ! hurla Solène, tu fais chier à la fin !

Elle claqua la porte.

*

* *

Parmi les nombreuses relations de Solène ou surtout de sa tante, quelqu'un trouva enfin l'homme de la situation, le docteur Paquet, un spécialiste chez lequel finissait toute personne dans son état. Les hommes providentiels lui faisaient toujours un peu peur, mais il n'avait guère le choix.

À en juger par sa taille, la clinique du docteur Paquet était une industrie rémunératrice, une institution.

Une fois les formalités accomplies, on se saisit de sa personne, et, bien qu'avec moult prévenances, on lui fit subir une batterie de tests, comprenant encore l'eau chaude dans les oreilles et les basculements surprises comme chez l'otorhino, mais auxquels s'adjoignirent des épreuves visuelles, des instruments à inclinaison, à ressort, la contemplation de cieux animés dont les étoiles montaient ou descendaient à volonté, bref, un véritable parcours de singe cosmonaute qui, à la fin, le laissa vaseux.

Alors qu'il avait encore l'impression de descendre d'une soucoupe volante, on le pria d'aller s'asseoir dans la salle d'attente : le docteur

Paquet le recevrait sous peu. Le nombre de patients stationnés laissait augurer d'un sacré turn-over. Chez Paquet, on mettait le paquet.

Solène ne l'accompagnait pas. Un énième accrochage, le matin, l'avait laissée meurtrie. La maladie commençait à peser sur leur quotidien.

Le docteur Paquet l'accueillit comme un ami, une connaissance de longue date, le priant de s'asseoir. Puis il vint se poser, en vis-à-vis, sur un fauteuil de cuir épais, fauve, à grains fins, à sa taille, ses pieds touchaient la moquette noire bien qu'il fût assez petit ; il portait des chaussures à bouts carrés ornées de discrètes boucles d'argent, ses chaussettes de soie étaient d'un vert pomme. Il établissait tout de suite un rapport de confiance qui abolissait toute tension. Son visage était fin, bien proportionné, le front haut, avec de grandes oreilles. Son physique, pourrait-on dire, n'était pas banal.

La porte s'entrouvrit et une top-modèle en blouse blanche vint sans bruit déposer une chemise rose entre les mains du docteur Paquet.

— Merci, Mylène, prononça-t-il d'une voix douce.

Elle ressortit ; à la fermeture de la porte, des mobiles extravagants, descendant du plafond, s'agitèrent d'une onde égale et charmante.

Le docteur Paquet parcourut longuement le dossier. Les mobiles étaient désormais immobiles. Il releva les yeux, un peu comme une poupée ancienne, sur son patient qui brûlait de savoir de quoi il retournait.

— Alors, comment vous sentez-vous, cher monsieur ?

— Ça ne va pas du tout. J'ai des vertiges en permanence, je ne tiens pas debout, je ne me reconnais pas. Je suis irritable, agressif, et même odieux. Et je suis très angoissé.

— Vous ne me surprenez pas.

Il leva les sourcils, sans doute pour l'engager à poursuivre.

— Je parle comme un charretier, je ne contrôle plus mon langage, j'ai l'impression d'aimer ça, en plus.

— Pardonnez mon indiscrétion, vous êtes marié ?

— Justement, j'ai eu une dispute avec ma compagne, ce matin, elle trouve que je lui parle mal. Je l'aime comme personne.

— Ah ! c'est merveilleux. La muse. Les artistes ne sont pas toujours faciles.

— Je pense qu'elle ne réalise pas ce que je ressens.

Il ajouta, presque tout bas :

— Elle est beaucoup plus jeune que moi. Je dois dire que ça m'angoisse un peu.

Le docteur Paquet marqua un silence et reprit sur le ton de la confidence :

— Je vais vous dire quelque chose, cher monsieur, personne au monde ne peut comprendre ce que vous ressentez.

De sa main manucurée, il lissa le dessus de son genou.

— Personne, vous m'entendez, personne, et c'est extrêmement traumatisant.

Il refit le même geste, prit un temps.

— L'anxiété est un moteur chez vous. Vous êtes un créateur. Quand on est un grand artiste comme vous, on ressent les choses avec plus d'acuité.

Il se dit que Paquet avait consulté sa biographie avant de le recevoir.

— Oui, bof, c'est loin tout ça.

« Quand va-t-on me foutre la paix avec ça ? » pensa-t-il.

— Non, ce n'est pas loin, c'est là. Vous êtes artiste dans l'âme, monsieur, et vous le restez.

— Je n'arrive plus à créer… justement, je ne fais plus rien, ça me mine.

— C'est une mauvaise passe.

Le docteur Paquet le fixa.

— Tenez, vous tueriez quelqu'un, Dieu vous en préserve, on vous reconnaîtrait des circonstances atténuantes. Ça vous étonne ? Il y a quelques années, j'ai témoigné dans un procès sur un cas un peu comme le vôtre. Un couple parfait, uni, l'époux connaît un épisode brutal de malaises et de vertiges, son psychisme était secoué, il perd les pédales, une dispute, l'homme écrase sa femme contre une barrière avec un mini-tracteur dans leur maison de Chantilly. Entendu comme expert, j'ai obtenu des circonstances atténuantes. Je vous rassure, vous n'êtes pas dans cette symptomatologie.

— Mais j'ai quoi, finalement ?

— Des troubles vagaux. C'est incontestable, vous avez un décalage des yeux dans le suivi des objets, de l'horizon. On appelle cela un nystagmus, il est assez prononcé. Cela provient de votre oreille interne. L'appareil le plus complexe de l'être humain. Il y a bien des choses que nous ignorons.

— Et j'en fais quoi de votre nystagmuche ?

— Nystagmus. Rien, vous attendez, vous le méprisez, vous vous reposez, vous prenez soin de vous et votre femme s'occupe de vous. Je vais vous indiquer un kinésithérapeute spécialisé dans ce genre de rééducation. C'est un grand professionnel. Je vais l'appeler, il est très demandé. Il soigne même des cas de mal de mer chronique.

Il se redressa sur son fauteuil.

— Le mal de mer ? Vraiment ? J'ai toujours eu le mal de mer. Depuis tout petit.

— Vous êtes d'une sensibilité exacerbée. C'est aussi ce qui fait de vous le grand artiste que vous êtes.

Voilà que ça le reprenait, le grand artiste était sorti de la piste, on continuait à lui attribuer ses succès comme des médailles posthumes. Il s'embourbait et on le refoutait dedans chaque fois qu'on pouvait. Quand donc comprendrait-on que c'était fini. Il était cuit.

— Mais tous vos tests, là, ils disent quoi ?

— Que vous avez bien des vertiges, un nystagmus, que vous êtes désorienté. Mais anatomiquement, pathologiquement, vous n'avez rien. Votre scanner ne montre aucune lésion, aucune atteinte neurologique. Vous avez subi un stress récemment ? Un deuil, une épreuve ?

— Ça fait soixante ans que je suis stressé... J'ai dû interrompre un tournage.

— Les traumatismes s'accumulent, vous le savez. Vous êtes suivi ?

— Oui, dit-il, comme si l'on parlait d'une évidence sans grande importance, ou d'un fait mineur, je vois un psychiatre. Je prends des antidépresseurs depuis des années.

— Combien ?

— Je ne compte plus.

— Je pense que vous devriez aussi investiguer de ce côté-là. Il y a chez vous une charge émotionnelle, une tension qui se sent, palpable. Votre corps parle. Écoutez-le.

— Vous pensez que je fais un burn-out, une dépression ?

— Appelez cela comme vous voulez, c'est peut-être la manifestation de quelque chose qui vient de loin et qui soudain remonte à la suite d'un stress. Vous allez vous remettre et vous recommencerez à créer. On va s'occuper de vous. Vous m'appelez quand vous voulez. Je suis à votre écoute. Sachez-le.

Une fois dehors, il ne marchait pas plus droit qu'avant, mais une sorte d'espoir ectoplasmique flottait au-dessus de la surface du trottoir. « Quel drôle de type », pensait-il. Il comprenait pourquoi son business était florissant. Combien de gens titubaient sans qu'on s'en aperçoive ? Il y en avait un paquet.

C'était vrai qu'entre Solène et lui, les choses subissaient le contrecoup de son état. À rester enfermé, il devenait maboul. Il virait provocateur, au fond il voulait que Solène l'acceptât dans l'état dans lequel il était, c'était comme un défi à son bon goût-bon genre. Il s'adressait à son vieux fond de quant-à-soi, de bonne éducation, il avait envie de déglinguer tout ça. Depuis qu'il était malade, il voulait faire craquer le vernis. Il cherchait à la choquer, il la cherchait, il y avait du désespoir dans ce comportement, une jouissance mauvaise.

« Arrête de faire ta Cunégonde », lui disait-il quand elle se crispait à l'une de ses remarques déplacées.

— Vous vous rendez pas compte de ce que je vis. Vous ne pouvez pas. Il me l'a dit, Paquet : « Personne ne peut comprendre ce que vous vivez. » Je l'ai pas inventé. Il m'a même dit : « Les gens peuvent vous croire fou. »

— Je t'abandonnerai jamais, lui glissait gentiment Albertine.

— Je sais ma fille, disait-il en l'embrassant tendrement.

*

* *

Il avait commencé ses séances chez le kiné des vertiges, l'idée qu'on soignât des choses comme ça le laissait perplexe. Drôle d'endroit. Le cabinet n'était pas trop loin, la moto était au garage, jamais elle n'y était restée aussi longtemps. Ils y allaient à pied, très lentement, Albertine l'accompagnait. Elle marchait à ses côtés, lui, il posait sa main sur son épaule.

— Tu vois, il lui disait, tu emmènes papa vomir chez le docteur. C'est comme ça les filles d'alcooliques.

— Papa, t'es pas alcoolique, arrête de déconner, et tu parles pas comme ça à Solène, elle va craquer, tu sais.

— Elle t'a dit quelque chose ?

— Je vois bien, tes histoires de cul, elle supporte plus.

— Elle fait chier, merde, je me défoule.

Dans le salon, il n'y avait que des vieux. « Et tout ce beau monde a un petit manège en folie qui tourne dans la tête », se disait-il. C'était comment, au fait, le titre de ce film où le manège devenait fou et tuait tout le monde à la fin ? Il se disait encore qu'il entrait désormais vraiment dans l'univers des vieux. Pour de vrai. Mais non, il ne pouvait pas croire qu'il ressemblait à ça, en face d'une dame à cheveux blancs qui branlait du chef, ou de celui-ci avec sa canne qui se mouchait tout le temps. Il était en visite, il ne faisait pas partie de ce club. Il avait des chaussettes de tennis blanches et il portait des Nike Air, un pantalon de survêtement Adidas. Tout de même.

On l'appelait, on se déchaussait chez le kiné des vertiges.

— Pouvez laisser vos chaussures, ça craint rien.

Il s'en défaisait non sans arrière-pensée. Quand même, des Nike Air toutes neuves…

Il entrait dans une des salles de travail et les réjouissances commençaient.

Il montait sur une sorte d'engin spatial, un genre de plateforme avec une barre, un garde-fou, on éteignait la lumière et on lui envoyait des étoiles sur le mur qui allaient en montant ou en descendant. Le plancher de la plateforme prenait des inclinaisons diverses. Et on l'abandonnait à son sort pour plusieurs dizaines de minutes. Il pouvait appeler si ça n'allait pas, il suffisait de tirer sur la corde, là.

Cette immensité factice lui rappelait son enfance et les visites au planétarium, ces instants de rêve et d'infini. L'amour était ce qui se rapprochait le plus de l'infini. Il pensait beaucoup à Solène…

Il ressortait avec une vague envie de gerber. Oui, il comprenait qu'on puisse travailler sur le mal de mer avec ce machin. Le kiné des vertiges le lui confirma. Il n'était pas vraiment causant. Albertine n'était pas dans le salon d'attente. On lui apprit que sa fille était sortie. Il partit à sa recherche. Elle était coutumière du fait. Elle ne tenait pas en place, il la retrouva un peu plus loin dans la rue qui parlait avec des gosses du quartier. Cette petite était très indépendante et se liait facilement. Il l'avait élevée comme ça. Parfois, il se demandait s'il avait bien fait.

— Je te cherchais moi, tu peux pas dire où tu vas ?

— Ben j'étais là !

— Et je suis censé le savoir, moi, que t'étais là ! Réfléchis. Je t'ai toujours dit de dire où tu allais. Bon tu dis au revoir à tes copains. Comment tu t'appelles, toi ?

— Jasper.

— Et lui, ton pote avec son maillot de footballeur ?

— Mohamed, m'sieur.

— Bon, allez, tu leur as dit que ton père était alcoolique, et que tu l'aidais à marcher quand il revenait du café. Oh putain, j'en tiens une.

— Il raconte n'importe quoi, se récria-t-elle, rougissante.

— Bon, on y va Albertine, dit-il en mettant la main sur son épaule, laissant les deux gosses sidérés.

— Mais papa, tu me fous la honte !

*

* *

Ce matin-là, ça hurlait dans l'appartement, il avait réussi à faire perdre son sang-froid à Cunégonde qui avait des airs de diva offusquée. Albertine assistait à l'engueulade, terrorisée.

— Faut que je parle comme ça, j'y peux rien. Si j'ai envie de dire que c'est une bonne grosse salope à gros nichons, je le dis.

— Mais arrête, arrête !

— En plus, c'est un garage à bites et elle aime bien sucer.

— Arrête, hurla Solène. Mais arrête !

Et dans un état de rage dépassé, elle lui décocha un coup de pied d'une violence inouïe dans la jambe. Il poussa un cri et tomba dans le fauteuil, il crut sur l'instant qu'elle lui avait cassé le tibia. Elle partit vers la chambre, en ressortit quelques instants après avec un sac de voyage.

— Putain, mais t'es dingue, tu m'as cassé la jambe.

— Je me barre.

Elle se dirigea vers la porte et la claqua derrière elle.

Albertine, à moitié en pleurs, vint vers lui.

— Je te l'avais dit, papa, souffla-t-elle, l'air fataliste.

— T'as vu comment elle m'a frappé ! Elle se contrôle même plus.

Il souleva son pantalon, constata la présence d'un bel hématome sur son tibia. Il n'avait pas souvenir d'un tel coup.

Dans l'après-midi, sa mère vint reprendre Albertine.

— Je ne veux pas qu'Albertine reste avec toi tant que tu es dans cet état-là. Je suis désolée.

— C'est ça, vous êtes tous contre moi. Allez vous faire enculer.

On mettait les enfants à l'abri, il se sentait devenir un paria. On lui retirait sa propre fille. Cette dernière intervention le rendait fou. Jamais il n'aurait touché un cheveu de sa fille. Jamais. Tous des petits-bourgeois aux normes étriquées, bordel.

Il ne pouvait pas croire que Cunégonde se fût enfuie comme ça. La rage montait.

Elle allait voir. Elle se barrait, tant pis pour elle, qui va à la chasse perd sa place. L'abandonner en pleine détresse pour quelques mots de travers ! Ne se rendait-elle pas compte à quel point il allait mal ? Il lui en voulait de faire passer ses conventions de Cunégonde avant l'empathie, l'amour, de privilégier son petit confort.

Elle n'avait pas le droit d'agir de cette façon. Il n'en revenait pas. Juste parce que ses oreilles de princesse ne supportaient pas le langage de charretier. Combien de ses nuits n'avait-il pas consolées, combien de massages ne lui avait-il pas prodigués quand ses règles venaient et qu'elle souffrait, et ses angoisses, ses crises de spasmophilie ? Il aurait traversé le feu pour elle. C'était écœurant, odieux. Elle l'abandonnait.

Cette injustice dopa sa libido, il téléphona à une vieille sex-friend, Viviane, elle était là, Viviane était toujours là dans sa vie depuis des dizaines d'années. Ils avaient été ensemble, puis amants, ils avaient fait les quatre cents coups. Sa voix rauque le mit immédiatement en émoi. Elle était seule, elle comprit tout de suite le but de son appel. Elle le connaissait, leurs jeux remontaient à si loin. Ils avaient tout fait ensemble, amants, amis, complices. Un lien charnel les unissait, puissant, étrange, il revenait à elle dans les moments de détresse, de manque, elle en faisait autant. Une tacite réciprocité. Elle savait jouer avec talent de cet érotisme de l'impromptu, ils se connaissaient par cœur. Elle avait le don de lui laisser croire comme personne qu'elle n'attendait que lui. La conversation dériva, elle l'émoustillait, laissait de grands silences, émettait des soupirs, elle alluma la vidéo, elle était en sous-vêtements, une main enfouie dans son entrejambe, allongée sur son lit. Elle éteignit la vidéo. La conversation continua, parsemée de détails crus, explicites, de questions et de réponses qui devenaient brûlantes avec la montée du désir.

L'image revint, elle n'avait plus de slip, ses doigts mouillés de désir allaient et venaient dans sa vulve largement étalée comme une fleur obscène. Elle retira un doigt et le mit dans sa bouche, le suça avec ostentation, puis elle se caressa les seins. L'image se coupa. Les mots devinrent graveleux, dégoûtants, elle l'encourageait à lui répondre, à aller plus loin, ils perdaient la tête dans cet enchevêtrement de mots et de soupirs.

Chacun contrôlait sa jouissance, attendant l'autre, et puis ce fut un déferlement de gémissements, de cris, ils jouirent ensemble. Le dernier spasme murmuré, étiré, comme on souffle une chandelle, elle coupa la communication. C'était triste. Il n'avait jamais même *pensé* à tromper Solène, jamais eu envie, Cunégonde l'avait défié. Il se vengeait, stupidement. Ce n'était pas brillant. Il n'avait pas réfléchi, les choses étaient venues comme ça, une pulsion de désespoir.

Il apprit que Cunégonde était partie chez sa tante. Bien sûr, rien de surprenant, il aurait pu le deviner tout seul. Après avoir mis en pièces un rêve d'harmonie, un lien tacite, un amour, elle trouvait refuge. Qu'avait-elle vu en lui de si odieux pour agir de la sorte ? Elle l'avait abandonné, frappé, ce coup n'était pas prémédité, il était l'expression d'un violent rejet, d'une vraie colère. Il n'arrivait pas à y croire. La douleur morale était presque aussi violente que la douleur physique. Il devait avoir sacrément pété les plombs pour qu'elle en arrive à de pareilles extrémités.

Il doubla la dose de liquide ambre, l'odeur d'anis lui emplit les narines, il versa l'eau, tout se troubla, et les glaçons tombèrent du distributeur, dansèrent en cognant les parois du verre. Un grand verre ballon, contenance XXL. Il fallait bien un super Canadair de pastis en rase-mottes pour éteindre le feu qui le dévorait.

Il était sous le choc, il pensait qu'elle était vraiment partie, tout s'était fait si brutalement. Il ne réfléchissait plus. Il eut une réaction totalement incompréhensible : la remplacer, immédiatement, tout de suite, combler le vide. Il était au bord du précipice, en face d'un gouffre, il n'était plus lui-même, mais répondait à une sorte de panique.

Il appela sa partenaire des amours téléphoniques et l'invita à passer la nuit à la maison.

Elle vint. C'était l'antidote. Traiter le mal par le mal.

Ils se défoncèrent, ils baisèrent très exactement à sa place, là où elle dormait. Mais à mesure qu'il donnait des coups de reins, il ressentait la vanité de son entreprise, Cunégonde ne quittait pas ses pensées.

Ils parlèrent, il lui raconta ce qui se passait. Ils causèrent une grande partie de la nuit. Viviane et lui ne pensaient pas qu'à baiser, ils causaient aussi.

Ils continuèrent le lendemain matin au petit-déjeuner. Albertine, venue prendre quelques affaires pour ses cours, fit irruption, elle marqua sa surprise devant Viviane. Elles se connaissaient. Il y avait eu un temps où ils se voyaient beaucoup, Albertine passait de longs moments avec la fille de Viviane. Elle repartit sans rien dire. Il n'avait pas prévu cette rencontre. Il était dans sa colère, il ne réfléchissait plus.

*

* *

Il appela Ingrid, elle n'avait pas donné signe de vie depuis un moment, d'après ses rites elle aurait dû se manifester.

— Ben qu'est-ce que tu fous, tu pourrais donner de tes nouvelles. T'es à Paris ?

Elle répondit, la voix plus enrouée encore que d'habitude :

— Oui, j'ai eu des petits soucis.

— Des petits soucis ?

— Pulmonaires, rien de grave, tout est rentré dans l'ordre, j'ai fait une radio, ça va.

Ingrid n'avait pas envie de s'étendre plus que cela.

— Putain, Ingrid, t'as arrêté de fumer ?

— Oui, père la morale.

— Mais quoi ?

— Rien, j'ai eu de la chance. Je vapote. Et toi ?

— Je tricote, on s'est engueulés avec Solène. Elle a pété les plombs, elle m'a mis un coup de latte à se prendre un carton rouge sur un terrain de foot, elle s'est barrée. C'était ma faute. Je fais une crise de vertiges et ça m'a rendu odieux.

— Mais quand ça t'est arrivé ?

— Avec Solène ?

— Non, les vertiges.

— Il y a un mois, je te raconterai. Un truc fou.

— Et tu te soignes ?

— Oui, je fais des séances de kiné.

— Et ton psy, tu lui as dit ?

— Je le vois demain. Et nous, on se voit quand ?

— Je te fais signe. Je t'embrasse.

— Moi aussi, prends soin de toi.

— Toi aussi.

Il n'avait pas voulu lui dire pour Viviane, il éprouvait une certaine honte. Et puis il avait peur qu'Ingrid n'eût édulcoré les choses par rapport à cette alerte pulmonaire qu'elle avait évoquée. Il redoutait pour elle un pépin depuis si longtemps. La manière dont certains s'ingéniaient à s'autodétruire le fascinait et l'horrifiait tout à la fois. Ces comportements lui étaient incompréhensibles. Lorsque des gens qu'il aimait se conduisaient de cette manière, ça le minait.

*

* *

Belphégor était bronzé, l'air reposé, il portait une élégante veste de toile, sa barbe avait poussé.

À peine calé dans son fauteuil de cuir, faisant face à son psy, sans préambule, il se lança et lui raconta tout. Les séances, il fallait se jeter dedans, si on attendait trop, ça pouvait se terminer en combat de chiens de faïence et c'était une des choses les plus frustrantes qu'on pût imaginer. Les vertiges, l'arrêt de son enquête, le retour sur Paris, l'hôpital, le docteur Paquet – Belphégor hocha la tête, qui ne connaissait pas Paquet ! – et puis les épisodes d'agressivité, de provocation, d'insanités, la réaction de Cunégonde. Belphégor fronça légèrement les sourcils. Il raconta la vengeance. Ça n'eut pas l'air de plaire plus que ça au psy mais il fallait lire l'oracle : il avait croisé et décroisé deux fois les jambes.

Belphégor lui déclara que, selon lui, il faisait un épisode maniaco-dépressif.

— Comme les héros des séries ?

— Si vous voulez. Je vais vous donner quelque chose, c'est un essai.

— Qu'est-ce que c'est ?

— Un régulateur d'humeur. (Il prononça un nom impossible à mémoriser.) Ça devrait améliorer votre état, et je vais vous changer d'antidépresseur, il est trop agressif, on va prendre quelque chose de plus doux. Il faudra que vous fassiez contrôler vos gammaglobulines et vos transaminases.

Il lui remit une ordonnance. Et lui un chèque. On était quittes.

Il se retrouvait bipolaire, on aurait tout vu, ça ouvrait des perspectives. Pourquoi ne pas tout essayer dans la vie ? À bien y réfléchir, il n'était pas plus surpris que cela ; tant d'artistes l'étaient. Ce n'était pas un gage de réussite, mais ça aidait. Être un artiste était une damnation et un fardeau, une douleur, on ne choisissait pas de l'être, on l'était ou pas. Il lut en long en large et en travers la notice du médicament et avala une énorme gélule. Au bout de quelques minutes, ne s'étant pas transformé en leprechaun, il se décontracta un peu.

*
* *

Le lendemain, en fin de matinée, on sonnait à la porte avec une véhémence inhabituelle. Qui pouvait bien carillonner comme ça ? Il ouvrit. Il se trouva nez à nez avec une Solène à l'air guerrier qui le repoussa vers l'intérieur de deux grandes claques des mains sur la poitrine.

— Tu crois que tu peux te passer de moi, c'est ça ? Je vais te montrer. Attends un peu, tu t'imagines que je vais te laisser faire n'importe quoi, viens un peu ici.

De pression en pression, elle le repoussa jusqu'à la chambre et l'accula contre le lit, sur lequel elle le fit basculer en arrière. Trop stupéfait pour réagir, il se soumit à sa fougue. Elle se mit aussitôt en devoir de le déshabiller, si le mot avait encore un sens, car elle lui arracha littéralement ses vêtements. À peine était-il nu qu'elle retira sa culotte et vint s'empaler sur lui, et tout en finissant de faire sauter ses derniers habits, elle arracha son soutien-gorge. Elle lui fit l'amour, le prenant littéralement, il ne pouvait que lui pétrir les seins, les lui mordre, ses mains, sa bouche étaient partout. Il subissait un assaut plein de désir et de violence. Comme si, d'un seul coup, Solène avait endossé le rôle du dominant, ardente, volontaire, exigeante, une panthère le bousculait, le forçait, elle était devenue une bête désirante. Il ne la reconnaissait pas, il était pris dans une tornade de sensations, bousculé, livré à sa passion. Ce fut une de leurs plus belles étreintes. Jusqu'à son dernier souffle, il ne pourrait l'oublier.

Une à une les lumières s'éteignirent, les fusées retombèrent, l'éblouissement se dissipa, ils étaient redevenus deux corps séparés, eux-mêmes, épuisés, heureux, mais désunis. Il alla se blottir dans son cou, une main sur un sein, son cœur battait très fort.

Cette embellie dura jusqu'à l'automne, son traitement lui avait permis de revenir à un relatif équilibre. Il se releva de son canapé, reprit du café, remonta sur sa moto qui démarra du premier coup. Les vertiges s'évanouirent peu à peu, comme des nuées chassées par la marée. Ils cherchaient en vain à retrouver le second souffle d'un couple qui donnait des signes de fatigue. Leur relation était blessée, endommagée, il en souffrait, tiraillé par une ambivalence qui le faisait naviguer entre joie et tristesse. L'atmosphère se tendait, puis inexplicablement les choses s'apaisaient.

Il tenait toujours autant à elle, mais elle se montrait parfois distante, prise dans ses pensées. Elle reparla de son stage aux US.

— Alors ça se confirme ?

— Disons que ça se précise.

— Tu partirais combien de temps ?

— Deux mois.

Elle restait vague. Il finissait par penser que ce serait peut-être une bonne chose, un temps donné à chacun pour faire le point. Il se sentait fatigué, il lui arrivait de plus en plus de la laisser sortir seule, avec ses amies. Il éprouvait une certaine lassitude.

Une nuit, son portable bipa, il avait omis de le mettre sur silencieux. Il s'en saisit :

« J'ai envie de toi, là maintenant, je te bouffe les couilles, je te prends tout entier dans ma bouche. Je t'avale. »

Inutile de se demander qui était capable d'écrire de pareilles choses en pleine nuit. Ce ne pouvait être que Viviane, soit elle le faisait exprès, soit elle oubliait qu'il n'était pas seul.

Il éteignit rapidement son téléphone, mais la lumière de l'écran avait réveillé Solène.

— Qui c'est ?

— C'est rien, un numéro inconnu.

Ils se rendormirent.

Le lendemain, tandis qu'il finissait de s'habiller, Solène pénétra en trombe dans la chambre, elle brandissait son iPad.

— C'est quoi là, tous ces messages de cul ? Tu peux me dire ? Encore des numéros inconnus ?

— Si tu as lu, pourquoi tu me poses la question ?

— Tu fais ça depuis longtemps ?

— Non, c'est pas fait pour que tu lises.

— C'était allumé, j'ai regardé.

— Oui, c'est ça.

— Je te jure.

Il éprouva soudain une immense peine pour elle, pour lui. Ils étaient dans une nasse. Pris au piège.

— Mais pourquoi tu gâches tout, comment tu peux faire une chose pareille ! Pourquoi tu fouilles dans mes affaires ? Pourquoi tu nous fais une chose comme ça ? Comment tu oses ?

Il était fou, il avait tort, il était pris sur le fait, honteux, mais comment expliquer la détresse, expliquer les poussées de désespoir, les délires. Ce n'était pas destiné à être lu, c'étaient des choses intimes, sans lendemain, un exutoire. Laissons aux hommes leurs sales petits secrets. Comment expliquer des choses inexplicables...

Elle restait interdite, menaçante, et son regard était dur, pourtant elle savait que quelque chose clochait dans son geste.

— Pourquoi tu as fouillé ?

— J'ai pas fouillé, il était allumé. J'ai juste lu.

— De quoi tu te plains ? Tu fouilles dans l'âme des gens, c'est pas propre l'âme. Tu as transgressé le code, putain. T'es rentrée dans la chambre de Barbe-Bleue, ça te rappelle pas quelque chose ? Qu'est-ce que tu viens foutre dans un endroit interdit ? Qu'est-ce que tu gagnes ? T'es bien avancée maintenant. On peut plus revenir en arrière. J'ai rien à dire pour me justifier. C'est ton départ, je savais plus où j'en étais, j'ai déliré. C'est tout. Tu m'as filé un coup comme je n'en ai jamais reçu, j'ai cru que tu m'avais pété le tibia. Si un homme avait frappé une femme avec cette violence, on l'aurait accusé de maltraitance, on l'aurait traîné au commissariat. Mais putain, pourquoi tu as été fouiller ? Jamais je ne t'aurais fait ça, jamais. De toute façon, j'ai tort.

Il marqua un silence, forcément, et il insista sur le mot.

— J'ai tort. Je suis le salaud, le dégueulasse. Je ne sais plus quoi te dire.

Il luttait, tentait de rattraper les choses, mais il savait pertinemment qu'on était entrés dans l'irréversible. Désespérément il essayait de sortir de cette vrille mortelle.

Elle non plus, elle ne savait plus trop que dire, ils sentaient peut-être, sans se l'avouer, tous les deux, qu'ils avaient franchi une ligne interdite, atteint un point de non-retour. Il la regardait, elle semblait godiche avec son iPad, il avait de la peine, il se serait flagellé, il aurait pleuré devant l'absurdité de la situation, il était si désemparé.

— Je n'ai rien fait pour recevoir ce message, je te l'affirme, rien, ça m'est tombé dessus. C'est une intrusion, une agression. Les hommes aussi se font agresser. Le reste, c'est du délire. Je n'en suis pas fier. Je t'aime, tu m'as abandonné. Tu ne sais pas ce que j'ai traversé. Vous n'avez rien compris.

L'incommunicabilité restait bien cette équation que les êtres avaient tant de mal à résoudre. Conséquence, parmi tant d'autres, on ne s'entendait plus entre sexes. Le sexe dit « faible » avait commencé à se rebeller, à s'organiser contre la domination masculine. Il n'était que temps. Et il s'en réjouissait, même si, à l'usage, le mouvement avait montré quelques signes de radicalisation et quelques essais finalement assez contre-productifs. Sans doute était-ce nécessaire pour trouver l'équilibre, le passif était très lourd.

Toujours était-il que l'heure de la femme avait sonné.

L'homme tenait désormais le mauvais rôle.

Il était le lourdaud, l'odieux, le porc, et désormais le perdant. À titre personnel, il n'avait jamais cru à la domination naturelle de l'homme sur la femme, il avait toujours milité pour un équilibre juste entre les deux sexes, souvent choqué par le comportement de ses coreligionnaires mâles.

Pour sa part, et venant d'un siècle passé, il s'était contenté d'essayer de correspondre aussi bien que possible aux injonctions de la pensée dominante et, tout jeune, sans avoir eu encore le temps de lire Freud, de correspondre aux critères que pères et mères de son époque tentaient d'inculper aux petits garçons : sois un homme mon fils, ne pleure pas, ne montre pas tes sentiments, sois courageux, donne l'exemple, marche devant et efforce-toi de ne pas avoir peur dans le noir.

En conséquence de quoi, il avait fait pipi au lit le plus longtemps possible, fui l'obscurité pleine de monstres et gardé la lumière allumée la nuit, il se battait dans la cour de l'école avec beaucoup plus fort que lui, et s'était arrangé, à défaut d'être le premier, pour faire un dernier hors normes : un cancre. Tout ça avait finalement fabriqué un homme qui n'avait jamais écouté personne, avait toujours fait ce qu'on n'attendait pas de lui, bravait le danger, roulait à deux cents à l'heure, affrontait la mer, grimpait sur les montagnes, et roulait à moto. Et puis, soudain, un jour, très tôt finalement, il avait été frappé par la foudre, il découvrit, un soir de fête de village, avec une petite paysanne, le premier amour. Ce fut la plus grande révélation, la seule, et devint l'unique but de son existence. Il chercha à retrouver cet état, cela devint la quête de sa vie. L'amour se confondit avec sa création, l'art. L'amour et l'art ne firent plus qu'un, comme la forme et le métal fondu qui s'emprisonnent pour toujours dans l'œuvre, indissociables.

Mais sa vie artistique avait connu les mêmes tourments, la même gloire et les mêmes défaites que sa vie amoureuse. Hélas, souvent en total décalage. Il avait eu de charmantes amours de bohème, et d'affreuses solitudes dans la richesse. Solène était son chef-d'œuvre, l'apogée de son humaine capacité à aimer. Elle venait trop tard, elle était trop jeune, il était trop vieux.

Ils se faisaient face, incarnation vivante de l'expression la plus désarmante de l'enchevêtrement inextricable d'un malentendu et d'un contretemps. L'amour requiert force et vertu. Il n'avait plus ni l'une ni l'autre. Désabusé et faible, il aurait aux yeux de tous le mauvais rôle, et il n'était pas loin de penser qu'il le méritait.

*

* *

Il avait emmené Solène découvrir le Pacifique dans cette ville où chaque nuit les anges s'envolaient en quête de gloire pour, au matin, s'abîmer dans l'océan, les ailes brûlées. Il lui avait fait boire de la *pink limonade*, elle s'était baignée dans le Pacifique et avait eu froid, ils avaient bu du vin californien et des Martini-gin, et vu des racoons passer dans les hautes herbes. Il l'avait encore entraînée sur des rollers, le long de la piste qui serpente au bord de l'océan, et ils avaient filé dans le vent. Ils s'étaient assis sur un banc, essoufflés, heureux, elle avait posé sa tête sur son épaule. Il lui avait raconté comment il avait découvert Los Angeles dans les années soixante-dix, juste au moment de la mort du King. Ils s'étaient promenés dans les montagnes du Nevada et avaient mangé des *T-bones* grillés... Fait les boutiques dans les *malls* et assisté, médusés, devant des écrans de télé, aux *breaking news* qui annonçaient la mort du prince de Wonderland. Il lui faisait découvrir l'Amérique. Mais il ignorait que ce serait un autre qui la lui offrirait.

Il lui expliqua comment il avait failli plusieurs fois s'établir là. Et comment, finalement, les choses ne s'étaient pas faites. Ils grimpèrent jusqu'à Mulholland Drive qu'il connaissait par cœur parce que son agent habitait juste en face de chez Lynch, il n'avait encore qu'une simple maison à l'époque, aujourd'hui, le cinéaste possédait toute la colline. Il lui montra le ciel au couchant, ces dizaines de points lumineux qui se déplaçaient entre ciel et terre quelle que soit l'heure du jour ou de la nuit. Il avait conscience que l'Amérique était derrière lui, mais l'horizon, c'était elle.

Ils revinrent à Paris, l'automne roussissait les arbres de la ville, la végétation était fatiguée. Solène continuait son piano, elle progressait sur son interprétation du *Clair de lune* de Debussy, elle serait prête pour l'audition de chez Oustina.

— Tu vas y arriver, l'encourageait-il.

— Non, je suis pas prête. Je fais encore plein de fautes.

Elle s'obstinait.

La regarder jouer était pour lui un pur bonheur. Elle reparla de son voyage à New York. Il écouta, mais ne voulut pas entendre.

Pour différer l'issue fatale, il l'emmena faire un tour à Marrakech, rien que tous les deux. Rien que pour le bonheur de se trouver l'un à côté de l'autre assis dans un avion à sourire à un iPhone. Ils se prélassèrent dans un riad qui était plein de jardins, de fleurs, de pièces d'eau et de tentes blanches. Solène arborait de grandes lunettes de soleil, se laissait photographier en prenant des poses dans un coin d'ombre et de lumière ; jouant les bayadères, elle marchait pieds nus sur l'herbe, et nageait dans la grande piscine entre deux bains de soleil. Au déjeuner, elle commandait des salades marocaines en parlant au téléphone avec ses copines restées à Paris. Des oiseaux volaient en tous sens. La nuit tombait vite, on endossait un lainage, au bar ils sirotaient des cocktails dans un recoin près d'une cheminée qui fumait légèrement. Il y avait peu de clients en cette période de fin d'année. Les nuits étaient froides et le ciel criblé d'étoiles.

Ils s'arrêtaient en sortant du restaurant et contemplaient la Voie lactée, des étoiles filantes traçaient des virgules de lumière, ils faisaient des vœux. Ces choses personnelles que l'on ne se dit pas ; lui, c'était toujours le même vœu, elle, il aurait donné cher pour le connaître. De toute façon, ça n'avait jamais marché ces trucs-là.

Il y avait des petits patios attenants aux suites avec des coins piscine, elle s'étendait nue au soleil sur les mosaïques bleues, une main alanguie dans l'eau. Des colombes roucoulaient sur des saillies de pierre dans l'ocre des murs, le muezzin appelait à la prière. Le ciel était d'un bleu profond, et des cigognes semblaient y nager. Elle voulut aller voir le souk, il n'eut pas envie, elle y alla seule, avec le guide de l'hôtel, en boudant un peu. Il continuait de se sentir fatigué, las, sans énergie. Il préférait lire au bord de la piscine le récit de l'attentat du métro de Tokyo dans lequel Murakami décrivait au détail près comment une secte et un gourou pouvaient vous transformer n'importe quel être humain en tueur. Ils faisaient encore l'amour dans la vaste chambre, son corps mouillé de la douche qu'elle venait de prendre.

Ce voyage devait être leur dernier. Ils rentrèrent pour retrouver les brumes de l'hiver, la grisaille, le pont Caulaincourt noyé de pluie, ses poutrelles dégoulinantes, la chaussée bavant de lumières, et la tour Eiffel, au loin, suspendue au-dessus du capharnaüm de la place Clichy, pile dans la perspective, avec son phare qui perçait le plafond bas.

Puis ce furent ces tragiques fêtes de Noël qui les laissèrent en pleurs, sinistrés, orphelins de leurs illusions perdues, devant une nappe blanche, linceul de leur amour où pour la première fois, la seule, le mot « rupture » fut prononcé.

Et elle partit pour New York.

Elle revint trois mois plus tard, après qu'il l'eut attendue sans plus trop l'attendre, mais en souffrant chaque jour de son absence, pour lui dire qu'elle le quittait. Ce fut bref, « Je veux aller de l'avant ». Il resta, comme un con, banni, vaincu, vieilli d'un seul coup, sur un bord de trottoir ensoleillé.

*

* *

Il était devenu ce promeneur solitaire, mais digne, qui s'asseyait au parc ou dans un café pour écrire, ou réfléchir à sa vie et évaluer le temps qui lui restait. C'était si proche le temps où il jouait aux billes, ici exactement, et en même temps si loin. Il jouait avec la ferveur d'un joueur de casino avec des gredins de son âge en rupture d'étude du soir. Rien n'avait changé, peut-être un des superbes platanes centenaires avait-il été abattu par la grande tempête, ou coupé, malade des miasmes de la ville. Tout était identique sauf lui.

À la place du platane disparu tournait un manège qui avec la fin du jour s'illuminait, éclairant les faces réjouies d'enfants aux joues rosies par le froid, qui en voulaient toujours plus. Bien que la musique qui s'échappait des haut-parleurs fût niaise, l'atmosphère était joyeuse et parfumée d'une odeur de gaufres. Plus loin, à moitié cachées par un autre platane en forme de pachyderme, il entrevoyait au rythme du pendule ces balançoires vertes à l'apogée de leurs mouvements, sur lesquelles autrefois il cherchait sans succès à toucher le ciel.

Lorsqu'il revenait de son voyage dans les réminiscences, il sortait son carnet noir, son crayon à capuchon magique et se mettait en devoir d'écrire quelques lignes d'une écriture qu'il tentait toujours, du moins au début, de rendre aussi élégante et lisible qu'il le pouvait.

12

Dans les pages de son carnet, il retrouvait l'homme en noir qui marchait dans la neige. Cet homme, en fait, et sans que personne le sût, s'éloignait de la vie, discrètement, secrètement, poussant les unes après les autres les branches de sapin comme on l'aurait fait pour des portes. Elles se rabattaient derrière lui, laissant tomber un voile de neige poudreuse sur sa silhouette qui disparaissait par intermittence dans sa progression.

Il relevait la tête, réfléchissait, mais qui l'aurait deviné, il revoyait Cunégonde assise sur un rocher, tentant d'extraire un caillou qui s'était incrusté dans une de ses chaussures. Il la photographiait. La silhouette d'une jeune femme passait, elle était blonde et élancée, elle ressemblait à Cunégonde, elle s'éloignait dans une allée au milieu des joggeurs.

Depuis combien de temps était-elle maintenant partie ? Plusieurs mois, bien plus, il avait passé un premier Noël solitaire avec sa fille. Il avait envoyé ses vœux à Cunégonde, elle n'avait pas répondu. Comme il s'y attendait. On apercevait de-ci de-là des photos sur le Net. On la voyait paradant au bras de son garagiste, devant un mur de présentation d'une inauguration ou d'une première, radieuse. Ou encore le cul à l'air au bord d'un piscine, cambrée comme une otarie qui attend qu'on lui lance un maquereau.

Lui aussi avait fait des photos d'elle. Il n'en manquait pas. Sur celle-là, elle gisait, nue, désarticulée, jambes écartées, photographiée par au-dessus, couchée sur un lit, dans une pose qu'il avait peinte des années auparavant, bien avant de la connaître. En une sorte de renversement créatif, il avait ressenti l'envie de la photographier dans la pose d'un tableau. Elle regardait l'objectif avec froideur, ses cheveux blonds épars sur un drap noir, le corps encore échauffé par le coït, exposant son intimité avec défi. Il avait eu le désir de la photographier après qu'ils eussent fait l'amour très passionnément. Ce cliché venait comme la prolongation naturelle de leur étreinte, une envie soudaine, irrésistible. La photo était particulièrement indécente. Mais c'était à eux. Jamais l'idée de la mettre en ligne ne lui serait venue. Tout ça n'avait plus d'importance.

Il apprendrait à vivre sans elle, le temps avait passé, il était un homme seul, souffrant, et qui s'éloignait chaque jour davantage de la société. Il n'avait, de manière générale, que mépris pour l'humanité.

Il jouait encore du piano, la musique avait un effet morphinique.

Et il lisait, lisait, avide d'apprendre, fiévreux de s'assurer que son jugement sur les hommes n'était pas injuste. Mais si certains étaient admirables, la plupart d'entre eux le confirmaient dans son mépris. Ils ne savaient pas s'arrêter, ils couraient à leur perte.

Il tournait au misanthrope. Il prenait un trouble plaisir à regarder en boucle les informations qui chaque jour confirmaient la défaite de l'intelligence, de l'humanisme, de l'esprit de synthèse et plus généralement de toutes ces valeurs que lui avaient apprises ses maîtres. Chacun jetait à la tête de l'autre ses propres valeurs, plus personne n'écoutait personne. Les hommes n'apprenaient jamais de leurs erreurs ; leur fatuité, ou leur amnésie, leur laissait croire qu'ils échapperaient à la répétition des sombres heures et aux mécanismes de l'absurde. Des idées et des principes que l'Histoire et l'expérience avaient réprouvés puis rejetés dans l'enfer des pires folies humaines refaisaient surface. Chaque jour, il voyait triompher bêtise et cupidité.

Et l'amour avait fui. Il ne lui restait plus qu'à faire de même.

*

* *

Il s'inquiétait maintenant de n'avoir plus reçu depuis un moment de nouvelles d'Ingrid. C'était inhabituel. Elle appela enfin.

— Pardon de ne pas t'avoir donné signe de vie, lui dit-elle, j'ai un cancer des poumons à petites cellules, le pire.

— Hein ?

— Tu ne voulais tout de même pas que je fasse dans le minable.

— Évidemment, Ingrid.

— Je viens de faire trois mois de chimio, ça ne me fait plus rien. Ils me proposent un dernier protocole expérimental, un truc tout nouveau, dur – j'en ai ma claque. Je les ai envoyés chier.

— Tu veux pas essayer ?

— Pour me retrouver comme une morte-vivante, non, très peu pour moi. Je pars dans un mois en Suisse. Et au revoir les amis, en douceur et à mon heure.

Ingrid avait appelé le jour de Noël, il faisait froid. Il était dehors. Il regardait la nature dépouillée autour de lui, il y avait un corbeau sur une branche.

— Voilà, je voulais te dire ça. Je vais une semaine en Normandie, on a loué une suite au Grand Hôtel de Cabourg, je pars avec Éric, champagne et tout. On va passer le réveillon là-bas.

— Alors, je ne te dis pas bonne année ?

— Non, pour une fois, ce serait de mauvais goût, et elle partit d'un rire qui se termina par une quinte de toux. Souhaite-moi bon voyage.

— Bon voyage, Ingrid. Je t'embrasse tendrement.

— Moi aussi. J'essaierai de t'appeler quand je passerai par Paris.

Soudain, elle lança : « Bonne année, au fait ! » Et elle raccrocha. Sans jérémiades, sans fioritures, cinglante de réserve et de dignité.

Il demeura pétrifié, seul, dans ce paysage figé d'hiver. Le corbeau poussa un croassement et s'envola. Il ressentait un profond sentiment de vacuité, d'incompréhension. Ça ne l'étonnait pas, à mesure que les secondes passaient, la nouvelle lui faisait comme l'effet d'un K-O à retardement, il était sonné. Ingrid lui avait raconté, lorsqu'ils étaient venus avec Solène sur son île, qu'elle s'était inscrite dans une de ces associations qui assuraient la mort libre. Oui, il s'en souvenait bien. Une association suisse. L'idée ne le choquait pas, au contraire, il pensait que l'on devait disposer de sa vie comme on le souhaitait, comme on l'entendait, et que la société s'arc-boutait sur sa peur de la mort. Tout de même, il ne pensait pas, à cette époque, un verre de vin blanc à la main dans un jardin plein de fleurs, que cette hypothèse presque fantasque ou provocatrice deviendrait si vite réalité, c'était inimaginable. Ingrid était conforme à l'image de dandysme qu'elle affectait de donner. Il réalisa juste que ce n'était pas chez elle une ostentation, ni une mode, mais bel et bien un profond engagement philosophique, un stoïcisme affirmé.

Dans un premier réflexe, il avait craint qu'elle ne lui demandât de l'accompagner, puis il l'avait souhaité.

Elle n'appela pas lors de son passage par Paris. À l'heure dite, elle prit le cocktail létal et, comme son compagnon le lui confirma quelque temps plus tard, sans trembler. Elle était comme ça, Ingrid.

Ce fut un deuil sec, un deuil presque irréel. Mais souvent, très souvent, il pensait à elle et elle lui manquait cruellement, comme une pièce de sa vie qui affectait profondément le mécanisme de sa géolocalisation. Il était parfois perdu sans elle.

C'est dans ces moments que l'on regrette si fort de ne s'être pas davantage parlé, d'être resté sur son quant-à-soi, d'avoir pensé qu'on avait le temps, d'avoir procrastiné, de n'avoir pas davantage pris soin de l'autre. Ils avaient encore tant de choses à se dire, à s'avouer, à analyser, à comprendre. Ingrid était une énigme familière dans sa vie. Et elle était partie avec une insigne élégance.

Ce n'était pas comme Cunégonde. Ingrid seule aurait pu lui expliquer son syndrome d'abandon, car c'était d'elle seule qu'il aurait supporté de l'entendre. Certainement pas de Belphégor qui restait dans son cadre, il ne lui en voulait pas pour autant. Ingrid n'était pas son psychanalyste, mais son amie. Elle pouvait tout lui dire.

*

* *

Il ressentait une fatigue grandissante. Les dernières analyses laissèrent apparaître un net affaissement de ses globules rouges. La magie n'opérait plus, les cellules rouges naissaient, mais elles ne tenaient pas le coup. Quelles connes.

« Putain, mais qu'est-ce que j'ai fait pour me gauler ce truc ? » se révoltait-il. Il se trouvait dans un échantillon tellement réduit de patients, il n'était pas alcoolique – grand alcoolique, rectifiait-il pour lui-même –, il n'avait pas été exposé au benzène, ni irradié, ou des trucs comme ça, il fallait vraiment le vouloir pour être atteint d'un machin pareil. Lorsqu'il était étudiant en médecine, il s'était imaginé attraper toutes les maladies sauf celle-là. Il avait fini par ne plus chercher d'explications. Le docteur Lamron, toujours aussi calme, lui avait prescrit un doublement des doses de Mégalmide, le booster d'EPO, et puis il avait aussi encore augmenté le dosage de l'EPO.

— Et si ça marche pas ? demanda-t-il, l'air un peu dubitatif.

— Attendons de voir.

— Oui, mais tout de même, insista-t-il, c'est quoi après ?

— On pensera aux transfusions. Mais attendons de voir.

Attendons de voir : la devise du malade. C'était cela le charme des longues maladies, il fallait toujours attendre de voir. Un traitement remédie au précédent. Tant qu'il y en a un. Car il arrive que l'on bute sur une impasse thérapeutique.

Il fit une halte à la cafétéria de l'hôpital, habituellement c'était un lieu qu'il associait à une sorte de soulagement, il sortait de chez son médecin, un nouveau traitement lui laissait espérer une amélioration, il prenait un café. Désormais, il n'y croyait plus vraiment.

*
* *

Il travaillait maintenant plus souvent sur son carnet noir, au parc, bien protégé du froid par un chaud vêtement, ou dans un café, les jours de pluie. Le carnet se remplissait. Si un œil inquisiteur avait pu regarder les choses de plus près, il se serait aperçu que le carnet portait le chiffre deux, en lettres romaines. C'était donc le deuxième tome de son travail. Tantôt le nez en l'air, tantôt penché sur son écriture, toujours à la mine de crayon, il racontait l'histoire de cet homme qui avait décidé de disparaître à la vue des autres, ses semblables, de se soustraire au monde comme un prestidigitateur l'aurait fait d'un lapin. À la vérité, il préparait de longue date sa sortie, d'abord comme une conception philosophique, une réflexion de jeune homme qui a tout le temps, une hypothèse, puis, peu à peu, comme un engagement, et, pour finir, si l'on pouvait dire, un projet concret, et une mise en pratique. Rien de spectaculaire, au contraire, une sortie discrète, à l'anglaise aurait-on dit autrefois. Mais avec ce stupide Brexit, l'expression ne faisait plus recette.

Donc, sur son carnet, il consignait depuis des mois le parcours qui avait amené cet homme dans ce bois de sapins, une sorte d'autobiographie succincte, la narration de cette ultime rupture et les raisons de sa décision, enfin le stratagème pour garantir la discrétion de sa disparition. La neige et le froid étaient tous deux indispensables à la réalisation de son entreprise. La neige, car elle étouffait aussi bien les pas qu'elle les effaçait avec un savoir-faire naturel et consciencieux. Le froid, car il endormait naturellement et sans coup férir, avec une douceur à nulle autre pareille.

C'était ce qu'il avait trouvé de mieux après avoir inventorié maintes alternatives toutes plus barbares et brutales les unes que les autres. La plus spectaculaire visait à percuter à pleine vitesse avec sa moto un poids lourd qui viendrait en sens inverse. Malheureusement, il gardait dans son corps, dans sa chair, le souvenir de l'impact lors de son unique accident de moto. Il trouvait étonnant d'avoir pu si précisément emmagasiner en lui cette sensation, la multiplicité des souvenirs physiques, son corps soudain transformé en projectile, qui échappait à tout contrôle, devenait le jouet d'une formidable poussée, le bruit, l'impact, le souffle interrompu, le son, les bruits encore, la douleur, la perte de conscience d'une nanoseconde, cette suite de fractales déchaînées, le retour sur le sol. Non, il partirait doucement, pris par le froid, engourdi comme un vieil Esquimau encombrant exilé seul sur la banquise.

Le soir venu, il contemplait les plus belles photos de Solène, revoyait des bouts de films, et certaines photos mises en ligne, premières, vernissages qui montraient une Solène rayonnante sur fond de mur des célébrités.

S'exposer, voilà ce qu'elle aimait, dire qu'il évitait scrupuleusement ce genre de situation, préférant même ne pas aller dans ces festivités pour couper court à de pareilles obligations.

Il redécouvrait toujours de nouvelles photos oubliées. Avant, il les retouchait, les améliorait, il n'en avait plus l'énergie. Il la regardait vivre comme on regarde des poissons dans un aquarium. Il s'étonnait de ce qu'il pouvait apprendre, sans vraiment le chercher, de leur vie. Ils avaient vécu comme des gamins attardés.

Le traitement ne marchait plus. L'augmentation des doses de Mégalmide entraînait un effet secondaire ennuyeux, elle le faisait dormir, c'était un sédatif. Donc, en plus de l'anémie, il dormait. Descendre de chez lui, aller faire des courses, les choses les plus simples étaient devenues une épreuve, une immense fatigue le terrassait, il ne jouait plus de piano. La plus infime décision lui demandait de prendre son élan, la marche lui était pénible, la moindre côte lui coupait le souffle, il avait des vertiges, des maux de tête. Les prises de sang révélaient qu'il flirtait désormais avec la zone dangereuse qui dans la littérature médicale réclamait une transfusion sanguine.

En dépit du sérieux d'une telle perspective, c'était plutôt un point positif à l'égard de son projet.

Quand il eut connaissance des résultats des dernières prises de sang, Lamron prit la décision de prescrire des transfusions. Là aussi, il avait tiré un bon numéro. Il était donneur universel, O–, il le savait, car depuis sa carrière de pilote automobile, c'était inscrit en gras sur sa licence internationale de pilote. Une vieille carte qu'il avait gardée comme souvenir, histoire de s'assurer qu'il n'avait pas rêvé cette époque aussi heureuse que tumultueuse. C'était réconfortant de savoir qu'il pouvait donner son sang à tout le monde ; hélas, la réciproque n'était guère envisageable, il ne pouvait recevoir que le sang du même groupe que lui.

Il se rendit à l'hôpital pour cette nouvelle expérience.

A priori, rien de réjouissant, l'inconnu stimulait toujours son imagination, et chez lui, le pire n'était jamais loin. Il devint le centre de toute une série de gestes techniques, de précautions et de mesures : tension, température, rythme cardiaque. Il était équipé au poignet d'un cathéter veineux que l'on relia tout d'abord à une poche de sérum physiologique. Puis on envoya à la suite l'un de l'autre deux « pochons » de sang. C'était désagréable d'être relié à des tubes. Étrange de recevoir la manne sanguine d'inconnus qui avaient fait don de leur propre sang. C'était une chose de devoir son salut à une substance chimique, et une autre d'être dans cette consanguinité. Ce dernier détail le plongeait dans une réflexion sur l'altruisme et la dépendance aux autres, jamais ce concept ne lui parut se matérialiser si bien. Il devait se faire à l'idée que sans cet apport, il dépérirait. Tout cela était survenu tellement vite, de manière si inattendue. Il se disait aussi que d'aucuns n'avaient pas sa chance, qu'ils mourraient de cancers foudroyants, ou agoniseraient des mois, protégés par des familles acharnées qui refusaient de céder devant l'évidence, maintenus en vie en dépit de toute raison et de toute souffrance.

Curieuse sensation que celle de se voir remplir du sang d'un ou de plusieurs donneurs inconnus, d'un type de sang rare. Encore une situation totalement inédite qui mettait à l'épreuve son confort et ses acquis d'ancien bien portant égoïste.

De temps à autre, il jetait un œil mi-rassuré vers le goutte-à-goutte sanguin qui se vidait dans son réseau veineux. La force devait lui revenir grâce à cette manipulation dont le caractère presque magique aurait valu, dans les siècles passés, le bûcher à ces vestales attentives en blouse blanche qui prenaient soin de lui.

À la sortie, il s'ébroua, un peu à la manière d'une poule qui serait passée sous un jet d'eau glacée. Son corps fonctionnait, il pensait, il était vivant et s'en étonnait. Des cellules sanguines fraîches caracolaient dans ses veines. Il n'avait plus connu ça depuis presque cinq années, époque où son organisme se chargeait encore de régler tout cela de manière automatique et naturelle. Il n'étouffait plus, aucun vertige, envolés les maux de tête. Doucement, par étapes, il effectuait une sorte de check-list de ses aptitudes physiques. Comme un pilote qui vérifierait les commandes de son appareil avant le décollage, tout était au nominal. Ses sensations étaient revenues. Tout marchait à nouveau. La durée de vie des globules rouges était de quatre-vingt-dix jours. Théoriquement, c'était suffisant.

13

Ce matin-là, il laissa tomber dans l'entrée de son appartement un gros sac de toile. Un sac militaire. Sur son bureau, il abandonna les deux carnets noirs. De l'un d'eux, une enveloppe dépassait, elle était adressée à sa fille, Albertine, scellée d'un cachet de cire noire.

Pour plus de sureté, il avait envoyé une autre lettre à son notaire, elle aussi destinée à sa fille.

Dans la première, il lui disait qu'il avait fait son temps, et qu'après un deuil raisonnable, elle devait aller de l'avant. C'était le dernier cadeau qu'il pouvait lui faire. Elle n'en faisait qu'à sa tête. Elle allait pouvoir s'en donner à cœur joie. Il la prévenait qu'on mettrait sans doute du temps à le retrouver, et qu'en conséquence, les dispositions testamentaires risquaient d'être bloquées pendant plusieurs années. Il lui redisait qu'il n'aimait pas les gosses de riches, il n'avait rencontré qu'arrogance et suffisance dans cette population, les héritiers étaient le plus souvent médiocres et prétentieux. Ils n'avaient pas eu à se battre et s'imaginaient dépositaires de valeurs qui leur étaient tombées dans le bec.

Les héritières étaient encore pires. Il lui disait qu'elle devrait mettre à profit le temps des dispositions légales qu'une disparition entraînerait pour s'aguerrir, mûrir et mériter son dû. Il l'aimait, elle avait été la meilleure chose de sa vie.

Il terminait en lui conseillant la lecture des carnets, ajoutant que ce n'était qu'un roman, et qu'il fallait se défier de comparaisons avec la vraie vie. Ils étaient comme ces lacs qui reflètent un ciel, on n'en savait jamais la profondeur réelle. Il l'embrassait. Et lui souhaitait une vie aussi belle que la sienne.

Au notaire, il adressait une somme suffisante pour qu'elle puisse vivre correctement, mais sans luxe, grâce aux versements de mensualités.

Il ajoutait, à l'attention d'Albertine, qu'elle recevrait dans sept ans, de la part du même notaire, une autre lettre. Celle-ci lui révélerait le stratagème de sa disparition et sa volonté.

Il portait encore un petit sac à dos. Il referma la porte à clé.

Il roulait à présent sur l'autoroute dans un beau 4×4 noir tout neuf, un Range Rover. À l'agence, il avait loué l'auto pour dix jours. Le ciel était bleu, *cruise control* enclenché, il respectait à la lettre la limitation de vitesse. Il aurait aisément pu se croire un riche touriste qui partait vers la montagne, et cela d'autant plus qu'une paire de skis dépassait de la trappe prévue à cet effet. Dans le vaste coffre, il avait déposé le gros sac ainsi qu'une paire de raquettes. Il était paré. L'horloge digitale indiquait treize heures, le trafic était fluide. Il serait sur place vers dix-huit heures. Il y avait plusieurs péages sur le chemin, il les acquitterait avec sa carte de crédit. Son itinéraire serait ainsi enregistré. Un plein ajouterait encore une preuve supplémentaire de son parcours.

Il avait dix jours devant lui. Cinquante années auparavant, il empruntait la même autoroute dans sa vieille Rover 100S avec une bande de copains étudiants en médecine comme lui. Tous partaient au ski. L'auto était spacieuse, l'habitacle sentait bon le cuir et l'huile chaude, la conduite était à droite. Pour des étudiants, cette voiture valait une Rolls. Passer une nuit sur la route pour se lancer sur les pistes ne les effrayait pas, ils avaient l'avenir et la force avec eux ; après une nuit de conduite, ils n'auraient pas peur de monter avec le téléphérique à près de trois mille mètres d'altitude pour se lancer dans leur première descente. Il sourit à cette évocation. Son sang tout neuf le revigorait.

Conduire lui avait toujours laissé le cerveau libre pour divaguer, il voyageait doublement et indépendamment, l'espace et l'esprit, la route et l'évasion onirique, la musique produisant un effet démultiplicateur. C'était d'autant plus facile qu'au vieil autoradio de la Rover de sa jeunesse s'était substitué un système stéréo numérique surround à huit haut-parleurs dans son Range Rover. Bach le guidait et son esprit vagabondait. Il revoyait sa vieille Rover, toute en rondeurs, trapue. Étudiant, il se pavanait dans cette limousine, il l'utilisait pour se rendre à la fac de médecine, il l'avait achetée d'occasion pour une bouchée de pain, mais elle en jetait, rue des

Saints-Pères on trouvait encore à stationner, et c'était gratuit. Impensable. Un détail le frappa, il était encore dans une Rover. Un clin d'œil.

Il se remémorait ses escapades en montagne. Et pas seulement en hiver, il y avait ces innombrables courses alpines qui lui avaient fait sillonner tous les coins du massif du Mont-Blanc. Il connaissait la région comme sa poche, les petites routes, les sentiers, les chemins de montagne. La neige était tombée durant les semaines passées, pas en abondance, mais la route serait sans doute poudrée, il s'y attendait, *four wheel drive* et pneus hiver, il était paré, une auto aux qualités de franchissement remarquables. Le manteau n'était pas encore trop épais, des chutes de neige étaient annoncées dans les heures prochaines au cours de la nuit. C'était parfait.

Il avait atteint la montagne, les lacets de la route s'enchaînaient, il croisait de rares voitures. Il montait vers un dernier gros bourg dans lequel il comptait s'arrêter. La nuit était tombée, les puissants phares au xénon éclairaient comme en plein jour. Ça le changeait de sa vieille voiture pourtant si moderne lorsqu'il l'avait acquise, quinze années auparavant. Il restait confondu par le saut technologique que représentait à elle seule une automobile de ce type. Les hommes inventaient des choses extraordinaires, mais derrière leurs mines apprêtées, leurs cosmétiques, leurs UV, ils demeuraient des barbares dont le vernis craquait à la moindre crise. Ils restaient motivés par le lucre, la cupidité, et ce besoin d'ostentation dont ils ne s'étaient jamais départis.

Si on les poussait un peu, le barbare resurgissait, intact et massacreur. Il avait perdu toute foi en la capacité de cette humanité à réduire sa croissance, à se partager plus équitablement les richesses, à s'entraider durablement, à modérer ses instincts : l'homme était un prédateur, et il le resterait jusqu'au dernier d'entre eux.

Le bourg offrait une vie nocturne assez modeste, quelques rares vitrines brillaient encore, il n'était pourtant que six heures du soir. Il se gara près du café, lieu central et principal point de rencontre, l'endroit faisait hôtel-restaurant. *Le Grizzli* s'étalait en lettres mauves au-dessus de l'entrée.

L'agitation et la chaleur qui régnaient à l'intérieur tranchaient avec le petit froid piquant qu'il avait ressenti en sortant de l'habitacle de la voiture. On parlait fort, le bar était entouré de gens du coin. Les verres de vin chaud circulaient, le pastis et la bière n'étaient pas en reste.

Il alla vers la patronne, une femme énergique et méchée de roux.

— Je peux dîner ?

— Pas de problème, installez-vous. Je suis à vous tout de suite. Le plat du jour c'est une daube.

— Parfait, je vais prendre ça.

Il alla s'asseoir au fond de la salle, un peu à l'écart de l'agitation. Avec son manteau noir, il devait ressembler à une sorte de spectre car le fond de la salle n'était pas éclairé. La patronne alluma la lumière. Les murs étaient tapissés de grandes photographies de montagne, mais les clichés avaient viré, les couleurs tiraient sur le sépia, on n'avait pas changé la déco depuis un moment. L'une des photos représentait une splendide vue de l'aiguille du Dru, le pilier sud-ouest, dit pilier Walter-Bonatti.

— Alors on a dit une bière, un œuf mayo et une daube ?

— Parfaitement.

— Je vous apporte ça tout de suite.

Il songea que cette femme n'était pas née lorsque Walter Bonatti, après plusieurs tentatives infructueuses avec d'autres alpinistes, était revenu le 17 août 1955, seul, pour tenter de vaincre cette paroi qui se greffait sur la droite de la face ouest. Cette paroi était réputée infranchissable, Walter n'était pas du genre à accepter l'impossible. Après plusieurs jours de lutte solitaire, plusieurs bivouacs et des acrobaties inouïes, l'alpiniste réussissait à atteindre le sommet, il donnait son nom à cette voie.

Lorsqu'il grimpait dans le massif, ce nom était dans sa mémoire, comme celui d'un des géants de l'alpinisme. Le Dru était une montagne magnifique, élancée, droite comme un doigt levé vers le ciel.

En 2005, le pilier Bonatti s'effondra d'un seul tenant dans un tonnerre de roches brisées qui fit écho dans toute la vallée médusée.

Cet événement l'avait marqué, forçant sa place particulière dans les dominos de sa mémoire. Un exemple de la relativité des choses et des exploits humains, fussent-ils parmi les plus honorables à ses yeux. Jamais le terme de « conquérant de l'inutile » ne lui était apparu dans une pareille majesté. Le lieu et la trace concrète de l'exploit disparaissent, quelle plus belle métaphore de la force de l'esprit qui perdure pour devenir légende ? Bonatti était un homme qu'il admirait depuis toujours. Ses exploits ainsi que ceux de quelques autres avaient peuplé ses rêves d'enfance. Ils étaient de véritables héros, tout comme les marins, qui figuraient dans son panthéon idéal. Peut-être parce que, finalement, ces hommes qui affrontaient les éléments à mains nues lui semblaient plus dignes de confiance que les autres. Et puis peut-être aussi parce qu'on trichait beaucoup plus difficilement lors des épreuves avec les éléments.

En tant qu'artiste, il avait appliqué les mêmes valeurs à ce qu'il faisait.

Il se brûla les lèvres avec la daube servie dans un caquelon rouge en fonte, elle était délicieuse. Il fallait qu'il soit en forme pour ce qui l'attendait. Pour un peu, il aurait pu se croire une trentaine d'années en arrière avant une ascension en nocturne.

Parmi les clients du bar, il reconnut plusieurs dameurs dans leurs combinaisons rouges. La saison était lancée, il fallait damer les pistes.

Dans le brouhaha, il crut les entendre parler de chutes de neige. Il se brûla encore avec le double expresso, paya et ressortit. La petite place était désormais vide et seuls les lampadaires au sodium éclairaient à peine les façades de leurs pâles lumières. Le froid était plus vif.

Il remonta dans le Range, referma la portière, immédiatement isolé par le silence ouaté de l'habitacle. Il appuya sur le bouton démarreur. On entendit à peine le grondement du V6. L'aventure commençait.

*
* *

Il y avait tant de gens qui ne conduisaient des 4×4 que pour passer sur des ralentisseurs ou grimper des bordures de trottoir, pensait-il en s'élevant sur la route sinueuse. Lui pourrait bien vite tester les qualités de franchisseur de son véhicule. Les virages s'enchaînaient au rythme du ballet de ses mains sur le cuir piqué, aucun heurt. C'était une des gestuelles les plus sensuelles qu'il connût, avec celle, très semblable, à laquelle on se livrait à la barre d'un voilier, seul le rayon du cercle changeait. En un éclair il revit les leçons prodiguées à Cunégonde.

Le sol fut bientôt poudré, puis enneigé, il donna quelques brefs coups d'accélérateur pour éprouver l'efficacité de l'antipatinage, la machine répondait avec une souplesse et une réactivité incroyables.

Au bout d'une trentaine de kilomètres, il arriva à une bifurcation, la route qu'il suivait continuait sur la droite, une autre, plus étroite, montait vers la gauche, un panneau indiquait le plan du Choucas. Il s'y engagea doucement.

C'était plus un chemin de montagne qu'une route, une seule voiture pouvait passer de front. Il ne risquait guère de croiser grand monde. Il songea que son parcours allait en se rétrécissant. N'était-ce pas la plus parfaite métaphore de ce qu'il vivait ? Le sol était recouvert d'une bonne dizaine de centimètres de neige. Après quelques kilomètres, il vit dans le pinceau des phares une nouvelle bifurcation avec deux panneaux.

Le plan du Choucas et la combe du Loup sur la droite. Il prit cette dernière direction.

La véritable étape de tout-terrain débutait. Il modifia le mode de propulsion. Tout était désormais électronique sur ces engins, fini les crabots qui accrochaient et grinçaient, l'électronique avait pris le relais et gérait tout, pourvu que l'on appuyât sur le bon bouton.

Il était tendu, le chemin était bordé de grands sapins, des racines sortaient du sol, parfois des rochers affleuraient. Le véhicule était chahuté de droite et de gauche, n'eussent été les suspensions pneumatiques et pilotées et les renforts latéraux des sièges, il serait allé valdinguer contre les parois de l'habitacle. Il avait l'impression d'être dans un bocal que l'on secouait, il scrutait avec une attention extrême chaque pouce de terrain, la neige, par endroits, recouvrait le relief, il fallait deviner sur quoi on roulait.

Soudain, il se pencha en avant, tentant de voir à travers le pare-brise, et arrêta sa progression : une forme oblongue apparaissait dans la lumière puissante de ses phares. Il reprit son avance et s'approcha doucement. Un tronc d'arbre barrait le chemin. Son sang se glaça. Soit il était tombé là, soit, plus probablement, des forestiers l'avaient volontairement placé pour interdire l'accès vers l'amont.

Le résultat était le même. Il était bloqué. Il frappa sur son volant. Le véhicule n'était pas équipé d'un treuil comme le vieux Toyota de Maguie. C'était bien la peine, toute la sophistication du monde, mais pas de treuil. Son cerveau tournait à toute vitesse. Il réfléchissait comme une machine folle. Il sauta du véhicule et s'approcha du tronc. Décidément, les troncs d'arbre en avaient après lui. Celui-ci était impossible à bouger.

L'obstacle devait être éliminé, coûte que coûte. Il était encore trop éloigné de son point d'arrivée pour marcher. S'il n'était pas tenu d'exécuter son plan exactement à la lettre, comme ce qu'il décrivait dans les carnets, il devait au moins atteindre la sortie du bois. Après, la neige se chargerait du reste. Mais il fallait surtout atteindre ce point avant la neige, sinon, il était foutu.

Cette analyse décuplait la vitesse du courant qui parcourait ses synapses, ça grésillait dans sa boîte crânienne. Il inspecta l'obstacle sous toutes les coutures, tous les angles. Bien qu'il fût disposé en travers, il épousait le dévers du chemin, il penchait vers l'aval. Il avait un instant pensé le contourner, mais des arbres interdisaient le passage, par le bas comme par le haut. Toutefois, sur la partie amont du terrain qui grimpait dans les sapins, il y avait un bon espace avant le premier sapin, il ne permettait pas le passage du véhicule, mais l'autoriserait à effectuer la manœuvre qu'il avait en tête. Intérieurement, il rageait contre ces petits-bourgeois de merde qui s'offraient des véhicules tout-terrain à cent mille euros, des franchisseurs d'enfer, mais oubliaient de mettre un treuil sur leur véhicule. Question d'esthétique, sans doute. N'importe quoi, bande de rigolos.

Pris d'une inspiration soudaine, il inspecta la calandre. Ces couillons auraient pu dissimuler le dispositif. Il se pencha sur l'avant et éclaira le bas du pare-chocs. Il y avait une ouverture rectangulaire, elle donnait accès à un crochet. Son cœur bondit dans sa poitrine. Le crochet servait au remorquage. Il fut pris d'un soudain espoir, il fit le tour du véhicule et ouvrit le coffre, inspectant tous les coins et recoins. Il souleva les tapis de sol, tâtonna, et dans le réduit contenant une roue galette et le cric, il trouva une petite trousse en plastique, une pochette.

— Yesss ! Yesss ! cria-t-il.

La trousse contenait des sangles américaines toutes neuves munies de crochets à chaque extrémité.

— Yesssssss !

Il était sauvé, enfin, presque.

En deux temps et trois mouvements, il arrima un des crochets à l'arceau positionné sous le pare-chocs avant, il déplia la sangle, vint entourer l'extrémité aval du tronc d'arbre, et crocheta la sangle, cela faisait une boucle. Il tira dessus, ça tenait.

La sangle reliait une extrémité du tronc au véhicule. Il ne restait plus qu'à appliquer une force pour faire pivoter le tout. Avec la déclivité naturelle du terrain, le bois devrait être entraîné vers la pente et rouler vers le ravin.

Il se remit au volant. Le moteur ronfla sous l'imposant capot, la sangle se déplia comme un reptile et se tendit entre la grume et le 4×4. Il commença à reculer lentement, au fur et à mesure, la sangle vibrait sous l'extrême tension, la grume bougea ; très doucement, il poursuivit sa marche arrière, remontant autant que les arbres proches le lui permettaient vers l'amont afin d'orienter l'angle du point de tire pour favoriser la rotation de la pièce de bois.

Depuis son habitacle, il voyait la grume pivoter. Soudain, tout s'accéléra lorsque, ayant atteint un certain angle par rapport au chemin, elle fut entraînée par son poids vers l'aval. Elle se mit à rouler vers le ravin, entraînée par sa propre inertie. Il bloqua les freins ; en rebondissant la grume dévala la pente. Lorsque la sangle s'arracha brutalement du bout du tronc, un claquement suivi d'un sifflement vint frapper de son crochet contre la voiture, incident qui n'était pas prévu dans son carnet noir… Il y eut un bruit de verre brisé, un phare s'éteignit. Seule la partie droite du chemin était éclairée.

Il descendit et récupéra la sangle qu'il jeta dans l'habitacle. La voie était dégagée.

*

* *

On pouvait désormais apercevoir à travers les arbres le robuste véhicule qui grimpait à flanc de montagne.

Même si le 4×4 était borgne, la luminosité de l'unique phare demeurait assez forte pour éclairer le chemin, la neige était plus épaisse, le rideau de sapins se densifiait. Le terrain n'était plus aussi pentu, mais la neige accumulée sous le véhicule obligeait le conducteur à de fréquents arrêts. Il reculait, et réaccélérait pour se dégager et passer en force.

Une lueur apparut au bout du chemin. Le véhicule avait atteint la limite des bois, devant lui s'étendait une vaste combe dégagée et blanche, immaculée, qui montait au loin vers la forêt de sapins.

C'était le point précis décrit dans le carnet noir. Vu de loin, ce n'était plus les deux yeux morts d'une bête qu'on pouvait apercevoir, mais l'œil unique d'un cyclope. À ce détail près, la réalité avait dépassé la fiction.

À l'intérieur, il regardait le ciel étoilé, respirant doucement, s'apaisant de la tension du parcours. Il alluma le plafonnier et chercha le petit sac qu'il avait glissé à l'avant devant le siège passager. Il actionna le commodo de la fenêtre avant. L'air frais entra. Il respira profondément la fraîcheur parfumée de cette odeur de nuit et de pins. Il ferma les yeux, se laissant aller aux forces de la réminiscence triste et délicieuse, emporté par le parfum des centaines de sapins de Noël qui le ramenaient si loin en arrière. Ses narines frémissaient, il appuya sur un autre bouton : le *Clair de lune* de Debussy se fit entendre. Curieusement, cette musique si chère ne lui avait jamais fait penser à la lune, non, mais à la mer, à des vagues qui roulaient sans fureur sur une grève sans limite et venaient mourir doucement sur le sable, laissant en se retirant d'immenses miroirs éphémères qui reflétaient le ciel. Il laissa aller sa tête contre l'appuie-tête.

Il imaginait Cunégonde se dévêtant devant l'océan, sans hâte... Une fois nue, les cheveux au vent, elle entrait dans l'eau et marchait droit au-devant des flots, se jetait dans les vagues et nageait en s'éloignant jusqu'à n'être plus qu'un point minuscule qui disparaissait.

Les yeux toujours clos, il demeurait immobile. Devant le véhicule, l'étendue de neige était immaculée, il rouvrit les yeux, contemplant les résineux et le ciel étoilé dont une partie se couvrait doucement, par l'ouest, d'épais nuages. La neige attendue arrivait. Il extirpa de son petit sac son téléphone, il en sortit la carte Sim, et l'éteignit. Il le remit dans la poche de sa veste de montagne. Il sortit un autre téléphone à carte prépayée. Désormais, il avait disparu, il n'existait plus, du moins sur les réseaux téléphoniques. Il descendit de l'automobile, il s'enfonça jusqu'aux mollets dans la poudreuse et alla à l'arrière du véhicule, il ouvrit le hayon.

Après un long moment, les warnings clignotèrent, les serrures claquèrent et il réapparut. Il était chaussé de skis, le lourd sac militaire était sur son dos, sur l'avant de sa poitrine, le petit sac faisait saillie. Il sortit du bois et entreprit de longer la combe par le bas, en adoptant un pas de skieur de fond. Il suivait la lisière des résineux, au lieu de partir dans la montée, à l'inverse de la description littéraire du carnet. Il continua de s'éloigner comme un skieur de fond, puis bientôt glissa lorsque la pente s'accentua... Il disparut, happé par la déclivité.

Sous les spatules de ses skis, la neige fraîche explosait comme l'écume devant l'étrave d'un navire. Laissant porter son poids sur l'arrière, il descendait avec l'allure d'un skieur chevronné, en souplesse, soulevant des gerbes de poudreuse.

Il entendit un ronflement venant de derrière les sapins dans un bois sur sa droite. Il s'arrêta, il était essoufflé, mais se dit qu'une semaine plus tôt, il n'aurait pas fait cinquante mètres sur des skis. Il se baissa. Devant lui, de derrière le bois, des lueurs intermittentes rougissaient l'atmosphère. Trois tracteurs dameurs apparurent, ils descendaient de front la pente. Le champ enneigé sur lequel il se trouvait rejoignait la piste. Les engins passèrent à toute vitesse dans un nuage de neige empourprée des lumières de leurs gyrophares et un vacarme mécanique, laissant l'écho de la musique de leurs alarmes sonores.

Il se releva, et se laissa glisser jusqu'à la piste. Les trois engins étaient déjà loin vers le bas, comme un troupeau noir.

Le timing était correct, bien qu'imprévu, et il avait pour lui une piste fraîchement damée, il s'y engagea. La glisse était parfaite. Les engins avaient disparu.

Il descendait en larges virages souples afin de ne pas prendre trop de vitesse et d'éviter toute chute. Les premiers flocons de neige tombaient, épars, légers. Bientôt toute trace de son passage serait effacée. Le Range, sous peu, recouvert d'une blanche couverture, telle une congère, serait lui aussi invisible jusqu'au printemps.

Il atteignit le bas de la piste, elle s'élargissait pour rejoindre une sorte de grande esplanade, point d'arrivée de plusieurs autres pistes. Il y avait des installations et le départ de plusieurs remonte-pentes, un télésiège qui se balançait dans le vent, tout était sombre et à l'arrêt. Au loin, signalés par leurs gyrophares, les dameurs poursuivaient leur travail sur la gauche, à flanc de montagne, aplanissant d'autres pistes.

Il glissa jusqu'aux bâtiments, et s'abrita entre deux casemates. Il se déchaussa, laissant ses chaussures sur les skis, il sortit du sac une paire de chaussures de marche qu'il enfila. Il mit ses skis sur son épaule et s'éloigna sous la neige qui tombait désormais plus fort.

Il marchait sur le bord de la route, la tête couverte de sa capuche. En passant sur un pont, il jeta la paire de skis dans la rivière qui bouillonnait. Il continua sa route.

Il arriva à un rond-point, une voiture stationnait, le moteur au ralenti. Il s'approcha, se pencha à la hauteur de la portière du conducteur. Le coffre claqua, tandis que le marcheur montait à bord.

La voiture démarra et disparut dans le brouillard de neige.

*
* *

Une clé cherchait la serrure sous la lumière d'une torche assourdie. La clé s'inséra. Elle tourna. Une silhouette poussa le capot et se glissa à l'intérieur du bateau. Le capot se referma.

C'était un petit port, des bateaux y étaient amarrés à des pontons. Le vent faisait claquer les drisses contre les mâts.

À l'intérieur du bateau, dans le carré, il restait debout, figé, regardant autour de lui.

— Putain, j'y crois pas, j'y crois pas, murmura-t-il.

De la buée sortait de sa bouche.

Le gars n'avait pas changé la serrure, c'était incroyable. Dans le même temps, pourquoi l'aurait-il fait dans la mesure où cette serrure était sur mesure, de la meilleure facture et qu'elle s'adaptait parfaitement à la fermeture du capot, garantissant une inviolabilité relative au bateau. Elle lui avait coûté assez cher.

Il déposa son sac, dézippa la fermeture Éclair de sa veste.

Il regardait autour de lui. C'était bien son bateau, son cher bateau. Le propriétaire avait procédé à quelques aménagements, surtout du côté de la table à cartes. Des équipements informatiques de navigation remplaçaient le vieux Satnav de son époque. Trente années le séparaient de la dernière fois où il avait mis le pied sur ce bateau. Trente années d'une vie et d'un rêve perdus. Le rêve était mort, le bateau avait survécu. Entre les mains d'un marin méticuleux, on constatait qu'il avait été bien entretenu. Tout était impeccablement rangé, on sentait le skipper pointilleux, voire un poil maniaque. Sur un bateau la limite est parfois étroite entre ordre et maniaquerie, et on la franchit vite. Une place pour chaque chose et chaque chose à sa place. La survie était parfois à ce prix. Ce qui dans la vie courante pourrait s'apparenter à un excès de manières devenait ici une qualité.

Il prit soin de bien tirer tous les rideaux du carré, sans laisser le moindre interstice. Il alluma une torche et fit le tour du propriétaire.

Il s'imaginait comme un nain de *Blanche-Neige* constatant que quelqu'un avait couché dans son lit et mangé dans son assiette. Dans le carré, les coussins étaient désormais jaunes. Il y avait une bibliothèque avec des romans policiers et des histoires de mer et d'aventures. Il se glissa vers l'avant, par le couloir décentré. Les chiottes n'étaient plus à la mer, mais chimiques, réglementation oblige. En face, un grand espace penderie avec encore des voiles, et des vestes de mer. À l'avant toujours la couchette en triangle et des sacs à voiles.

Il revint sur ses pas. Il était minuit à la montre de bord, il était encore trop tôt. Il se baissa et souleva les planchers du carré, il mit au jour une bonne réserve de boîtes de conserve de toutes sortes et d'aliments sous vide. Dans les fonds tribord, il découvrit une collection de bouteilles d'eau minérale. Il en prit deux. Il referma. Il fouina sous l'évier et dans les rayonnages de la cuisine, trouvant encore d'autres aliments, une variété de condiments et plusieurs bouteilles d'alcool. Le bosco aimait faire la cuisine et devait naviguer en hiver.

Il enleva sa lourde veste et vint s'asseoir à la table à cartes. Il se versa un fond de verre de 51 et ajouta de l'eau. En humant l'odeur anisée, il se souvint de cette nuit d'enfer où ils s'étaient réfugiés en pleine tempête, son équipier et lui, dans un port espagnol, et d'un parcours dantesque dans ce port encombré, drossés en permanence par des rafales de plus de cinquante nœuds. Il avait réussi à s'amarrer sans rien casser, sans toucher un seul bateau. Un véritable exploit.

Les manœuvres avaient été si périlleuses, ils étaient passés si près de démolir le bateau et d'emboutir la moitié des bateaux alentour qu'une fois amarrés, sans une égratignure, son pote et lui avaient sifflé une bouteille de 51 et bouffé plusieurs boîtes de pâté Hénaff. Ils avaient décompressé en délirant, puis, complètement bourrés, épuisés, ils avaient fini par s'affaler dans leurs couchettes respectives.

À chaque coin et recoin de ce bateau étaient attachés tant de souvenirs, d'instants, d'heures, de jours et de nuits, qu'il condensait à lui seul toute une partie de sa vie. Il le retrouvait pour la dernière longueur, la plus belle.

Il savourait le pastis, il avait chapardé un paquet de biscuits apéritifs, un peu humides, il se resservit, l'alcool s'insinuait en lui, déliant son stress. Le 51 était le prince des pastis. Inspectant en même temps les appareils de navigation, il remarquait que la plupart n'existaient pas à son époque, cette simple constatation suffisait à mesurer la marche du monde. Seul le bateau n'avait pas changé, car il obéissait à des lois immuables.

En plus des chiottes chimiques, on avait mis des instruments électroniques qui ne servaient pas à grand-chose.

Il repartit sur l'avant et, en levant la tête, examina le gréement à travers le capot en Plexiglas. Un génois à enrouleur équipait l'avant. En se penchant, il vit que la bôme n'avait pas changé, la voile était sous son taud, mais en examinant le point de drisse, il s'aperçut qu'elle était de couleur bleue, les drisses semblaient neuves. Le gars entretenait sacrément bien son bateau. On verrait le reste après.

La pendule marquait une heure. Il fallait se mettre en besogne. Rétablir le courant, inspecter le moteur et se préparer à une manœuvre hyper rapide, moment le plus périlleux de toute l'opération : passer sous le faisceau du radar.

Il sortit de son sac ses bottes, sa combinaison de mer, des gants, une carte marine, un compas, une règle de Cras, il mit tout cela sur la table à cartes, il déplia la carte. Penché, il étudiait une ligne tracée au crayon… il resta immobile un moment. Il se redressa. Dans un équipet, il saisit une paire de jumelles de marine, dotées d'un compas et d'un stabilisateur de vision.

D'un geste, il déboîta l'escalier de la descente, mettant à nu les entrailles du moteur. Il alluma la torche et inspecta le Yanmar. Ce n'était plus le sien, mais une version beaucoup plus récente, probablement bourrée d'électronique. Il se pencha et tourna la manette du coupe-batterie. Les choses étaient à leur place, il l'avait fait installer lui-même. L'aiguille du potentiomètre se redressa. Il y avait du courant, il alluma la veilleuse au-dessus de la table à cartes, l'éteignit aussitôt, tout était sous tension. Il inspecta la jauge de gas-oil, elle marquait un remplissage aux trois quarts.

Dehors, le vent avait forci, les drisses claquaient sur les mâts dans une symphonie atonale. Il endossa un coupe-vent et enfila des chaussures de pont. Il n'était pas question de s'alourdir pour l'opération.

Tout allait se jouer en quelques instants, la rapidité serait primordiale.

Il actionna le préchauffage du moteur, attendit quelques secondes et actionna le démarreur. Le moteur toussa.

Il coupa tout, il transpirait, il fallait qu'il parte. Il recommença, le moteur démarra en renâclant, puis se stabilisa.

Il repositionna la descente, atténuant un peu le bruit infernal du moteur marin. Il avait l'impression que tout le port entendait ce foutu moteur.

Il fallait maintenant foncer, il ouvrit le capot, enjamba les quelques marches et se dirigea vers la proue, sans courir, il se baissa, attrapa l'orin et le balança dans la flotte. Il repartit rapidement sur l'arrière et sauta à terre. Libéré de l'avant, le bateau culait rapidement, un pare-battage vint s'appuyer sur le quai.

Aussi vite qu'il put il défit les deux amarres bâbord tribord, le bateau était libre.

Il remit l'échelle de coupée sur le quai et sauta sur l'arrière du bateau, il glissa tant le pont était mouillé ; de justesse, il se rattrapa à une bastaque.

Aussitôt, il enclencha l'hélice, donna légèrement des gaz pour dégager le bateau, tout doucement, il sentit la poussée de l'hélice, il fallait prendre un peu de vitesse pour s'extirper d'entre les deux voiliers voisins.

Si quelqu'un était dehors, c'était la même chose, tant il était concentré sur sa manœuvre. Le sort en était jeté, il volait un bateau. Son propre bateau.

L'embarcation commença à glisser, il donna un imperceptible coup de barre tribord pour contrer le fardage, le vent avait tendance à le rabattre sur le bateau de droite, il accéléra. La poussée donna de la vitesse à la carène.

Il abandonna la barre, et sauta sur tribord pour repousser le bateau voisin en s'appuyant sur ses haubans, les coques se frôlèrent.

Il reprit la barre et mit tout à tribord en donnant de la poussée pour virer en sortant de son emplacement. Le bateau obéit avec précision, c'était comme s'il n'avait jamais lâché cette barre, le revêtement de cuir glissait sous ses mains. Donner de la vitesse, toujours. Il était sorti de son créneau et prenait la voie du chenal, au milieu des bateaux endormis.

Personne, pas un signe de vie. Le vent le poussait vers la sortie du chenal, il serait vent arrière. Ça soufflait. Une bonne trentaine de nœuds.

Il longea la jetée de granit, le phare tournait au bout, il distingua un pêcheur à son extrémité, il regardait de l'autre côté. Il fallait toujours qu'il y ait un fou quelque part, parfois, il y en avait deux.

À peine sorti du chenal, il sentit davantage la force du vent, mais il était encore à l'abri de la terre. Il fallait s'éloigner aussi vite que possible du port. La nuit enveloppait le bateau, les lumières de la côte se fanaient comme des lumignons que l'éloignement mouchait telles des mèches de bougies. La houle commençait à se faire sentir. Il poussa la manette des gaz à fond. L'horizon était noir d'encre, illisible. Le voilier s'y engageait toutes lumières éteintes. Il rabattit le capuchon de son anorak. Il n'était plus qu'une ombre à la barre d'un bateau fantôme.

*
* *

Il s'était mis bout au vent. L'étrave s'offrait à la vague. Depuis le cockpit, il brassait l'écoute du génois qui dévidait l'enrouleur sur l'étai avant, libérant au fur et à mesure la voile qui faseyait en claquant dans la brise. Il s'arrêta au premier tiers, bloqua l'écoute sur le winch. D'un léger coup de barre, il abattit, le foc cessa de battre et porta, la carène prit quelques degrés de gîte.

En quelques gestes, il libéra la grand-voile du bout qui la maintenait ferlée sur la bôme, il fonça sur la drisse de grand-voile, la détacha du pied du mât et brassa pour la faire monter. La têtière s'élança vers le sommet du mât, entraînant la grand-voile qui commença à son tour à faseyer dans le vent. Il étarqua aussi fort qu'il put et fixa la drisse sur le taquet en pied de mât.

Il revint dans le cockpit, fit coulisser le point de tire vers bâbord, le bloqua, et ramena l'écoute doucement pour border la voile, il n'avait pas pris de ris, il voulait voir si c'était jouable comme ça.

La grand-voile se gonfla et il ressentit immédiatement le mouvement de la gîte et la poussée du vent. Le bateau s'élança, bon Dieu ! le bateau avançait. C'était exaltant. L'embarcation s'appuyait sur bâbord et, comme une cavale trop longuement retenue, bondissait en avant, soulevée à chaque mouvement de houle.

Il voguait grand largue... Les vagues le poussaient, allégeant d'abord la poupe, l'onde se déplaçait ensuite en avançant sous l'embarcation, projetant vers l'avant la carène qui s'empanachait d'écume. Les vagues les plus puissantes propulsaient le bateau dans des surfs qui faisaient vibrer le gréement. Il fallait accompagner d'une main douce, sans heurt, sans contrariété, les mouvements du bateau, jusqu'au prochain train de vagues. Il jeta un œil sur le cadran du speedomètre, les chiffres oscillaient entre douze et treize nœuds ; en améliorant les réglages, il gagnerait encore. Les vieux réflexes revenaient naturellement, comme s'il n'avait jamais quitté le cockpit de son bateau, il retrouvait en un instant tous ces automatismes. Peut-être la monture avait-elle reconnu son maître.

Il s'assit sous le vent, à la barre, inspectant les penons sur la grand-voile. Soudain, il prit conscience qu'il n'avait pas le mal de mer. Nom de Dieu, il n'était plus malade ! Il était heureux, il ne ressentait qu'une extraordinaire euphorie. Il coupa le moteur. Et une fois encore, il fut frappé par cette interruption qui redonnait à la mer ce silence mélodieux, peuplé de chuintements, de grondements, de succions, de déferlements.

Moment d'extase absolue, chaque fois renouvelé, qui le laissait méditatif et au comble de la joie.

Il y avait là-dedans quelque chose de cosmique : la poussée du vent, la loi d'Archimède, une voile, aile perpendiculaire, et l'élément liquide. C'était le mouvement perpétuel. Le bateau s'inclinait sous la poussée du vent comme l'aurait fait un seigneur devant son roi, l'élégance régnait partout dans la simplicité de cette machine sans moteur. Rien n'était plus simple qu'un bateau à voile, rien n'était plus beau. Tout était grâce, harmonie et légèreté. Réglée avec tact et amour, l'embarcation trouvait son point d'équilibre et, telle une balance ailée, elle volait sur l'onde. Cette constatation le rendait totalement heureux. Un monde était en équilibre et plus rien d'autre n'existait.

*

* *

Une lueur apparaissait à l'est, il devait se retourner pour l'apercevoir. Le vent avait légèrement faibli. Il en profita pour libérer la totalité du génois qui se gonfla en claquant, instantanément le bateau prit de la vitesse. Il était sorti des eaux territoriales. Il avait parcouru une soixantaine de milles. Il descendit se faire un café, il aurait dû avoir envie de dormir, c'était tout le contraire, il ressentait une forme d'exaltation tout à fait particulière, faite de légèreté, de liberté d'esprit et d'euphorie. Il avait les idées claires, le cerveau comme nettoyé, une forme d'apesanteur cérébrale emportait ses pensées comme des grappes de ballons de couleur dans un clair matin.

Il reprit son poste sous le vent, la place la plus proche de l'eau, du sillage qui file tel un écheveau d'argent moiré de laque sombre, la barre confiée au pilote automatique ; il se chauffait les mains sur la tasse de café, se laissant aller au rythme du chamelier dont le corps s'abandonnait aux ondulations de sa monture. L'horizon était vide. Il ressentait l'ivresse d'être seul sur cette plaine liquide, le regard perdu sur l'étendue mouvante aux reflets froids, tourné vers la lueur qui montait par bandes successives de mauve, d'indigo, de rouge, puis de jaune vénitien, tel un papier de chromatographie.

Tant d'aubes vécues et autant de joie renouvelée, la conscience d'une renaissance. Peu à peu la lumière triomphait de l'obscurité, c'était une victoire sans précipitation ; à cet instant, son esprit dérivait par-delà l'océan vers cette nuit de neige et le complot savamment ourdi qu'il avait laissé derrière lui.

Le carnet noir avec son mensonger roman et la lettre déposée chez le notaire pour sa fille qui, dans sept années, lui dévoilerait la fin de l'histoire.

*

* *

Libéré de la barre momentanément, il se laissait emporter dans des surfs mentaux. Il revenait sur son idée de disparaître, sa volonté de laisser une fausse piste : il se perdait en montagne et, comme un vieil Esquimau, il se laissait prendre par le froid. La neige avait effacé toute trace, mais une voiture attesterait, preuve matérielle, son passage. On penserait qu'il n'était plus qu'une forme anonyme, un bonhomme de neige adossé à un sapin. On finirait par se résoudre à l'idée que l'on ne retrouverait pas son corps, ou si on le retrouvait, ce serait au printemps prochain ou encore le suivant. Mais on ne le retrouverait pas, bien sûr, puisqu'il était ailleurs. L'affaire serait classée. Disparu, envolé. Seule sa fille saurait, libre à elle de tout révéler ou non.

Qui viendrait à imaginer qu'il s'était emparé de son ancien bateau, vendu plus de trente années auparavant ? Qui pourrait penser que, par pur fétichisme, il en avait conservé les clés ? Par quelle inconsciente prémonition avait-il accompli ce geste ?

Inversement, par quel instinct divinatoire avait-il anticipé que le nouveau propriétaire n'aurait pas pris soin de changer la serrure ? Tout cela tenait à un tel écheveau de hasards et d'improbabilités qu'aucun lien n'était possible.

Hasard encore lorsqu'une amie proche lui avait appris, quelques années auparavant, que son bateau était mouillé dans un petit port breton. La messagère avait même eu l'inspiration d'en prendre des photos. Photos assez précises pour lui donner l'idée de l'état du bateau et de cette serrure sur mesure qu'il avait reconnue dans la seconde.

Son bateau incarnait, l'amour mis à part, la plus belle des conquêtes de sa vie. L'accomplissement réel, tangible, d'un impossible rêve de gamin, mais il croyait qu'il avait gagné le cimetière des bateaux, rejoint le cabinet des illusions perdues. Découvrir qu'il voguait toujours l'avait réjoui, rassuré et d'un autre côté ramené à plus d'humilité : les rêves vous survivaient.

*
* *

Son chagrin d'amour, sa maladie et bien d'autres choses l'avaient conduit vers le choix d'une fin de vie assumée. Le courage et la détermination d'Ingrid l'avaient impressionné. Mais, quel que fût son courage, elle s'était inscrite dans une filière ordonnée, une organisation, des règles et des lois. Il ne voulait pas de cela.

L'idée de la mort volontaire l'avait toujours habité. Des Romains aux samouraïs, la rigueur du dernier geste, son esthétique, l'avaient hanté, c'était parfaitement inexplicable.

Ne pas se laisser imposer son destin, choisir son heure, il y trouvait de la grandeur. Don Juan et sa marche vers la statue de Commandeur avaient marqué son imaginaire.

Il avait perdu le pouvoir de créer, puis l'estime de lui-même, alors, à défaut, il ferait de son départ une œuvre éphémère et secrète. Le monde dans lequel il vivait avait achevé de le décevoir, il était blasé. Son dégoût n'était que le reflet des déceptions vécues lorsqu'il avait compris que les espoirs immenses et naïfs de son enfance, de sa jeunesse, de ses études, ses lectures, sa foi dans le progrès, sa profonde éthique artistique, étaient battus en brèche par l'évolution d'un monde qui le désespérait chaque jour davantage.

Les idéaux de paix et d'union semés par les pères de l'Europe s'étaient vautrés dans un marché dévoyé, sans autre loi que celle du profit et des combines des maîtres du capital ; le rêve de paix des pères fondateurs de rebâtir le monde l'avait pourtant soulevé d'espoir, mais il fallait s'en convaincre, la machine infernale s'était remise à tourner dans la tête des hommes.

Globalement, en plusieurs siècles, les humains n'avaient rien appris, pire, ils s'adonnaient à nouveau aux cultes qui avaient failli les perdre, ils se réorganisaient autour de la scélératesse, et la haine leur tenait lieu de programme. Comme si un mal endémique les poussait à leur propre perte. Derrière leurs technologies époustouflantes, leurs sciences quantiques, leur culte de l'hédonisme, ils restaient laids, hideux ; enveloppés par leurs parfums, ils ne pouvaient masquer qu'ils puaient comme de vieilles charognes haineuses, ils étaient restés des hordes d'êtres cupides, avides, affairistes, lâches, vaniteux, bornés, moutonniers, aveugles, sans réelle imagination, impuissants à inventer des lendemains au-delà d'une satisfaction grégaire et infantile de leurs désirs immédiats, incapables de penser à autre chose qu'à leur abyssal nombril et à leur monstrueuse richesse.

Arrivé à ce point, laissé seul face à ce constat, sans foi religieuse, malade et sans force, il avait décidé de s'évanouir, de disparaître. Il anticiperait sur sa fin annoncée.

Un jour, un ami lui avait fait cette remarque : « Tu as fait une œuvre de loup solitaire, tu as reçu un traitement de loup solitaire. » Lui, ça le faisait sourire ; son ami, lui, était sérieux. Il voyait juste. Son ami avait été emporté par un cancer, un homme rare, cultivé, mélomane. Combien d'amis étaient partis, combien d'autres avaient trahi. Il n'attendait plus rien, de personne. D'avoir vainement espéré, on devient parfois misanthrope. Il aurait une fin de loup des mers.

L'océan ne mentait pas, il donnait tout, sans limites et sans arrière-pensées, la douceur comme la violence ou la furie. Il fallait tout prendre et faire avec, ruser, anticiper, aller vite, fuir parfois, ou encore passer en force ou en finesse. L'orgueil, la prétention, la bêtise se payaient comptant.

Il faisait cap vers le sud des Açores ; en gros, car son point d'arrivée il le connaissait, il saurait y aller. C'était juste un vieux réflexe de marin, un reste de conscience navale devant l'immensité, une façon de se donner une contenance. Il avait réussi à faire marcher les instruments électroniques de bord, enfin, l'essentiel. Il connaissait donc sa position, son cap, sa vitesse moyenne et encore plein de choses qui n'avaient plus d'importance pour lui. C'était tellement libérateur.

Sur l'arrière inversé du bateau figurait un nom. Il ne voulait pas le connaître. Le nouveau propriétaire avait retiré l'ancien patronyme ; lui, il n'aurait jamais fait une chose pareille.

Il savait que débaptiser un bateau portait malheur. À croire que le bosco n'était pas superstitieux.

Ce bateau ne pouvait s'appeler autrement que *Yuka*. Lorsqu'il avait fait l'acquisition de son voilier, c'était en pensant à elle, il lui avait donné son nom. Il venait de la quitter. Il était dans le chagrin, écœuré de lui-même.

Il alla chercher un gros tournevis, s'amarra à une filière et descendit, en dépliant l'échelle de bain au-dessus de l'eau. À l'aide tu tournevis, il arracha les lettres du nom. Avec une bombe de peinture, il tagua YUKA.

Son bateau s'appellerait *Yuka* pour toujours, le nom de son premier amour. Cette femme, japonaise, empreinte de grâce, d'élégance, si aimante dont, au premier regard, il était tombé éperdument amoureux. La première blessure, la plaie originelle, celle dont on ne guérit jamais. Une madame Butterfly passionnée et romanesque qu'il avait abandonnée à son chagrin, honteux de lui-même, lorsqu'il avait réalisé qu'il ne savait pas aimer durablement, accablé de la voir souffrir, conscient de son infirmité. Cet abandon avait été un drame, une flétrissure, son geste l'avait hanté toute sa vie, jusqu'au jour où il avait rencontré le regard de Solène.

Il avait trouvé la force d'aimer, cru que la grâce l'avait enfin touché, il avait tout donné, baissé sa garde. Finalement, à son tour, il avait subi le même sort que Yuka. Peut-être n'avait-il pas encore assez appris.

Tandis que le voilier courait sur les flots, les yeux perdus dans l'hypnotique tourbillon du sillage, il succombait à une sorte de rêverie éveillée. Il revoyait sa vie défiler. Sans cette maudite infirmité, son mal de mer, il serait devenu marin. Dieu ! comme il en avait rêvé. Eh bien c'était fait : il finirait sa vie en marin.

Il dormait, veillait, dormait, s'alimentant de boîtes de conserve. Il ne prenait pas toujours le temps de faire chauffer sa nourriture. Il avait mis une ligne de traîne, il ne la surveillait pas beaucoup, mais il avait attrapé un petit thon rouge. Il avait levé les filets. Crus, avec un peu de sauce soja, il avait mangé l'un des meilleurs sushis de sa vie. Il finissait une à une les bouteilles d'alcool, ajoutant à la contemplation de l'océan la douceur de l'ivresse. Le vent était établi, il soufflait fort. *Yuka* avançait comme une jument blanche, la crinière au vent, infatigable.

Parfois, au lieu de barrer sous le vent, il montait de l'autre côté, au vent, là il dominait la mer. Quel spectacle ! Sur tribord les couchers de soleil étaient spectaculaires. Il avait perdu toute notion du temps. Il s'en foutait complètement, le soleil lui suffisait comme pendule ; la nuit, un dôme étoilé l'emportait vers l'infini, des automatismes de marin avaient pris le contrôle de son corps. Son esprit voguait en parallèle. Il surveillait sa route de temps à autre. Il était sur le bon chemin. Il approchait.

Il repensait à Cunégonde, la blessure ne se refermerait jamais, mais plus il réfléchissait, plus il réalisait qu'elle n'avait tenu qu'un rôle de déclencheur ; elle s'était trouvée là, par hasard, pour marquer la fin du chemin et matérialiser son niveau de plus grande incompétence affective. La dernière femme, l'ultime chagrin. Dérisoire constatation, une autre aurait pu faire l'affaire. Elle incarnait juste la fin de quelque chose, un signal rouge dans la nuit. La maladie en avait été un autre, auparavant son impuissance à créer avait sonné le glas d'un processus vital.

Il avait eu une vie magnifique. Enfant choyé par la chance, mais, enfant gâté, il l'avait négligée, inconstant, volage, trop jouisseur pour s'engager, il avait chassé la proie pour l'ombre, bercé de rêves, de fol espoir, terrorisé à l'idée de s'engager, de perdre la main, il avait laissé le temps filer, oublieux du grand sablier.

Tout était passé si vite, sa vie n'était qu'un atome qui s'était perdu dans l'infini.

*

* *

Une nuit, à la lueur de la lune, il eut l'impression d'une présence dans le cockpit. Soudain, il ressentit une énorme frayeur, presque de la terreur, il n'était pas seul, quelque chose bougeait en face de lui, une forme noire. La mer, surtout la nuit, stimule l'imagination, les chimères sont sœurs de la vague.

Il ne rêvait pas. Il y avait quelque chose de l'autre côté, sur le banc tribord, dans le coin. Il s'approcha, dominant son angoisse. C'était un oiseau. Il en fut ému jusqu'aux larmes. Un être d'un autre monde, perdu, comme lui, au milieu de nulle part. Il prit l'oiseau dans ses mains avec une infinie délicatesse, il était doux et chaud, une hirondelle de mer. Elle se laissa faire. Elle s'était posée sur le bateau, sans doute épuisée d'un long voyage, égarée, peut-être ? Il était bouleversé par la fragilité de l'oiseau, sa légèreté. Désormais centré sur l'aide et le réconfort qu'il pouvait lui apporter, il alla quérir un lainage dans le carré, et l'entoura, lui confectionnant un nid. Il lui donna à boire et émietta un biscuit, quelques morceaux de bonite. Il ne fallait pas la déranger.

Il reprit sa position dans son coin, sous le vent, la main sur la barre, l'hirondelle était dans la diagonale opposée. D'où venait-elle ? Quelle chance statistique avaient-ils de se rencontrer ? Le bateau était bien réglé, il marchait tout seul.

La mer le berçait, il s'endormit, rassuré par la présence de l'oiseau. Dans un demi-sommeil, il lui sembla voler, abolir le temps et l'espace. Son rêve n'était que sourire et apesanteur.

Il se réveilla, un doux soleil dorait l'aube rosée. La mer était d'huile. D'un regard, il vérifia que l'oiseau était toujours là. Pas une vague, pas un souffle d'air, les voiles pendaient, rien ne bougeait, totale immobilité, un silence absolu. Qui peut se vanter d'avoir déjà entendu le silence de la mer ?

Il se leva doucement et s'étira. Il se sentait reposé, frais, dans un état de conscience éveillée.

Il était arrivé.

L'ordinateur de bord confirma son intuition.

Il flottait au-dessus d'une fosse marine de quatre mille mètres. Le voyage était terminé, il en fut un peu peiné, le monde était tellement beau sans les hommes. Devant lui, un horizon à trois cent soixante degrés, illimité, une mer lisse, comme de la soie, de beaux nuages dans le ciel, quasi immobiles. Il y avait quelque chose d'irréel.

L'hirondelle de mer le regardait de son œil rond.

— Au revoir, oiseau.

Il vint lui caresser la tête, elle ne dit rien, cligna plusieurs fois des paupières. Ce serait son dernier contact avec un être vivant. Il avait de la chance de l'avoir rencontrée.

Tout était calme, parfait, serein. Il regarda une dernière fois le monde en prenant une profonde inspiration.

Il rentra dans le bateau. Tira la glissière de la descente.

Du petit sac noir il sortit le revolver. Il arma.

Il souleva le plancher, repéra l'endroit, tira. La balle perça la coque, l'eau s'engouffra dans l'habitacle.

Dehors, l'hirondelle s'était mise à voler, affolée ; elle vint se reposer sur la première barre de flèche.

Il s'était allongé sur la couchette bâbord, instinctivement, celle sur laquelle, pour de mystérieuses raisons, il se couchait la plupart du temps, à l'écoute des filets d'eau qui glissaient contre la coque. Il gisait sur la vieille couverture marocaine qu'il connaissait depuis qu'il était né.

Son père et sa mère l'avaient rapportée du Maroc dans les premières années de leur mariage, les années de bonheur.

Elle avait tout vu.

Il entendait le bruit de l'eau, les fonds se remplissaient doucement, bientôt le bruit s'interrompit, le niveau avait dépassé la hauteur du jet.

Il reposa sa tête sur un coussin, mit le canon dans sa bouche.

Il appuya sur la détente.

L'hirondelle battit des ailes, puis elle s'éleva pour se percher sur le haut du mât.

Le voilier blanc s'enfonçait, droit, lesté par sa lourde quille, l'océan l'absorbait, bientôt il ne resta plus que le mât qui glissait vers les profondeurs, il disparaissait de plus en plus vite. Au moment où l'eau atteignit le sommet, l'hirondelle s'éleva avec élégance et, écartant les ailes, plana dans un vol circulaire au-dessus du dernier remous dans l'eau. Quand tout redevint lisse comme un miroir, dans un joli mouvement d'ailes, l'hirondelle vola vers l'ouest.

Avait-elle poussé un cri ?

Remerciements

À Elsa Lafon qui m'a fait confiance et sans laquelle ce livre n'aurait jamais été écrit.

À Huguette Maure, infatigable soutien de chaque instant.

À Louise Nivoit, première et fidèle lectrice de toujours.

À toute l'équipe des Éditions Michel Lafon.

13035

Composition
FACOMPO

Achevé d'imprimer à Barcelone
par CPI Black Print
le 2 janvier 2022.

Dépôt légal janvier 2022.
EAN 9782290240311
OTP L21EPLN002923N001

ÉDITIONS J'AI LU
87, quai Panhard-et-Levassor, 75013 Paris

Diffusion France et étranger : Flammarion